Karl Adolf Buchheim

Deutsche Lyrik

Karl Adolf Buchheim

Deutsche Lyrik

ISBN/EAN: 9783743376052

Manufactured in Europe, USA, Canada, Australia, Japa

Cover: Foto ©Andreas Hilbeck / pixelio.de

Manufactured and distributed by brebook publishing software (www.brebook.com)

Karl Adolf Buchheim

Deutsche Lyrik

Deutsche Lyrik

SELECTED AND ARRANGED
TH NOTES AND A LITERARY INTRODUCTION

BY

C. A. BUCHHEIM, Phil. Doc., F.C.P.,

Professor of German Literature in King's College, London,
Examiner in the University of London.

SEVENTH EDITION, REVISED.

London:

MACMILLAN AND CO.

AND NEW YORK.

1889.

TO

THE VERY REV. G. W. KITCHIN, M.A.,

Dean of Winchester,

𝔗𝔥𝔢 𝔓𝔯𝔢𝔰𝔢𝔫𝔱 𝔙𝔬𝔩𝔲𝔪𝔢

IS INSCRIBED. AS A SLIGHT TOKEN OF FRIENDSHIP AND RESPECT

BY

C. A. BUCHHEIM.

CONTENTS.

INTRODUCTION.

No branch of modern German literature can boast of the same degree of originality as its lyrical poetry. The epic, didactic, and dramatic literature of modern Germany has, more or less, received the first impulse from ancient or modern foreign productions, and has been, in some measure, modelled after them ; but her lyrical poetry is the genuine outgrowth of her own genius. This circumstance alone will fully suffice to account for the excellence of German lyric poetry, and explain the high estimation in which it is held by all impartial critics of foreign countries.

The development of modern German lyric poetry dates from the sixteenth century. The impulse of the people to give expression to their sentiments found vent and nourishment in a number of poems and songs which, their authors being unknown, are designated by the collective title of *Volkslieder*. These were sung or recited by the people, but found little favour with the scholars of the age, and the learned adherents of Luther strove to supersede the *Volkslieder* by the *Kirchenlied*. In order to do this more effectually, and partly, perhaps, because they could not rid themselves of the popular instinct, the authors of the *Religious Hymns* borrowed from the *Volkslied* the metrical form, the simplicity of expression, and frequently even the airs; and to this circumstance is owing, in some measure at least, the irresistible charm which pre-eminently distinguishes the German *Kirchenlied* from all other similar poetical productions. Martin Luther excelled therein, as in every other respect, all his countrymen of his time. He was not only a great theologian, but a poet and a musician withal, and his sonorous verse at once struck firm root in the hearts of the people. He is, therefore, rightly considered as the founder of the German *Kirchenlied*, which gives its principal stamp to the *First Period* of modern German lyrical poetry.

Martin Luther did not, however, disdain to give expression to secular lyrics, which were, of course, generally tinged with a religious colouring. Witness his beautiful poem, *Frau*

Musica, placed at the beginning of this volume. Some of his poetical contemporaries and immediate successors likewise cultivated both secular lyrical poetry and the *Kirchenlied ;* more particularly after the revival of German poetry through the efforts of Martin Opitz in the early part of the seventeenth century. It is true, most of the poetical performances were slavish imitations of ancient classical productions ; still many lyrical poems of those times breathe the genuine spirit of original poetical inspiration, and are distinguished by a most touching natural simplicity. The religious struggles, more particularly the Thirty Years' War, gave rise to a number of spirited patriotic effusions which proved, likewise, that the spirit of poetry had not died out.

The unparalleled calamity of the 'Long War' had stifled the national life of Germany for more than a century. Scholarship was soon revived, and it flourished, but the poet's 'divine voice' was as rarely heard as the song of birds on a chilly autumn day. And this phenomenon is based on the laws of nature. As long as the gigantic struggle was raging the poets raised their voices to comfort the sufferers, or to encourage the combatants, but as soon as the contest was over a feeling of utter exhaustion was everywhere prevalent. The source of all original production seemed stopped, and the first dawn of a new intellectual life shone with a borrowed light. The *Second Period* of German lyrical poetry is therefore, although it extended over a considerable portion of the eighteenth century, not distinguished by a general character, and can hardly be judged as a whole. Gellert excelled greatly in the *Kirchenlied ;* Hagedorn produced the most cheerful songs—it is true, chiefly in the Anacreontic style, but still with a considerable amount of genuine feeling – whilst the verses of Gleim were characterised by naïve good humour and a playful cheerfulness, which not unfrequently had the homely ring of the *Volkslied.* Still, that period had no decided stamp as regards lyrical poetry.

The *Third Period* of German lyrical poetry may be said to possess—paradoxical as it may sound—two distinct general characters. The one was chiefly represented by the famous *Göttinger Hainbund,* or *Dichterbund,* and the other by a single poet only, who, in his overtowering eminence stands, among all modern poets, quite alone as a Lyrist, in the same way as Shakespeare is unique as a dramatist. That that lyric poet was Goethe is obvious.

The principal bards of the *Göttinger Hainbund* were : Claudius, Bürger, F. L. Stolberg, Hölty, and Voss, and the central luminary round which they revolved as satellites, was Klopstock. The muse of the latter was just of a kind to fill with enthusiasm warm-hearted young poets, whose war-cry was: *Nature!* and on whose banner was written the device: Religion, Friendship and Patriotism. Klopstock's Odes and Hymns, which are far superior—because more genuine—to his epic and dramatic productions, electrified the intelligent youth of Germany, and the admiration felt for him amounted to idolatry. It would be beyond the scope of the present brief sketch to give a full account of the romantic origin, the sentimental character and phantastic tendencies of the *Göttinger Hainbund;* for our purpose it will suffice to say that the best performances of that poetical confederacy were in the sphere of lyrical poetry, although many of them bore the stamp of affectation and of a maudlin coquetting with Nature. The poetical repository of the *Göttinger Dichterbund* was the *Musenalmanach* founded by Boie in 1770. This periodical contributed greatly to the cultivation and spread of lyrical poetry. It has, besides, the merit of having given to the world some of the youthful effusions of Goethe, with whom the new era of German poetry—of modern poetry—really begins. In Goethe, then, we see the second representative of lyrical poetry in the *Third Period*, in which period falls, at the same time, his principal activity as a poet. Properly speaking, however, Goethe cannot be said to represent this or that period only, but he must be considered as the representative of modern lyrical poetry in general.

The chief distinguishing characteristic between Goethe and the host of all other modern poets, consists in the fact, that he never wrote a lyrical poem without being in a lyrical mood, as it were; and that he was able to adapt closely the expression to his sentiments. Goethe's lyrical effusions were, therefore, genuine productions of his heart, and not the forced outgrowth of an artificial inspiration. He might, in fact, exclaim like his *Sänger:*

> Ich singe wie der Vogel singt
> Der in den Zweigen wohnet.

His songs were like the song of the bird: natural and spontaneous. He would have scorned the idea of sitting down at his writing desk like an unfortunate poet, who has to furnish a poem for the next number of a fashionable magazine, with the firm determination: Now I will sing in sweet strains the happiness of love! or, Now I will express the wretchedness of unhappy love in doleful tones ! First must be entertain the feeling, and then only is he able to, or rather he *must*, give expression to it, and well might he say :

        Immer hab' ich nur geschrieben,
        Wie ich fühle, wie ich's meine.

Goethe's feelings were, however, so intense, and his mastery over the language so great, that when he *did* express an individual feeling of his own, say of longing or sadness, his verses did not seem to express his own sentiments only, but the feeling of longing or sadness in general. Truly therefore might Goethe's English biographer say with regard to his style : " It opens itself like a flower with unpretending grace . . . There is no ornament in it. The beauties which it reveals are organic, they form part and parcel of the very tissue of the poem, and are not added as ornaments." *

It was, therefore, that happy union of intense feeling with an almost unparalleled capacity of expression, which raised Goethe above all other lyrical poets, and which made it possible for him to fulfil, in an unusual degree, the two cardinal conditions he laid down for the quality of a poet : Lebendiges Gefühl der Zustände und Fähigkeit es auszudrücken macht den Poeten.†

If there was any quality which could enhance the transcending merit of Goethe's poetry, it is the spirit of *humanity* by which it is pervaded. The humanistic tendency of his poems is also shared by Schiller (whose lyric muse is likewise represented in the Third Period), but who was partly too much of a philosopher and partly too much of a dramatist, to be a thorough lyrical poet. Goethe's activity was a prolonged one, and we meet with him also in the *Fourth Period* of German lyrical poetry. This period is singularly rich in lyric poets. The *Deutsche Dichterwald* resounds everywhere with songs and carols, and all the various topics which fall within the domain of lyrical poetry are represented in full luxuriant bloom. I will not attempt to enumerate and define the various subjects which come under the head of lyrical poetry ; but if we should wish to give anything like a complete answer to the poet's question :

-----

* Life of Goethe by G. H. Lewes. Second Edition, p. 481.
† *Eckermann's Gespräche mit Goethe.* Vol. i. p. 154.

Aus wie vielen Elementen
Soll ein ächtes Lied sich nähren,
Daß es Laien gern empfinden,
Meister es mit Freuden hören?*

—we should certainly have to mention more elements than
'love, wine, glory of arms, and hatred of evil.' There is, above
all, the realm of nature with its varied manifestations, which
offers to the poet an inexhaustible source, and the poets of
Germany have at all times, like those of this country, taken
great delight in giving expression to their enthusiastic admiration and sincere love of nature. Among the poets of
the *Fourth Period* stand foremost in this respect Uhland
and Wilhelm Müller. The Spring Songs of the former are
distinguished by a matchless melodious tenderness and a
refinement of expression ; whilst those of the latter
appeal more directly to the heart through their freshness
and simplicity which imprint upon them the stamp of the
Volkslied. This popular character of Wilhelm Müller's songs
was not borrowed from the *Volkslied*, but it came from the
bottom of his own heart, and in the course of time his songs
became, as it were, the property of the people ; so that
they are often sung and recited, without any mention being
made of the poet, which is one of the characteristics of the
Volkslied.†

Besides in Spring Songs, which form the universal domain of
the poet, Wilhelm Müller excelled in *Reise- und Wanderlieder*
which have been cultivated in no country with so much zest
and success as in Germany. Uhland, and still more Eichendorff, were his great rivals in that branch, and some of the
finest specimens of the German *Wanderlied* will be found
among the songs of the latter in the present collection.

---

* See p. 209 in this volume.
† Cf. p. viii. in the extremely interesting Introduction by
Professor Max Müller, prefixed to the edition of his father's
poems, which form the seventeenth volume of the *Bibliothek der
Deutschen Nationalliteratur.* I cannot help recommending at
the same time to all English readers of German, who are lovers
of poetry, the poems of Wilhelm Müller, which deserve to be
better known in this country.

The space of time over which the *Fourth Period* extends—from 1805 to 1832—was one of the most eventful in the history of Germany. The very existence of the German nation was at stake, and the struggle for life called forth both heroic deeds and spirited patriotic strains. The latter give, therefore, a decided stamp to the lyrical poetry of the *Fourth Period*, and the *Freiheits- und Vaterlandslieder* by Körner, Uhland, Rückert, Arndt, K. Follen, &c., rank with the finest patriotic effusions in any language. They may not, in general, have the dash and martial *verve* of the French war songs, but this defect—if it really is one—is based on the nature of the thing. For, in the same way as the Germans are, as a nation, not of an aggressive character, so their poets do not raise the wild and enthusiastic warhoop of attack. They only call on their brethren to *defend* their *country* and to *free* it from the foreign yoke. Hence their appropriate name *Freiheits- und Vaterlandsdichter;* and what their songs may lack in martial enthusiasm is amply made up by deep-felt poetical sentiment, aroused by a sacred cause; and hence it comes, that even the *Trinklieder* of those times bear the stamp of earnestness.

Unfortunately, however, the poets of Germany had soon to perceive that their country was merely liberated but not free. The foreign foe had been expelled, but the home tyrants remained. Every legitimate free aspiration was stifled; the nation vegetated, but did not live. This gave rise to a spirit of discontent and disappointment among the liberal-minded men of Germany, many of whom expiated their noble aspirations in the mute walls of German fortresses. From that time dates the prevalence of *Weltschmerz* in the poetical literature of Germany—an expression which it is extremely difficult to define, and hardly possible to translate. The *Weltschmerz* consists of a feeling of bitter disappointment, and of deep discontent with the whole world, and with oneself. Byron and Shelley suffered from *Weltschmerz* in an eminent degree and they gave expression to it in brilliant sonorous stanzas. Among German poets it was perhaps Platen who first manifested that feeling, but it was sobered down in him by that self-control which is the proper attribute of genius, and by that mastery over the language which enabled him to give a classical form to his verse.*

---

* I would call special attention to Platen's Ghazels, which form of poetry will probably be new to many readers.

Hölderlin is perhaps the only poet belonging to an earlier period who was afflicted with that self-mortifying 'world-grief;' but being a far more subjective poet than Platen, he gave expression to his feelings of inward disappointment in more unrestrained terms than the latter.

In the course of time the feeling of *Weltschmerz* became more and more prevalent among the poets of Germany, and it may be said to form the chief characteristic of the *Fifth Period*, which, in spite of that drawback, is one of the most brilliant of German lyrical poetry. The principal poet of that period is undoubtedly Heinrich Heine, whose verses, though they are of a subjective kind in the highest degree, nevertheless produce a deep effect and exercise an irresistible charm upon his readers.

It was he who first introduced the feature of 'epigrammatic lyrics' into German literature, and although no poet has perhaps had more imitators than he, nobody has succeeded in rivalling him. He stands quite inapproachable in his own line, and his peculiarity is so entirely his own, that if any poet writes verses without the slightest attempt to imitate him but with an epigrammatic conclusion, the reader at once exclaims: This is quite in the vein of Heine!

I refrain from giving here a full definition of the inherent charm of Heine's verses. I leave this for another occasion, and will merely mention some of their distinguishing characteristics. Most lyrical poems of Heine are extremely brief; nearly each of them contains a sentiment and some, generally unexpected, witty or humorous turn. Added to this his verses are distinguished by a most musical rhythmical flow, often arising from a graceful irregularity, and by a simplicity of expression, such as is hardly to be met with in any other poet. "The magic of Heine's poetical form," says Mr. Matthew Arnold, "is incomparable; he chiefly uses a form of old German popular poetry, a ballad form which has more rapidity and grace than any ballad form of ours; he employs this form with the most exquisite lightness and ease, and yet it has at the same time the inborn fulness, pathos, and old-world charm of all true forms of popular poetry."* In another passage the same critic justly

---

* *Essays in Criticism* (p. 170) by Matthew Arnold. I cannot refrain from calling special attention to Mr. Arnold's brilliant Essay on 'Heinrich Heine.' See also my *Biographische Einleitung*, in Vol. I. of *Heine's Gesammelte Werke*, published by Grote, at Berlin.

remarks that Heine was " in the European poetry of that
quarter of a century which follows the death of Goethe,
incomparably the most important figure."* This statement must not be wondered at, considering that one of the
severest German critics—(and from reasons which it would
be out of place here to explain fully, German critics have
been more severe upon Heine than upon any other German
poet)—declares that "when Heine first made his appearance, in 1822, with his ' Lyrical Poems,' Germany at once
greeted him as an original poet. Such pure sounds of the
heart had not been heard since the time when Goethe's lyre
grew silent."†

Next to Heine the principal lyrical poets in the *Fifth Period*
are Lenau and Geibel, Freiligrath, Herwegh and Anastasius Grün. The muse of the first was of a sombre character.
Lenau was pre-eminently a lyrical poet, but the finest blossoms
of his poetry are often crushed by the overwhelming burden of
an incurable *Weltschmerz*—by which he may be said to
have perished—and by the gnawing worm of scepticism.
Still some of his lyrical productions belong, with their melancholy tenderness and their sincere affection for nature, to
the gems of German lyrical poetry. His poems touch us
deeply, but more perhaps from sympathy with the unhappy
poet from whose heart they emanated, than because they express our own sentiments, as is so often done by Heine's lyrical
epigrams. The lyrical poems of Emmanuel Geibel occupy a
prominent place in modern German literature. His poems are
distinguished by a gentleness and sweetness which could not
fail to make him a great favourite with the large community of
readers of lyrical poetry. His verse is, besides, highly polished
and extremely melodious, and is frequently pervaded by a
spirit of piety. To these circumstances his great popularity must be ascribed ; a popularity which has only increased
since he has devoted his muse, in some measure, to the national
cause of Germany.

The political element forms altogether one of the principal
characteristics of modern German lyrical poetry. Anastasius
Grün—aristocrat as he is, and an Austrian aristocrat to

* *Essays in Criticism* (p. 181) by Matthew Arnold.
† *Deutsche Nationalliteratur* (vol. iii. p. 296), von Dr. Joseph
Hillebrand.

boot*—was one of the first to make poetry the vehicle of
political agitation. He did so in highly sonorous verse, but
being rather highflown it made little impression on the public
in general. Quite different was the effect produced by the
political poems of Herwegh. His *Gedichte eines Lebendigen* ran
like wildfire through Germany and kindled an enthusiasm in
the hearts of the young, which showed how great a hold poetry
has over the German mind. With political poets it is a remarkable peculiarity—which could easily enough be explained—that
all their productions, even those which are of a purely lyrical
character, bear the stamp of energy and manliness. This is the
case with the lyrical verses of Herwegh, and perhaps in a still
higher degree with those of Ferdinand Freiligrath. Two distinct
phases are perceptible in the poetical career of the latter. First
his vivid imagination and powerful poetical instinct found a
vent in the description of wild and fantastic visions of the
Orient; in this peculiarity he bears a striking resemblance to
Victor Hugo. Later, when the bent of his genius drove him
into the dangerous channel of politics, his poetical impetuosity
found an outlet in politico-poetical effusions; but the same
spirit of manliness, the same enthusiasm for all that is good
and noble, and the same vigour of expression is to be
found in all his poetical productions, whatever their subject
may be, and have made him, as I ventured to designate him
elsewhere, the *Poet Laureate of the German people.*

Recent times have not produced an epoch-marking lyrical
poet in Germany.† Pretty and even impressive poetry has been
written by a number of gifted writers, and has met with a sympathetic appreciation on the part of the people. Poetry and
song are inborn instincts with the Germans; numbers of them
write verses and nearly all of them love poetry. Uhland's
appeal

---

* His real name is Ant. Alex. Maria Graf von Auersperg.

† One poet only must be excepted who arrested by his poems
the general attention of the German public. I refer to Claus
Groth, the author of *Quickborn*. His verses being, however,
written in *Plattdeutsch*, were unfortunately not available for
our present purpose. We have heard that an English version of Groth's poems is contemplated. If carried out by skil-
ful hands it is sure to meet with a cordial reception in this
poetry-loving country.

seems to have met with a practical response in Germany. It is not only the professed poet who sings in the 'poetical grove,' but also the man of science, the jurist, the philologist, and the philosopher. A striking instance of this fact we have recently had in the publication of a volume of poems entitled: *Das poetische Wanderbuch*, by Arnold Ruge. This veteran philosopher and politician has shown by the publication of these poems—(they reached us too late for the present collection)—that in addition to being one of the most elegant prose writers of Germany, he is able to produce highly-finished and nervous verses. I might cite the names of a host of other German writers, who have recently enriched the German Parnassus, as a proof that the spirit of poetry has not died out in Germany. Now and then we hear the apprehension expressed that Germany having become a great political power, will cast off all idealism and worship the idol of utilitarianism. As if political greatness and intellectual eminence could not go hand in hand! The most brilliant epoch of English literature coincides with the most glorious period of English history. The first classical period of German literature flourished during the illustrious reign of the Hohenstaufen, and thus the hope seems to be well-founded, that the greatness of Germany, based on strength-imparting unity, and the reviving spirit of freedom, will produce a new era in the annals of her literature.

The above brief and cursory sketch, will it is hoped, be sufficient to give the readers of this volume a general idea of the development of German lyrical poetry, and the character of the various phases though which it has passed from the times of Luther to our own days. I have now only to add a single word on the principle by which I was guided both in the arrangement of the present collection, and in the commentary appended to it. In the first instance I have to state, that I have made the selection, with very few exceptions, from the works of the respective poets, and not from any similar collection. A number of poems contained in this volume have never

---

* Cf. p. 113 in the present volume.

before appeared in any collection, and several of the most beautiful verses which I have given, do not occur as separate poems at all, but have been extracted by me from longer, generally epic, poems. On the other hand a large number of poems admitted into this volume will be found likewise in other collections published in Germany, for the simple reason that the latter include some of the best lyrical productions, which must, in fact, find a place in every anthology. My own collection differs, however, in this respect from similar German publications, that I have endeavoured to give a selection which is to represent only the *lyrical* poetry of Germany, as far as even this limited task can be carried out in so small a compass. Having started from this point of view, I determined to include the best lyrical productions only, and I may say that I have carried out my resolution (with some, I hope, pardonable exceptions) most impartially and conscientiously. As a rule, I may assert, the reader will turn to very few pages in this volume without meeting with some striking poetical beauties.

In arranging the pieces in the respective periods, I have adopted the plan of a systematic variation, so as to guard against a tedious monotony on the one hand and against exaggerated contrasts on the other. I have paid the greatest attention to this feature, in order to construct, as far as possible, a harmonious whole out of the various elements. With regard to the text I have taken great pains to give it, in accordance with the best editions of the respective poems. In a few instances I considered it proper for the present purpose to omit some verses, and the poems with which I have taken this license are marked by an asterisk in the second index, which gives the first lines of all the poems in this volume. The first index gives the names of the poets, represented in this collection, with the full titles of the poems.

As regards the Notes to the present volume I had a somewhat different and more comprehensive task before me, than, for instance, the editor had of the admirable volume of English Lyrics in the Golden Treasury Series. I had not only often to explain fully the general import of the poems, but also a number of poetical expressions and constructions of verses written in a *foreign* language. I have, besides, given the literary history, as it were, of all the poems, which have a history of their own, and whenever it seemed to me requisite, I fully explained and even illustrated the metre. I have likewise explained all mythological allusions. The latter feature is, of course, quite superfluous for classical scholars, but to a number of other readers my explanations. whether referring to Mythology or other topics, may, possibly, prove very welcome.   On the other hand, I have done my best to avoid the fault so often met with in commentaries of this kind, which consists either in paraphrasing the poems by poetical or rather flowery prose, or in a minute analysis of the various sentiments expressed by the poet.   The former proceeding seems to me as if one would besprinkle a rose with *eau de Cologne :* whilst the latter is a kind of critical anatomy which is apt to destroy the charm of the poem as a whole.

The aim of this volume is to increase the number of admirers of German poetry in this country, and to open to English readers of German fresh sources of intellectual pleasure, and should that aim be fulfilled I shall consider the great labour which I have bestowed on this work amply rewarded.

The *seventh* edition of a book marks an era in its existence. I hope therefore that I may be allowed to look back with satisfaction on the success achieved by the present volume ; which success seems to be owing not only to the selection of the poems itself, but also—as I venture to think—to their systematic arrangement in distinct periods and to the editorial matter which is both elucidatory and critical.   The greatest satisfaction, however, I derived from my *Deutsche Lyrik* consists in the numerous assurances I received from unknown correspondents both in the Old World and the New, to the effect that this *Golden Treasury of German Lyrics* has afforded them refined enjoyment and soothing comfort amidst the stern realities of life, and that it serves many as a constant " poetical companion."

Under these circumstances I considered it advisable not to introduce any material changes in this work, which has met among others, with the approval of such eminent critics as the late Matthew Arnold and George Henry Lewes ; but on issuing the present, *seventh* edition (the first was published in 1875), I have carefully revised both the text and the editorial matter. It is to be hoped, therefore, that this volume will successfully continue its poetical mission among the kindred English-speaking community in the Old World and the New.

C. A. BUCHHEIM.

KING'S COLLEGE, LONDON,
   May, 1889.

Erste Periode.

Von Luther bis Gellert.

I.

Frau Musika.

Für allen Freuden auf Erden
Kann niemand kein feiner werden,
Denn die ich geb' mit mei'm Singen
Und mit manchem süßen Klingen.

Hie kann nicht sein ein böser Muth,
Wo da singen Gesellen gut;
Hie bleibt kein Zorn, Zank, Haß noch Neid,
Weichen muß alles Herzeleid;
Geiz, Sorg, und was sonst hart anleit,
Fährt hin mit aller Traurigkeit.

Auch ist ein jeder des wohl frei,
Daß solche Freud kein' Sünde sei,
Sondern auch Gott viel baß gefällt,
Denn alle Freud der ganzen Welt.
Dem Teufel sie sein Werk zerstört,
Und verhindert viel böser Mörd.

Das zeigt David, des Königs, That,
Der dem Saul ost gewehret hat
Mit gutem, süßem Harfenspiel,
Daß er in großen Mord nicht fiel.

Zum göttlichen Wort und Wahrheit
Macht sie das Herz still und bereit;
Solchs hat Eliseus bekannt,
Da er den Geist durchs Harfen fand.

Die beste Zeit im Jahr ist mein,
Da singen alle Vögelein;
Himmel und Erden ist der voll,
Viel gut Gesang da lautet wohl;
Voran die liebe Nachtigall
Macht alles fröhlich überall
Mit ihrem lieblichen Gesang;
Deß muß sie haben immer Dank.

Viel mehr der liebe Herre Gott,
Der sie also geschaffen hat,
Zu sein die rechte Sängerin,
Der Musicen ein' Meisterin.
Dem singt und springt sie Tag und Nacht,
Seins Lobes sie nichts müde macht.
Den ehrt und lobt auch mein Gesang,
Und sagt ihm ein ewigen Dank.

Martin Luther

II.

Ein' feste Burg ist unser Gott.

Deus noster refugium et virtus etc.

Ein' feste Burg ist unser Gott,
Ein' gute Wehr und Waffen.
Er hilft uns frei aus aller Noth,
Die uns jetzt hat betroffen!
Der alt, böse Feind,
Mit Ernst er's jetzt meint,
Groß Macht und viel List
Sein' grausam Rüstung ist,
Auf Erd ist nicht seins Gleichen.

Mit unsrer Macht ist nichts gethan;
Wir sind gar bald verloren.
Es streit't für uns der rechte Mann,
Den Gott hat selbst erkoren.
Fragst du, wer der ist?
Er heißt Jesus Christ,
Der Herr Zebaoth,
Und ist kein andrer Gott,
Das Feld muß er behalten.

Und wenn die Welt voll Teufel wär'
Und wollt' uns gar verschlingen,
So fürchten wir uns nicht so sehr;
Es soll uns doch gelingen.

1 *

Der Fürst dieser Welt,
Wie sauer er sich stellt,
Thut er uns doch nicht.
Das macht, er ist gericht't
Ein Wörtlein kann ihn fällen.

Das Wort sie sollen lassen stahn,
Und kein Dank dazu haben!
Er ist bei uns wohl auf dem Plan
Mit seinem Geist und Gaben.
Nehmen sie den Leib,
Gut, Ehr, Kind und Weib·
Laß fahren dahin,
Sie haben's kein Gewinn;
Das Reich muß uns doch bleiben.

Martin Luther

III.

Freundschaft.

Ferstet amicitiae semper venerabile Foedus.

Der Mensch hat nichts so eigen,
Nichts steht so wohl ihm an,
Als daß er Treu erzeigen
Und Freundschaft halten kann;
Wenn er mit seines Gleichen
Soll treten in ein Band,
Verspricht er nicht zu weichen
Mit Herzen, Mund und Hand.

Die Red' ist uns gegeben,
Damit wir nicht allein
Für uns nur sollen leben,
Und fern von Leuten sein;
Wir sollen uns befragen,
Und sehn auf guten Rath,
Das Leid einander klagen
So uns betreten hat.

Was kann die Freude machen,
Die Einsamkeit verhehlt?
Das giebt ein doppelt Lachen,
Was Freunden wird erzählt.
Der kann sein Leid vergessen,
Der es von Herzen sagt;
Der muß sich selbst auffressen,
Der in geheim sich nagt.

Gott stehet mir vor Allen,
Die meine Seele liebt:
Dann soll mir auch gefallen,
Der mir sich herzlich giebt.
Mit diesem Bundsgesellen
Verlach' ich Pein und Noth,
Geh auf den Grund der Höllen,
Und breche durch den Tod.

Ich hab', ich habe Herzen,
So treue, wie gebührt,
Die Heuchelei und Scherzen
Nie wissentlich berührt!

Ich bin auch ihnen wieder
Von Grund der Seelen hold,
Und lieb euch mehr, ihr Brüder,
Als alles Erden Gold.

Simon Dach

IV.

Auf Leid kommt Freud.

Sei wohlgemuth, laß Trauern sein,
Auf Regen folget Sonnenschein,
Es giebet endlich doch das Glück
Nach Toben einen guten Blick.

Vor hat der rauhe Winter sich
An uns erzeiget grimmiglich,
Der ganzen Welt Revier gar tief
In einem harten Traume schlief.

Weil aber jetzt der Sonnen Licht
Mit vollem Glanz heraußerbricht,
Und an dem Himmel höher steigt,
Auch alles fröhlich sich erzeigt,

Das frostig Eis muß ganz vergehn,
Der Schnee kann gar nicht mehr bestehn,
Favonius, der zarte Wind,
Sich wieder auf die Felder find't.

Die Saate gehet auf mit Macht,
Das Grase grünt in voller Pracht,
Die Bäume schlagen wieder aus,
Die Blumen machen sich heraus.

Das Vieh in Feldern inniglich,
Das Wild in Büschen freuet sich,
Der Vöglein Schaar sich fröhlich schwingt,
Und lieblich in den Lüften singt,

So stelle du auch Trauern ein,
Mein Herz, und laß dein Zagen sein,
Vertraue Gott, und glaube fest,
Daß er die Seinen nicht verläßt.

Opitz.

V.
Das treue Herz.

Ein getreues Herze wissen,
Hat des höchsten Schatzes Preis.
Der ist selig zu begrüßen,
Der ein treues Herze weiß.
  Mir ist wohl bei höchstem Schmerze,
  Denn ich weiß ein treues Herze.

Läuft das Glücke gleich zu Zeiten
Anders, als man will und meint,
Ein getreues Herz hilft streiten
Wider alles, was ist feind.
  Mir ist wohl bei höchstem Schmerze,
  Denn ich weiß ein treues Herze.

Sein Vergnügen steht alleine
In des Andern Redlichkeit,
Hält des Andern Noth für seine,
Weicht nicht auch bei böser Zeit.
   Mir ist wohl bei höchstem Schmerze,
   Denn ich weiß ein treues Herze.

Gunst die kehrt sich nach dem Glücke,
Gold und Reichthum, das zerstäubt,
Schönheit läßt uns bald zurücke:
Ein getreues Herze bleibt.
   Mir ist wohl bei höchstem Schmerze,
   Denn ich weiß ein treues Herze.

Eins ist da sein und geschieden,
Ein getreues Herze hält,
Giebt sich allezeit zufrieden,
Steht auf, wenn es niederfällt.
   Ich bin froh bei höchstem Schmerze,
   Denn ich weiß ein treues Herze.

Nichts ist Süßer's, als zwei Treue,
Wenn sie eines worden sein.
Dies ist's, deß ich mich erfreue:
Und sie giebt ihr Ja auch drein.
   Mir ist wohl bei höchstem Schmerze,
   Denn ich weiß ein treues Herze.

Paul Fleming

VI.
Seliges Loos.

Sehr wohl auf dieser Erde fährt,
Wem Gott ein frommes Weib bescheert.
Sanft bringt er all sein Leben zu
In gutem Frieden, Lust und Ruh.

Wer sich mit Gott und Ehre dann
Auch Nahrung, wie er wünscht, gewann,
So daß er immer süßen Wein
Genießen kann, muß fröhlich sein.

Wer endlich fromm, so lang er lebt,
Nach Recht und Weisheit edel strebt,
Und sein Gewissen rein erhält,
Dem ist sehr wohl in dieser Welt.

O wunderselig ist der Mann,
Der alle drei sich eignen kann,
Ein frommes Weib und süßen Wein,
Und ein Gewissen gut und rein.

Joachim Veliß

VII.
Liebestreue.

Herzchen, mein Schätzchen, bist tausendmal mein,
Laß dir kein'n Andern nicht lieber sein,
Kommt dir gleich einer, ist schöner als ich;
Herzchen, mein Schätzchen, gedenke an mich.

Keine Rose so lieblich riechen kann,
Als wenn zwei Lieberl beisammen stahn;
Kein Feuer und Gluth brennt nicht so heiß,
Als heimliche Liebe, die Niemand nicht weiß.

Man kann sie in keinem Kasten versperren,
Liebhaben in Ehren kann Niemand verwehren,
Und wenn der Himmel wär Papier,
Und jeder Stern könnt schreiben hier,

Und schreiben die Nacht, bis wieder am Tag,
Sie schreiben die Lieb kein Ende, ich sag.
Drum red' ich es frei, und bleibe dabei,
Daß treue Liebe das beste stets sei.

Volkslied.

VIII.
Hausschneck, Schneckenhaus.

Es trägt ein' Schneck für und für,
Wo sie hingeht, ihr Haus mit ihr.
Drum meint man, daß die Leut von Schnecken
Han gelernt Häuser bauen und decken.

Also, wenn ein' Frau muß gehn aus,
Soll sie tragen im Sinn das Haus,
Es nicht an einen Nagel henken,
Und weiß nicht wie lang nicht heim denken.

Ja, sie soll werben stets zu Haus,
Gleich wie der Mann muß werben drauß:
Welch's ihr ein Unehr ist so wenig,
Als im Bienkorb dem Immenkönig,

Welcher daheim bleibt stets zu Haus,
Und läßt die andern fliegen aus.
Man siehet ja, daß nie kein Fisch
Außer dem Wasser bleibet frisch,

Und daß ein' Schneck stirbt alle mal,
Wenn sie beraubet wird der Schal:
Daher soll auch ei'm Weib sein bang,
Wenn sie muß aus dem Haus sein lang.

Fischart.

IX.

Lob des Gesanges.

Wer ungereget
Die Sinnen träget,
Wenn Künstler singen
Und Saiten klingen,
Ist taub an Ohren
Und krank geboren:
Weil sonst sich reget,
Was Sinnen träget.

Mehr Lust für Ohren
Ist nicht geboren;
Sie treibt vom Herzen
Verdruß und Schmerzen,
Kann Eifer dämpfen,
Giebt Muth zu kämpfen,
Macht durch die Ohren
Uns neu geboren.

Andreas Tscherning.

X.

Frühlingslied.

Es kommt in seiner Herrlichkeit
Der holde Lenz hernieder
Und schenket seine Wonnezeit
Dem Erdenkreise wieder;

Er malt die Wolken mit Azur,
Mit Gold der Wolken Ränder,
Mit Regenbogen Thal und Flur,
Mit Schmelz die Gartenwände;

Er kleidet den entblößten Baum,
Deckt ihn mit einer Krone,
Daß unter seinem Schattenraum
Das Volk der Vögel wohne.

Wie preiset ihrer Lieder Schall
Die Wunder seiner Rechten,
Die Lerch' am Tage, Nachtigall
In schauervollen Nächten!

Die Fische scherzen in der Flut,
Die Herden auf der Weide,
Es schwärmt der Bienen junge Brut
Auf der beblümten Heide.

Der Mensch allein, der Schöpfung Haupt,
Vergräbet sich in Sorgen,
Ist immer seiner selbst beraubt,
Lebt immer nur für morgen;

Ihn weckt Aurorens güldner Strahl,
Ihm lacht die Flur vergebens,
Er wird, nach selbstgemachter Qual,
Der Henker seines Lebens,

Das ohnehin wie ein Gesicht
Des Morgentraums entfliehet
Und vor ein schreckliches Gericht
Ihn, den Verbrecher, ziehet.

Roberthin

XI.
Trutz-Nachtigall.

Wenn Morgenröth sich zieret
Mit zartem Rosenglanz,
Und sittsam sich verlieret
Der nächtlich' Sternentanz,
Gleich lüstet mich spazieren
In grünem Lorbeerwald,
Allda dann musiciren
Die Pfeislein mannigfalt.

Die flügelreiche Schaaren,
Das Federbürschlein zart,
In süßem Schlag erfahren,
Noch Kunst, noch Athem spart,
Mit Schnäblein wohlgeschliffen
Erklingens wunderfein,
Und frisch in Lüften schiffen
Mit leichten Rüderlein.

Der hohle Wald ertönet
Ob ihrem krausen Sang,
Mit Stauden stolz gekrönet,
Die Gruften geben Klang;
Die Bächlein, krumm geflochten,
Auch lieblich stimmen ein,
Von Steinlein angefochten,
Gar süßlich sausen drein.

Die sanfte Wind' in Lüften,
Auch ihre Flügel schwach,
An Händen, Füß und Hüften
Erschütteln mit Gemach:
Da sausen gleich an Bäumen
Die lind gerührten Zweig,
Zur Musik sich nit säumen:
O wohl der süßen Streich!

Doch süßer noch erklinget
Ein sonders Vögelein,
So seinen Sang vollbringet
Bei Mon= und Sonnenschein:
Trutz=Nachtigall mit Namen
Es nunmehr wird genannt,
Und vielen wild und zahmen
Obsieget unbekannt.

Trutz=Nachtigall man's nennet,
Ist wund von süßem Pfeil,
Die Lieb es lieblich brennet,
Wird nie der Wunden heil:

Geld, Pomp und Pracht auf Erden,
Lust, Freuden, es verspott
Und achtet's für Beschwerden,
Sucht nur den schönen Gott.

* * *

Mit ihm will mich erschwingen,
Und Manchem schwebend ob
Den Lorbeerkranz ersingen
In deutschem Gotteslob.
Den Leser nicht verdrieße
Der Zeit noch Stunden lang:
Hoff ihm es noch ersprieße
Zu gleichem Cithersang.

Friedrich von Spee.

XII.
Geistliches Lied.

Laß dich nur nichts dauren
Mit Trauren,
Sei stille,
Wie Gott es fügt,
So sei vergnügt,
Mein Wille.

Was willst du heute sorgen,
Auf morgen;
Der Eine,
Steht allem für,
Der giebt auch dir,
Das deine.

Sei nur in allem Handel
Ohn' Wandel.
Steh feste.
Was Gott beschleußt,
Das ist und heißt,
Das beste.

Paul Fleming.

XIII.

Ich hab's gewagt mit Sinnen.

Ich hab's gewagt mit Sinnen
Und trag des noch kein Reu,
Mag ich nit dran gewinnen
Noch muß man spüren Treu,
    Damit ich mein, nit ei'm allein,
Wenn man es wollt erkennen,
Dem Land zu gut, wiewohl man thut
Ein Pfaffenfeind mich nennen.

Da laß ich jeden liegen
Und reden was er will,
Hätt Wahrheit ich geschwiegen
Mir wären hulder Viel;
    Nun hab ich's gesagt, bin drum verjagt,
Das klag ich allen Frommen,
Wiewohl noch ich nit weiter fleich,
Vielleicht werd wieder komm'en.

Um Gnad will ich nit bitten
Dieweil ich bin ohn Schuld;
Ich hätt das Recht gelitten,
So hindert Ungebuld,

Daß man mich nit, nach alter Sitt,
Zu G'hör hat kommen lassen:
Vielleicht will's Gott, und zwingt sie Noth,
Zu handeln dieser Maßen.

Nun ist oft dieser Gleichen
Geschehen auch hievor,
Daß einer von den Reichen
Ein gutes Spiel verlor.

Oft große Flamm von Fünklein kam,
Wer weiß, ob ich's werd rächen.
Steht schon im Lauf, so setz ich drauf:
Muß gehn oder brechen.

Darneben mich zu trösten
Mit gutem Gewissen hab,
Daß keiner von den Bösten
Mir Ehr mag brechen ab,

Noch sagen, daß auf einig Maß
Ich anders sei gegangen,
Denn Ehren nach, hab diese Sach
Zu Gutem angefangen.

Will nun ihr selbst nit rathen,
Daß fromme Nation,
Ihrs Schadens sich ergatten,
Als ich vermahnet han,

So ist mir leid; hiemit ich scheid;
Will mengen baß die Karten.
Bin unverzagt ich hab's gewagt,
Und will des Ends erwarten.

Ob dann mir nach thut denken
Der Kurtisanen List:
Ein Herz läßt sich nit kränken,
Das rechter Meinung ist;
Ich weiß noch Viel, wolln auch ins Spiel
Und sollten's drüber sterben:
Auf! Landsknecht gut und Reitersmuth,
Laßt Hutten nicht verderben!

Ulrich von Hutten.

XIV.

Der Krieg.

Genius sprach zu mir:
Sag an, G'sell, wie g'fällt dir
Der Krieg und die Kriegsleut,
Sein Art, Frucht, Lohn und Beut.
Ich antwort ihm gar klug:
Des Kriegs hab ich genug,
Dieweil ich hab mein Leben,
So will ich mich begeben
In kein Krieg nimmermehr.
Weil er ohn Nutz und Ehr
Handelt, allein mit Schaden
Wird Land und Leut beladen,

Welche der Krieg thut rühren,
Sammt denen die ihn führen,
Derhalb der Krieg ich ſag
Iſt lauter Straf und Plag,
Des gar ſoll müßig gan
Ober= und Unterthan.

Da antwortet Genius
Und ſprach: Geſell, man muß
Des Feindes ſich oft wehren,
Der wider Recht und Ehren
Bekümmert Leut und Land,
Allda mit theurer Hand
Wehrt man ſich recht und billig,
Da ſollt du auch gutwillig
Dei'm Vaterland beiſthan,
Als ein ehrlicher Mann,
Dran ſetze Leib und Blut,
Kraft, Macht, Gewalt und Gut,
Dein Vaterland zu retten,
Als auch die Alten thäten,
Daß Fried und Ruh ihm wachs,
Spricht von Nürnberg

                              Hans Sachs.

XV.

Ode.

Wie die Soldaten man vor Zeiten
Laut mit dem Mund:
So sie jetzund
Ermahnet der Poet zu streiten.

Frisch auf, ihr tapfere Soldaten,
Ihr, die ihr noch mit deutschem Blut,
Ihr, die ihr noch mit frischem Muth
Belebet, suchet große Thaten!
Ihr Landsleut', ihr Landsknecht', frisch auf!
Das Land, die Freiheit sich verlieret,
Wenn ihr nicht muthig schlaget drauf,
Und überwindend triumphieret.

Der ist ein Deutscher wohl geboren,
Der von Betrug und Falschheit frei,
Hat weder Redlichkeit, noch Treu,
Noch Glauben, noch Freiheit verloren.
Der ist ein Deutscher ehrenwerth,
Der wacker, herzhaft, unverzaget,
Für die Freiheit mit seinem Schwert
In einige Gefahr sich waget.

Denn, wenn ihn schon die Feind' verwunden
Und nehmen ihm das Leben hin,
Ist Ruhm und Ehr' doch sein Gewinn,
Und er ist gar nicht überwunden.
Ein solcher Tod ist ihm nicht schwer,
Weil sein Gewissen ihn versüßet,
Und er erwirbet Lob und Ehr',
Indem er sein Blut so vergießet.

Wohlan derhalb, ihr wahre Deutschen,
Mit deutscher Faust, mit deutschem Muth
Dämpfet nun der Tyrannen Wuth,
Zerbrechet ihr Joch, Band und Peitschen.
Unüberwindlich rühmet sie
Ihr Titel, Thorheit und Stolzieren;
Allein ihr Heer mit schlechter Müh
Wird, überwindlich, bald verlieren.

Ha! Fallet in sie! Ihre Fahnen
Zittern aus Furcht: sie trennen sich;
Die böse Sache hält nicht Stich,
Darum sie sich zur Flucht schon mahnen.
Groß ist ihr Heer, klein ist ihr Glaub';
Gut ist ihr Zeug, bös ihr Gewissen:
Frisch auf! sie zittern wie das Laub,
Und wären gern schon ausgerissen.

Ha! schlaget auf sie, lieben Brüder!
Die Müh sei groß! doch ist nicht schlecht
Der Sieg, die Beut'; und wohl und recht
Zu thun, sind sie, denn ihr, viel müder.
So straf', o deutsches Herz und Hand,
Nun die Tyrannen und die Bösen;
Die Freiheit und das Vaterland
Mußt du auf diese Weis' erlösen.

                                   Weckherlin

XVI.

Aufmunterung zu guter Hoffnung

Hoffe, Herze! weil du kannst,
Hoffe, weil etwas zu hoffen!
Wo du einstens Hoffnung fand'st,
Dahin steht der Weg noch offen.
Hoff', es gehet alles an;
Weil man sterbend hoffen kann.

Hoffnung hintergehet zwar,
Aber nur, was wankelmüthig;
Hoffnung zeigt sich immmerdar
Treugesinnten Herzen gütig.
Hoffnung senket ihren Grund
In das Herze, nicht den Mund.

Felsen können in der See
So gestalter Hoffnung gleichen,
Welche zwischen Wohl und Weh
Niemals von der Stelle weichen.
Alles schwindet, beugt und bricht,
Nur beherzte Hoffnung nicht.

Scheint das Glücke durch sein Spiel,
Was man hofft, zu unterbrechen;
Gnung, wenn nur der Himmel will,
So kann ich mit Freuden sprechen:
Dieses kommt von oben her;
Nichts unmöglich, obgleich schwer.

Logau

XVII.

Ich empfinde fast ein Grauen.

Ich empfinde fast ein Grauen
Daß ich, Plato, für und für
Bin gesessen über dir;
Es ist Zeit hinaus zu schauen,
Und sich bei den frischen Quellen
In dem Grünen zu ergehn,
Wo die schönen Blumen stehn
Und die Fischer Netze stellen.

Wozu dienet das Studieren
Als zu lauter Ungemach?
Unterdessen läuft der Bach
Unsers Lebens, das wir führen,
Ehe wir es inne werden,
Auf sein letztes Ende hin,
Dann kömmt ohne Geist und Sinn
Dieses alles in die Erden.

Holla, Junge, geh' und frage,
Wo der beste Trunk mag sein,
Nimm den Krug und fülle Wein:
Alles Trauren, Leid und Klage,
Wie wir Menschen täglich haben,
Eh' uns Clotho fortgerafft,
Will ich in den süßen Saft,
Den die Traube giebt, vergraben.

Kaufe gleichfalls auch Melonen,
Und vergiß des Zuckers nicht;
Schaue nur, daß nichts gebricht.
Jener mag der Heller schonen,
Der bei seinem Geld und Schätzen
Tolle sich zu kränken pflegt,
Und nicht satt zu Bette legt;
Ich will, weil ich kann, mich letzen

Bitte meine guten Brüder,
Auf die Musik und ein Glas
Nichts schickt sich, dünkt mich, so baß
Als gut Trank und gute Lieder.
Laß ich gleich nicht viel zu erben,
Ei so hab' ich edlen Wein;
Will mit Andern lustig sein,
Muß ich gleich alleine sterben.

Opitz.

XVIII.

Zur Sommerszeit.

Geh aus, mein Herz, und suche Freud
In dieser lieben Sommerzeit,
An deines Gottes Gaben;
Schau an der schönen Gärten Zier,
Und siehe, wie sie mir und dir
Sich ausgeschmücket haben.

Die Bäume ſtehen voller Laub,
Das Erdreich decket ſeinen Staub
Mit einem grünen Kleide.
Narziſſus und die Tulipan,
Die ziehen ſich viel ſchöner an
Als Salomonis Seide.

Die Lerche ſchwingt ſich in die Luft,
Das Täublein fleucht aus ſeiner Kluft
Und macht ſich in die Wälder.
Die hochbegabte Nachtigall
Ergetzt und füllt mit ihrem Schall
Berg, Hügel, Thal und Felder.

Die Glucke führt ihr Völklein aus,
Der Storch baut und bewohnt ſein Haus,
Das Schwälblein ſpeist ihr' Jungen
Der ſchnelle Hirſch, das leichte Reh
Iſt froh, und kommt aus ſeiner Höh
Ins tiefe Gras geſprungen.

Die Bächlein rauſchen in dem Sand
Und malen ſich und ihren Rand
Mit ſchattenreichen Myrten;
Die Wieſen liegen hart dabei,
Und klingen ganz von Luſtgeſchrei
Der Schaf' und ihrer Hirten.

Die unverdroß'ne Bienenschar
Zeucht hin und her, sucht hier und dar
Ihr' edle Honigspeise;
Des süßen Weinstocks starker Saft
Kriegt täglich neue Stärk' und Kraft
In seinem schwachen Reise.

Ich selbsten kann und mag nicht ruhn:
Des großen Gottes großes Thun
Erweckt mir alle Sinnen;
Ich singe mit, wenn alles singt,
Und lasse, was dem Höchsten klingt,
Aus meinem Herzen rinnen.

Paul Gerhardt.

XIX.

Aennchen von Tharau.

Aennchen von Tharau ist, die mir gefällt,
Sie ist mein Leben, mein Gut und mein Geld.
Aennchen von Tharau hat wieder ihr Herz
Auf mich gerichtet in Lieb' und in Schmerz.
Aennchen von Tharau, mein Reichthum, mein Gut!
Du meine Seele, mein Fleisch und mein Blut!

Käm' alles Wetter gleich auf uns zu schlahn,
Wir sind gesinnt bei einander zu stahn.
Krankheit, Verfolgung, Betrübniß und Pein
Soll unsrer Liebe Verknotigung sein.
Aennchen von Tharau, mein Licht und mein' Sonn'!
Mein Leben schließ' ich um deines herum.

Recht als ein Palmenbaum über sich steigt,
Hat ihn erst Regen und Sturmwind gebeugt;
So wird die Lieb' in uns mächtig und groß
Nach manchen Leiden und traurigem Loos.
Aennchen von Tharau, mein Reichthum, mein Gut!
Du meine Seele, mein Fleisch und mein Blut!

Würdest du gleich einmal von mir getrennt,
Lebtest da, wo man die Sonne kaum kennt;
Ich will dir folgen durch Wälder und Meer,
Eisen und Kerker und feindliches Heer.
Aennchen von Tharau, mein Licht und mein' Sonn!
Mein Leben schließ' ich um deines herum.

Simon Dach.

XX.

Das höchste Gut.

Zum höchsten Gut in dieser Welt
Wählt jeder, was ihm selbst gefällt;
Gar im Schoß sitzt der dem Glücke
Dem gegeben sind vier Stücke:
    Ein gütig Gott,
    Ein liebes Weib,
    Ein frischer Leib,
    Ein selig Tod.

Logau.

XXI.
Wiedervergeltung.

Für Guts nichts Gutes geben, iſt eine böſe That;
Für Böſes Böſes geben, iſt ein verkehrter Rath;
Für Gutes Böſes geben, iſt ſchändlicher Beginn;
Für Gutes Gutes geben, gebühret frommem Sinn;
Für Böſes Gutes geben, iſt recht und wohl gethan,
Denn dran wird ſo erkennet ein rechter Chriſten=Mann

Logau.

XXII.
An Sich.

Sei dennoch unverzagt! Gieb dennoch unverloren!
Weich' keinem Glücke nicht! Steh' höher als der Neid!
Vergnüge dich an dir, und acht' es für kein Leid,
Hat ſich gleich wider dich Glück, Ort und Zeit verſchworen.

Was dich betrübt und labt, halt' Alles für erkoren.
Nimm dein Verhängniß an. Laß Alles unbereut.
Thu', was gethan muß ſein, und eh' man dir's gebeut.
Was du noch hoffen kannſt, das wird noch ſtets geboren.

Was klagt, was lobt man doch? Sein Unglück und
ſein Glücke
Iſt ihm ein Jeder ſelbſt. Schau' alle Sachen an:
Dies alles iſt in dir! Laß deinen eitlen Wahn!

Und eh' du fürder gehſt, ſo geh' in dich zurücke!
Wer ſein ſelbſt Meiſter iſt, und ſich beherrſchen kann,
Dem iſt die weite Welt und Alles unterthan.

Paul Fleming.

XXIII.
Von der Herbstzeit.

Du magst den Lenz und Sommer preisen,
Mir, mir gefällt des Herbstes Frucht,
Die man in großen Fässern sucht,
In schönen Gläsern pflegt zu weisen.
Wo fröhliche Gemüther sein,
Da bist auch du, o edler Wein!

Du kannst den Helden Stärke machen,
Wenn sich der Feind im Felde zeigt,
Wenn ehe man die Stadt ersteigt,
Die Mörser und Karthaunen krachen.
Wo tapfere Soldaten sein
Da bist auch du, o edler Wein!

Du heißt die Männer länger sitzen
In löblicher Gesellschafts-Lust!
Wem die Melancholei bewußt,
Kannst du das alte Blut erhitzen.
Wo die verliebten Herzen sein,
Da bist auch du, o edler Wein!

Du bist der beste Koch auf Erden,
Der beste Leibarzt in der Welt,
Der zu Gesunden sich gesellt,
Die Schwachen wieder stark läßt werden.
Darum soll mir, o edler Wein!
Der Herbst ein ganzes Wein-Jahr sein.

v. Hoffmanswaldau.

XXIV.

Der Unterschied zwischen des Phöbus Rohr und Davids Harfe.

Gedenk' auch du einmal, getreue Poesie!
An Sachen, die nicht so nach Welt und Thorheit schmecken.
Und leide, daß mein Fuß dich von dem Wege zieh',
Auf welchem Lust und Schein den Untergang verdecken.
Man rühmt dir allzeit nach, du seist ein Himmelskind:
Gieb thätigen Beweis, dein Vaterland zu glauben!
Nachdem Geschmack, Geruch und Farb' und Wirkung sind,
Nachdem erfährt man auch den Boden reifer Trauben.

Du hast der Eitelkeit so dienstbar aufgespielt,
Viel Feuer angesteckt, manch schlüpfrig Lied geschrieben,
Und manchen reichen Thor, der sonst sich anders fühlt,
Durch Lob und Schmeichelei zum Hochmuth angetrieben.
Die Sünd ist zwar nicht klein, doch wird sie leicht verziehn,
Wenn Buß und Besserung die Arbeit heilig machen:
Du mußt dein Saitenchor nach Davids Harfe ziehn!
O was bekommst du hier für groß' und hohe Sachen!

Kein Maro, kein Homer, kein hoher Pindarus
Hat für sein Heldenlied so reichen, starken Zunder;
Du brauchst nicht erst den Geist, der jene treiben muß:
Betracht und schätze nur des Höchsten Werk' und Wunder.
Du bist so sehr verwöhnt und hast ein thöricht Ohr,
Wofern dir Jupiter und Venus besser klingen,
Als wenn die Sulamith und Assaphs güldnes Rohr
Vom großen Zebaoth und schönem Freunde singen.

Liegt Elims Palmenstadt nicht höher als Athen?
Beschämt nicht Hermons Thau des Pindus Götzenhügel?
Aurora macht den Vers bei weitem nicht so schön,
Als wenn sich David wünscht der Morgenröthe Flügel.
Was gibt Elysium? Verlogne Frucht und Lust!
Komm, laß dir Gottes Stadt vom liebsten Jünger zeigen:
Ihr Schatten wirft dir schon viel Klarheit in die Brust,
Und was du hier gewinnst, das ist ein sehnlich Schweigen.

Wie! Schärfst du schon den Kiel zum Risse dieser Pracht?
Sie läßt sich nicht so wohl erzählen als genießen.
Auch dazu weiß ich Rath! komm mit und gib sein Acht,
Was dort auf Golgatha für Segensströme fließen!
Es ist das rothe Meer in jen' gelobtes Land,
Das unser Josua am Kreuze scharf erfochten:
Hier übe deine Kunst, hier wecke Geist und Hand,
Zerreiß auch, was mir sonst der Helicon geflochten.

Wir finden reichern Schmuck: was soll der Lorbeerkranz?
Nimm, was der Heiland trägt, und kröne mir die Scheitel,
Und sprich: Hier schenk' ich dir den wahren Dichterglanz:
Wer andern Nachruhm sucht, der handelt blind und eitel.

Joh. Chr. Günther.

Zweite Periode.
Von Gellert bis Goethe.

XXV.
An die Tonkunst.

Göttin der Tonkunst, auf purpurnen Schwingen,
Kamst du von Sion zu Menschen herab;
Lehrtest sie flöten, und spielen, und singen,
Griffst in die Harfe, die Jeva dir gab.
Thiere und Pflanzen
Strebten zu tanzen;
Kummer und Schwermuth mit wolkigem Blick
Wichen dir, mächtige Göttin! zurück.

Jetzt töntest du der Liebe Freuden
Ins hohe Harfenspiel.
Du sangst von Minneseligkeiten,
Und jede Note war Gefühl.
Göttin der Tonkunst, auf purpurnen Schwingen,
Kamst du von Sion zu Menschen herab!

Jetzt fängst du an zu spielen
Den stummgeword'nen Schmerz,
Bis süße Thränen fielen,

Und lüfteten das Herz.
Göttin der Tonkunst, auf purpurnen Schwingen,
Kamst du von Sion zu Menschen herab!

Jetzt rauschten die Saiten
Von hüpfenden Freuden;
Es kam in blühendem Kranz
Der deutsche wirbelnde Tanz.
Göttin der Tonkunst, auf purpurnen Schwingen,
Kamst du von Sion zu Menschen herab!

Nun schwang die Göttin sich zum Chor
Der Feiernden im Gotteshaus empor,
Und griff mit mächt'ger Faust
Ins Orgelspiel. Die Töne flogen
Brausend empor; so braust
Der Ocean mit seinen Wogen —
Und Halleluja donnerte der Chor
In Fugen zum Himmel empor.
Göttin der Tonkunst, auf purpurnen Schwingen,
Kamst du von Sion zu Menschen herab!

Schubart.

XXVI.

Die Ehre Gottes aus der Natur.

Die Himmel rühmen des Ewigen Ehre,
   Ihr Schall pflanzt Seinen Namen fort.
Ihn rühmt der Erdkreis, Ihn preisen die Meere;
   Vernimm, o Mensch, ihr göttlich Wort!

Wer trägt der Himmel unzählbare Sterne?
Wer führt die Sonn' aus ihrem Zelt?
Sie kommt und leuchtet und lacht uns von ferne
Und läuft den Weg, gleich als ein Held

Vernimm's, und ſiehe die Wunder der Werke,
Die die Natur dir aufgeſtellt!
Verkündigt Weisheit und Ordnung und Stärke
Dir nicht den Herrn, den Herrn der Welt?

Kannſt du der Weſen unzählbare Heere,
Den kleinſten Staub fühllos beſchaun?
Durch wen iſt alles? O gieb Ihm die Ehre!
Mir, ruft der Herr, ſollſt du vertraun.

Mein iſt die Kraft, Mein Himmel und Erde;
An Meinen Werken kennſt du Mich.
Ich bin's und werde ſein, der Ich ſein werde,
Dein Gott und Vater ewiglich.

Ich bin dein Schöpfer, bin Weisheit und Güte,
Ein Gott der Ordnung und dein Heil;
Ich bin's! Mich liebe von ganzem Gemüthe,
Und nimm an Meiner Gnade Theil.

                                    Gellert

XXVII.
An die Freude.

Freude, Göttin edler Herzen!
    Höre mich!
Laß die Lieder, die hier schallen,
Dich vergrößern, dir gefallen;
Was hier tönet, tönt durch dich.

Muntre Schwester süßer Liebe!
    Himmelskind!
Kraft der Seelen! Halbes Leben!
Ach! Was kann das Glück uns geben,
Wenn man dich nicht auch gewinnt?

Stumme Hüter todter Schätze
    Sind nur reich.
Dem, der keinen Schatz bewachet,
Sinnreich scherzt und singt und lachet,
Ist kein karger König gleich.

Gieb den Kennern, die dich ehren,
    Neuen Muth,
Neuen Scherz den regen Zungen,
Neue Fertigkeit den Jungen,
Und den Alten neues Blut.

Du erheiterst, holde Freude!
    Die Vernunft.
Flieh' auf ewig die Gesichter
Aller finstern Splitterrichter
Und die ganze Heuchlerzunft.

Hagedorn.

3 *

XXVIII.

Das Hüttchen.

Ich hab' ein kleines Hüttchen nur,
Steht fest auf einer Wiesenflur
An einem Bach, der Bach ist schön:
Willst mit ins Hüttchen gehn?

.

Am Hüttchen klein steht groß ein Baum,
Vor welchem siehst das Hüttchen kaum;
Schützt gegen Regen, Sturm und Wind
All' die darinnen sind.

Sitzt auf dem Baum 'ne Nachtigall,
Singt von der Lieb mit süßem Schall,
Daß jeder, der vorüber geht,
Horcht, lange stille steht.

Du Kleine mit dem blonden Haar,
Die längst schon meine Freude war,
Ich gehe, rauhe Winde wehn;
Willst mit ins Hüttchen gehn?

Gleim.

XXIX.
An den Schlaf.

Komm, süßer Schlaf, erquicke mich:
Mein müdes Auge sehnet sich
Der Ruhe zu genießen,
Komm, sanft es zuzuschließen.

Wie aber, Freund, o schlössest du
Von nun an es auf ewig zu,
Und diese Augenlieder
Sähn nie den Morgen wieder?

So weiß ich, daß ein schöner Licht
Einst meinen Schlummer unterbricht,
Das ewig, ewig glänzet,
Und keine Nacht begrenzet.   Weiße.

XXX.
Der Mai.

Der Nachtigall reizende Lieder
Ertönen und locken schon wieder
Die fröhlichsten Stunden ins Jahr,
Nun singet die steigende Lerche,
Nun klappern die reisenden Störche,
Nun schwatzet der gaukelnde Staar.

Wie munter sind Schäfer und Herde!
Wie lieblich beblümt sich die Erde!
Wie lebhaft ist jetzo die Welt!
Die Tauben verdoppeln die Küsse,
Der Entrich besuchet die Flüsse,
Der lustige Sperling sein Feld.

Nun heben ſich Binſen und Keime,
Nun kleiden die Blätter die Bäume,
Nun ſchwindet des Winters Geſtalt;
Nun rauſchen lebendige Quellen
Und tränken mit ſpielenden Wellen
Die Triften, den Anger, den Wald.

Wie buhleriſch, wie ſo gelinde
Erwärmen die weſtlichen Winde
Das Ufer, den Hügel, die Gruft!
Die jugendlich ſcherzende Liebe
Empfindet die Reizung der Triebe,
Empfindet die ſchmeichelnde Luft.

Hagedorn

XXXI.
An Leukon.

Roſen pflücke, Roſen blühn,
Morgen iſt nicht heut!
Keine Stunde laß entfliehn,
Flüchtig iſt die Zeit!

Trinke, küſſe! Sieh es iſt
Heut Gelegenheit!
Weißt du, wo du morgen biſt?
Flüchtig iſt die Zeit!

Aufſchub einer guten That
Hat ſchon oft gereut!
Hurtig leben iſt mein Rath,
Flüchtig iſt die Zeit!

Gleim.

XXXII.
Gleichnisse der Liebe.

Meine Liebe gleicht der Schwalbe,
Die zwar ihre Wohnung flieht,
Aber immer wiederkehret,
Und von neuem ungestöret
Ihr gewohntes Nest bezieht.

Meine Liebe gleicht der Bäume
Unbeständig grünem Haupt;
Hat der Frost es gleich entblößet,
Wenn der Mai das Eis zerflößet,
Steht es wiederum belaubt.

Meine Liebe gleicht dem Schatten,
Der sich auf den Boden malt,
Mit des Lichtes Scheine schwindet,
Mit dem Licht sich wiederfindet,
Wenn sein Glanz von neuem strahlt.

Johann Elias Schlegel.

XXXIII.
Thamire an die Rosen.

Mein Geliebter hat versprochen,
Wenn ihr blühet hier zu sein.
Diese Zeit ist angebrochen,
Rosen! und ich bin allein.

Holde Töchter der Cythere,
Rosen! schonet meiner Ruh,
Schonet meines Schäfers Ehre:
Schließt euch, schließt euch wieder zu!

J. N. Göz.

XXXIV.
Die Pilger.

Wir sind die Pilger treuer Liebe,
Wir gehn zu ihrem Tempel, still
Zu flehn um Dauer unsrer Triebe:
Wer ist, der mit uns gehen will?

Der Weg ist weit, und viel zu streiten
Mit vielen Feinden haben wir;
O möchten Ritter uns begleiten
Der treuen Liebe bis zur Thür!

O stände sie den Pilgern offen,
Und kämen wir gesund hinein!
Erhörung haben wir zu hoffen,
Die Göttin soll erbittlich sein!

Gleim.

XXXV.
Urquell aller frohen Lieder.

Urquell aller frohen Lieder,
Schutzgott aller frohen Brüder,
Freudengeber, Wein!
Ja, du sollst von keinen Zungen
Ungerühmt und unbesungen
Je genossen sein!

König irdischer Getränke,
Bestes der Naturgeschenke,
Für des Lebens Ruh!
Denn was lehrt uns tausend Plagen
Leichter und gelassner tragen?
Lebensbalsam, du!

Furcht und Gram, und Grille fliehen;
Freud', und Muth und Hoffnung ziehen
Wieder in die Brust.
Froh sieht man den Becher blinken,
Glaubet nur den Wein zu trinken,
Und trinkt lauter Lust.

Auszug aller edlen Säfte!
Du erhöhst auch Geisteskräfte
Dem, der dich geneußt:
Welch ein Geist muß in dir brennen!
Ja, du selbst mußt denken können;
Wein! du bist ein Geist.

Doch genug! zu lange Lieder
Hassest du, und euch, ihr Brüder,
Durstet, wie mich dünkt.
So würd' er zu schwach erhoben.
Kräftiger kann der ihn loben,
Der ihn dankbar trinkt.

Johann Arnold Ebert.

XXXVI.

Wenn ich ein Vöglein wär.

Wenn ich ein Vöglein wär',
Und auch zwei Flügel hätt',
Flög' ich zu dir.
Weil's aber nicht kann sein,
Bleib' ich allhier.

Bin ich gleich weit von dir
Bin ich doch im Schlaf bei dir,
Und reb' mit dir.
Wenn ich erwachen thu',
Bin ich allein.

Es vergeht kein' Stund in der Nacht,
Da nicht mein Herz erwacht,
Und an dich gedenkt,
Daß du mir viel tausendmal
Dein Herz geschenkt.

Volkslied.

XXXVII.

Der Morgen.

Uns lockt die Morgenröthe
In Busch und Wald,
Wo schon des Hirten Flöte
Ins Laub erschallt.
Die Lerche steigt und schwirret,
Von Lust erregt;
Die Taube lacht und girret,
Die Wachtel schlägt.

Die Hügel und die Weide
Stehn aufgehellt,
Und Fruchtbarkeit und Freude
Beblümt das Feld.

Der Schmelz der grünen Flächen
Glänzt voller Pracht,
Und von den klaren Bächen
Entweicht die Nacht.

Der Hügel weiße Bürde
Der Schafe Zucht,
Drängt sich aus Stall und Hürde
Mit froher Flucht.
Seht wie der Mann der Herde
Den Morgen fühlt,
Und auf der frischen Erde
Den Buhler spielt!

Der Jäger macht schon rege
Und hetzt das Reh
Durch blutbetriefte Wege,
Durch Busch und Klee —
Sein Hifthorn gibt das Zeichen;
Man eilt herbei;
Gleich schallt aus allen Sträuchen
Das Jagdgeschrei.

Doch Phyllis' Herz erbebet
Bei dieser Lust;
Nur Zärtlichkeit belebet
Die sanfte Brust.
Laß uns die Thäler suchen,
Geliebtes Kind,
Wo wir von Berg und Buchen
Umschlossen sind!

Erkenne dich im Bilde,
Von jener Flur!
Sei stets wie dies Gefilde,
Schön durch Natur;
Erwünschter als der Morgen,
Hold wie sein Strahl;
So frei von Stolz und Sorgen
Wie dieses Thal.

Hagedorn.

XXXVIII.
Dithyrambe.

Freund, versäume nicht zu leben:
Denn die Jahre fliehn,
Und es wird der Saft der Reben
Uns nicht lange glühn!

Lach' der Aerzt' und ihrer Ränke!
Tod und Krankheit lauert,
Wenn man bei dem Froschgetränke
Seine Zeit vertraurt.

Moslerwein, der Sorgenbrecher,
Schafft gesundes Blut!
Trink' aus dem bekränzten Becher
Glück und frohen Muth.

So! — Noch eins! — Siehst du Lyäen
Und die Freude nun?
Bald wirst du auch Amorn sehen,
Und auf Rosen ruhn.

Ewald Christian von Kleist.

XXXIX.

Hüt du dich.

Ich weiß mir'n Mädchen hübsch und fein,
    Hüt du dich!
Es kann wohl falsch und freundlich sein,
    Hüt du dich! Hüt du dich!
Vertrau ihr nicht, sie narret dich.

Sie hat zwei Aeuglein, die sind braun,
    Hüt du dich!
Sie werd'n dich überzwerch anschaun,
    Hüt du dich! Hüt du dich!
Vertrau ihr nicht, sie narret dich.

Sie hat ein licht goldfarbnes Haar,
    Hüt du dich!
Und was sie red't, das ist nicht wahr,
    Hüt du dich! Hüt du dich!
Vertrau ihr nicht, sie narret dich.

Sie giebt dir'n Kränzlein fein gemacht,
    Hüt du dich!
Für einen Narr'n wirst du geacht,
    Hüt du dich! Hüt du dich!
Vertrau ihr nicht, sie narret dich.

Volkslied.

XI.

Die verkleidete Liebe.

Den Fesseln trügerischer Triebe
Entreißt sich mein gequältes Herz:
Zwar deine Lust ist groß, o Liebe,
Jedoch noch größer ist dein Schmerz!

Du giebst für tausend traur'ge Stunden
Kaum einen freud'gen Augenblick.
Dein schönstes Glück ist bald verschwunden,
Und Schmerz und Reue bleibt zurück.

O Freundschaft, Quell erhabner Triebe!
Dir folgen ist der Menschheit Pflicht;
Du hast die Reizungen der Liebe,
Und ihre Schmerzen hast du nicht.

Schon seh' ich dich vom Himmel fliegen;
Komm, Göttin, fülle meine Brust!
Sie kommt, geschmückt mit Chloens Zügen,
Aus ihren Blicken lacht die Lust.

Es fliehen Unmuth und Beschwerden,
Und die Natur erheitert sich.
Komm, Kind des Himmels, Lust der Erden,
O Freundschaft, ich umarme dich!

Doch welchen Schmerz fühl ich entstehen?
Und welchen Pfeil seh' ich bereit? —
Was ich für Freundschaft angesehen,
War Amor in der Freundschaft Kleid.

Cronegk.

Dritte Periode.

Von Goethe bis Schiller's Tode.

XLI.

An die Günstigen.

Dichter lieben nicht zu schweigen,
Wollen sich der Menge zeigen.
Lob und Tadel muß ja sein!
Niemand beichtet gern in Prosa;
Doch vertraun wir oft sub Rosa
In der Musen stillem Hain.

Was ich irrte, was ich strebte,
Was ich litt und was ich lebte,
Sind hier Blumen nur im Strauß;
Und das Alter wie die Jugend,
Und der Fehler wie die Tugend
Nimmt sich gut in Liedern aus.

Goethe

XLII.
Das menschliche Herz.

In Ein Gewebe wanden
Die Götter Freud' und Schmerz,
Sie webten und erfanden
Ein armes Menschenherz;
Du armes Herz, gewebet
Aus Lust und Traurigkeit,
Weißt du, was dich belebet?
Ist's Freude, ist es Leid?

Die Göttin selbst der Liebe
Sah es bedauernd an:
O zweifelhafte Triebe,
Die dieses Herz gewann!
Im Wünschen nur und Sehnen
Wohnt seine Seligkeit,
Und selbst der Freude Thränen
Verkündigen ihm Leid.

Schnell trat ihr holder Knabe
Hinzu mit seinem Pfeil;
Auf, meine beste Gabe
Sie werde ihm zu Theil!
Ein unbezwingbar Streben
Sei Liebe dir, o Herz,
Und Liebe sei dein Leben,
Und Freude sei dein Schmerz.

Herder.

XLIII.

Sehnsucht.

Ach, aus dieses Thales Gründen,
  Die der kalte Nebel drückt,
Könnt' ich doch den Ausgang finden,
  Ach, wie fühlt' ich mich beglückt!
Dort erblick' ich schöne Hügel,
  Ewig jung und ewig grün!
Hätt' ich Schwingen, hätt' ich Flügel,
  Nach den Hügeln zög' ich hin.

Harmonieen hör' ich klingen,
  Töne süßer Himmelsruh,
Und die leichten Winde bringen
  Mir der Düfte Balsam zu,
Goldne Früchte seh' ich glühen,
  Winkend zwischen dunkelm Laub,
Und die Blumen, die dort blühen,
  Werden keines Winters Raub.

Ach, wie schön muß sich's ergehen
  Dort im ew'gen Sonnenschein!
Und die Luft auf jenen Höhen —
  O, wie labend muß sie sein!
Doch mir wehrt des Stromes Toben,
  Der ergrimmt dazwischen braust;
Seine Wellen sind gehoben,
  Daß die Seele mir ergraust.

Einen Nachen seh' ich schwanken,
　Aber, ach! der Fährmann fehlt.
Frisch hinein und ohne Wanken!
　Seine Segel sind beseelt.
Du mußt glauben, du mußt wagen,
　Denn die Götter leihn kein Pfand;
Nur ein Wunder kann dich tragen
In das schöne Wunderland.

Schiller.

XLIV.
Licht und Wärme.

Der beßre Mensch tritt in die Welt
　Mit fröhlichem Vertrauen;
Er glaubt, was ihm die Seele schwellt,
　Auch außer sich zu schauen,
Und weiht, von edlem Eifer warm,
Der Wahrheit seinen treuen Arm.

Doch alles ist so klein, so eng;
　Hat er es erst erfahren,
Da sucht er in dem Weltgedräng
　Sich selbst nur zu bewahren;
Das Herz, in kalter, stolzer Ruh,
Schließt endlich sich der Liebe zu.

Sie geben, ach! nicht immer Gluth,
　Der Wahrheit helle Strahlen.
Wohl denen, die des Wissens Gut
　Nicht mit dem Herzen zahlen!
Drum paart zu eurem schönsten Glück
Mit Schwärmers Ernst des Weltmanns Blick!

Schiller.

XLV.

An die Natur.

Süße, heilige Natur,
Laß mich gehn auf deiner Spur,
Leite mich an deiner Hand
Wie ein Kind am Gängelband!

Wenn ich dann ermüdet bin,
Sink' ich dir am Busen hin,
Athme süße Himmelsluft
Hangend an der Mutter Brust.

Ach, wie wohl ist mir bei dir!
Will dich lieben für und für!
Laß mich gehn auf deiner Spur,
Süße, heilige Natur!

F L. Stolberg.

XLVI.

Die Worte des Glaubens.

Drei Worte nenn' ich euch, inhaltschwer,
   Sie gehen von Munde zu Munde,
Doch stammen sie nicht von außen her,
   Das Herz nur gibt davon Kunde.
Dem Menschen ist aller Werth geraubt,
Wenn er nicht mehr an die drei Worte glaubt.

4*

Der Mensch ist frei geschaffen, ist frei,
　　Und würd' er in Ketten geboren.
Laßt euch nicht irren des Pöbels Geschrei,
　　Nicht den Mißbrauch rasender Thoren!
Vor dem Sklaven, wenn er die Kette bricht,
Vor dem freien Menschen erzittert nicht.

Und die Tugend, sie ist kein leerer Schall,
　　Der Mensch kann sie üben im Leben,
Und sollt' er auch straucheln überall,
　　Er kann nach der göttlichen streben,
Und was kein Verstand der Verständigen sieht,
Das übet in Einfalt ein kindlich Gemüth.

Und ein Gott ist, ein heiliger Wille lebt,
　　Wie auch der menschliche wanke;
Hoch über der Zeit und dem Raume webt
　　Lebendig der höchste Gedanke,
Und ob Alles in ewigem Wechsel kreist,
Es beharret im Wechsel ein ruhiger Geist.

Die drei Worte bewahret euch, inhaltschwer,
　　Sie pflanzet von Munde zu Munde,
Und stammen sie gleich nicht von außen her,
　　Euer Innres gibt davon Kunde;
Dem Menschen ist nimmer sein Werth geraubt,
So lang er noch an die drei Worte glaubt.

Schiller

XLVII.

Elegie auf ein Landmädchen.

Schwermuthsvoll und dumpfig hallt Geläute
Vom bemoosten Kirchenthurm herab.
Väter weinen, Kinder, Mütter, Bräute;
Und der Todtengräber gräbt ein Grab.
Angethan mit einem Sterbekleide,
Eine Blumenkron' im blonden Haar,
Schlummert Röschen, so der Mutter Freude,
So der Stolz des Dorfes war.

Ihre Lieben, voll des Mißgeschickes,
Denken nicht an Pfänderspiel und Tanz,
Stehn am Sarge, winden nassen Blickes
Ihrer Freundin einen Todtenkranz.
Ach, kein Mädchen war der Thränen werther,
Als du gutes, frommes Mädchen bist,
Und im Himmel ist kein Geist verklärter,
Als die Seele Röschens ist.

Wie ein Engel, stand im Schäferkleide
Sie vor ihrer kleinen Hüttenthür.
Wiesenblumen waren ihr Geschmeide,
Und ein Veilchen ihres Busens Zier;
Ihre Fächer waren Zephyrs Flügel,
Und der Morgenhain ihr Putzgemach,
Diese Silberquellen ihre Spiegel,
Ihre Schminke dieser Bach.

Sittsamkeit umfloß, wie Mondenschimmer,
Ihre Rosenwangen, ihren Blick;
Nimmer wich der Seraph Unschuld, nimmer,
Von der holden Schäferin zurück.
Jünglingsblicke taumelten voll Feuer
Nach dem Reiz des lieben Mädchens hin;
Aber keiner, als ihr Vielgetreuer,
Rührte jemals ihren Sinn.

Keiner, als ihr Wilhelm! Frühlingsweihe
Rief die Edlen in den Buchenhain:
Unter'm Grün, durchstrahlt von Himmelsbläue,
Flogen sie den deutschen Ringelreihn.
Röschen gab ihm Bänder mancher Farbe,
Kam die Ernt', an seinen Schnitterhut,
Saß mit ihm auf einer Weizengarbe,
Lächelt' ihm zur Arbeit Muth;

Band den Weizen, welchen Wilhelm mähte,
Band und äugelt' ihrem Liebling nach;
Bis die Kühlung kam, und Abendröthe
Durch die falben Westgewölke brach.
Ueber Alles war ihm Röschen theuer,
War sein Taggedanke, war sein Traum.
Wie sich Röschen liebten und ihr Treuer,
Lieben sich die Engel kaum.

Wilhelm! Wilhelm! Sterbeglocken hallen,
Und die Grabgesänge heben an;
Schwarzbeflorte Trauerleute wallen,
Und die Todtenkrone weht voran.

Wilhelm wankt, mit seinem Liederbuche,
Nassen Auges, an das off'ne Grab,
Trocknet mit dem weißen Leichentuche
Sich die hellen Thränen ab.

Schlummre sanft, du gute, fromme Seele,
Bis auf ewig dieser Schlummer flieht!
Wein' auf ihrem Hügel, Philomele,
Um die Dämmerung ein Sterbelied!
Weht, wie Harfenlispel, Abendwinde,
Durch die Blumen, die ihr Grab gebar!
Und im Wipfel dieser Kirchhoflinde
Nist' ein Turteltaubenpaar!

Hölty

XLVIII.

Wandrers Nachtlied.

Der du von dem Himmel bist,
Alles Leid und Schmerzen stillest,
Den, der doppelt elend ist,
Doppelt mit Erquickung füllest,

Ach, ich bin des Treibens müde!
Was soll all der Schmerz und Lust?
Süßer Friede,
Komm, ach komm in meine Brust!

Ein Gleiches.

Ueber allen Gipfeln
Ist Ruh,

In allen Wipfeln
Spürest du
Kaum einen Hauch;
Die Vögelein schweigen im Walde.
Warte nur, balde
Ruhest du auch.

Goethe.

XLIX.

Die Lerche.

Gegrüßet seist du, du Himmelsschwinge,
Des Frühlings Bote, du Liederfreundin,
Sei mir gegrüßet, geliebte Lerche,
Die beides lehret, Gesang und Leben.

Der Morgenröthe, des Fleißes Freundin,
Erweckst du Felder, belebst du Hirten;
Sie treiben munter den Schlaf vom Auge:
Denn ihnen singet die frühe Lerche.

Du stärkst dem Landmann die Hand am Pfluge,
Und gibst den Ton ihm zum Morgenliede.
„Wach' auf und singe, mein Herz voll Freude,
Wach' auf und singe, mein Herz voll Dankes."

Und alle Schöpfung, die Braut der Sonne,
Erwacht verjünget vom langen Schlafe;
Die starren Bäume, sie hören wundernd
Gesang von oben und grünen wieder.

Die Zweige sprießen, die Blätter keimen,
Das Laub entschlüpfet und horcht dem Liede
Die Vögel girren im jungen Neste,
Sie üben zweifelnd die alten Stimmen.

Denn du ermunterst sie, kühne Lerche,
Beim ersten Blick des jungen Frühlings,
Hoch über Beifall und Neid erhoben,
Dem Aug' entflogen, doch stets im Ohre.

Inbrünstig schwingst du dich auf zum Himmel
Und schlüpfst bescheiden zur Erde nieder.
Demüthig nistest du tief am Boden
Und steigst frohlockend zum Himmel wieder.

Drum gab, o fromme, bescheidne Lerche,
Du über Beifall und Stolz erhobne,
Du muntre Freundin des frommen Fleißes,
Drum gab der Himmel dir auch zum Lohne

Die unermüdlich beherzte Stimme,
Den Ton der Freude, den langen Frühling.
Selbst Philomele, die Liedergöttin,
Muß deinem langen Gesange weichen.

Denn ach! der Liebe, der Sehnsucht Klagen
In Philomelens Gesang ersterben;
Das Lied der Andacht, der Ton der Freude,
Das Lied des Fleißes hat langen Frühling.

                                        Herder

L.
Aufmunterung zur Freude.

Wer wollte sich mit Grillen plagen,
So lang uns Lenz und Jugend blühn?
Wer wollt' in seinen Blüthentagen,
Die Stirn in düstre Falten ziehn?

Die Freude winkt auf allen Wegen,
Die durch dies Pilgerleben gehn;
Sie bringt uns selbst den Kranz entgegen
Wenn wir am Scheidewege stehn.

Noch rinnt und rauscht die Wiesenquelle,
Noch ist die Laube kühl und grün;
Noch scheint der Liebe Mond so helle,
Wie er durch Adams Bäume schien!

Noch macht der Saft der Purpurtraube
Des Menschen krankes Herz gesund;
Noch schmecket in der Abendlaube
Der Kuß auf einen rothen Mund.

Noch tönt der Busch voll Nachtigallen
Dem Jüngling hohe Wonne zu;
Noch strömt, wenn ihre Lieder schallen,
Selbst in zerrißne Seelen Ruh.

O, wunderschön ist Gottes Erde
Und werth darauf vergnügt zu sein;
Drum will ich, bis ich Asche werde,
Mich dieser schönen Erde freun.

Hölty.

LI.

Punschlied.

Vier Elemente
Innig gesellt,
Bilden das Leben,
Bauen die Welt.

Preßt der Citrone
Saftigen Stern!
Herb ist des Lebens
Innerster Kern.

Jetzt mit des Zuckers
Linderndem Saft
Zähmet die herbe
Brennende Kraft!

Gießet des Wassers
Sprudelnden Schwall!
Wasser umfänget
Ruhig das All.

Tropfen des Geistes
Gießet hinein!
Leben dem Leben
Giebt er allein.

Eh' es verdüstet,
Schöpfet es schnell!
Nur wenn er glühet,
Labet der Quell.

Schiller.

LII.
Das Landleben.

Wunderseliger Mann, welcher der Stadt entfloh!
Jedes Säuseln des Baums, jedes Geräusch des Bachs
Jeder blinkende Kiesel
Predigt Tugend und Weisheit ihm.

Jeder dämmernde Hain ist ihm ein heiliger
Tempel, wo ihm sein Gott näher vorüberwallt;
Jeder Rasen ein Altar,
Wo er vor dem Erhabnen kniet.

Seine Nachtigall tönt Schlummer herab auf ihn,
Seine Nachtigall weckt flötend ihn wieder auf.
Wenn das liebliche Frühroth
Durch die Bäum' auf sein Bette scheint,

Dann bewundert er dich, Gott, in der Morgenflur,
In der steigenden Pracht deiner Verkünderin,
Deiner herrlichen Sonne,
Dich im Wurm und im Knospenzweig;

Ruht im wehenden Gras, wenn sich die Kühl' ergießt.
Oder strömet den Quell über die Blumen aus;
Trinkt den Athem der Blüthe,
Trinkt die Milde der Abendluft.

Sein bestrohetes Dach, wo sich das Taubenvolk
Sonnt und spielet und hüpft, winket ihm süßre Rast,
Als dem Städter der Goldsaal,
Als der Polster der Städterin.

Und der spielende Trupp schwirret zu ihm herab,
Gurrt und säuselt ihn an, flattert auf seinen Korb,
Pickt ihm Erbsen und Körner,
Pickt die Krum' aus der Hand vertraut.

Einsam wandelt er oft, Sterbegedanken voll,
Durch die Gräber des Dorfs, wählet zum Sitz ein Grab,
Und beschauet die Kreuze
Mit dem wehenden Todtenkranz;

Und das steinerne Mal unter dem Fliederbusch,
Wo ein biblischer Spruch freudig zu sterben lehrt,
Wo der Tod mit der Sense
Und ein Engel mit Palmen steht.

Wunderseliger Mann, welcher der Stadt entfloh!
Engel segneten ihn, als er geboren ward,
Streuten Blumen des Himmels
Auf die Wiege des Knaben aus!

Hölty.

LIII.

Schützenlied.

Mit dem Pfeil, dem Bogen,
Durch Gebirg und Thal
Kommt der Schütz gezogen
Früh am Morgenstrahl.

Wie im Reich der Lüfte
König ist der Weih,
Durch Gebirg und Klüfte
Herrscht der Schütze frei.

Ihm gehört das Weite,
Was sein Pfeil erreicht;
Das ist seine Beute,
Was da kreucht und fleugt.   Schiller.

LIV.

Heidenröslein.

Sah ein Knab' ein Röslein stehn,
Röslein auf der Heiden,
War so jung und morgenschön,
Lief er schnell, es nah zu sehn,
Sah's mit vielen Freuden.
Röslein, Röslein, Röslein roth,
Röslein auf der Heiden.

Knabe sprach: Ich breche dich,
Röslein auf der Heiden!
Röslein sprach: Ich steche dich,
Daß du ewig denkst an mich,
Und ich will's nicht leiden.
Röslein, Röslein, Röslein roth,
Röslein auf der Heiden.

Und der wilde Knabe brach
'S Röslein auf der Heiden;
Röslein wehrte sich und stach,
Half ihr doch kein Weh und Ach,
Mußt' es eben leiden.
Röslein, Röslein, Röslein roth,
Röslein auf der Heiden.   Goethe.

LV.
Wehmuth.

Ihr verblühet, süße Rosen,
Meine Liebe trug euch nicht;
Blühtet, ach, dem Hoffnungslosen,
Dem der Gram die Seele bricht.

Jener Tage denk' ich trauernd,
Als ich, Engel, an dir hing,
Auf das erste Knöspchen lauernd
Früh zu meinem Garten ging,

Alle Blüthen, alle Früchte
Noch zu deinen Füßen trug,
Und vor deinem Angesichte
Hoffnung in dem Herzen schlug.

Ihr verblühet, süße Rosen,
Meine Liebe trug euch nicht;
Blühtet, ach, dem Hoffnungslosen,
Dem der Gram die Seele bricht.

Goethe.

LVI.
Die Erwartung.

Hör' ich das Pförtchen nicht gehen?
Hat nicht der Riegel geklirrt?
Nein, es war des Windes Wehen,
Der durch diese Pappeln schwirrt.

O schmücke dich, du grün belaubtes Dach,
Du sollst die Anmuthstrahlende empfangen!
Ihr Zweige, baut ein schattendes Gemach,
Mit holder Nacht sie heimlich zu umfangen!

Und all' ihr Schmeichellüfte, werdet wach
Und scherzt und spielt um ihre Rosenwangen,
Wenn seine schöne Bürde, leicht bewegt,
Der zarte Fuß zum Sitz der Liebe trägt.

 Stille! Was schlüpft durch die Hecken
 Raschelnd mit eilendem Lauf?
  Nein, es scheuchte nur der Schrecken
  Aus dem Busch den Vogel auf.

 O lösche deine Fackel, Tag! Hervor,
Du geist'ge Nacht, mit deinem holden Schweigen!
Breit' um uns her den purpurrothen Flor,
Umspinn' uns mit geheimnißvollen Zweigen!
Der Liebe Wonne flieht des Lauschers Ohr,
Sie flieht des Strahles unbescheidnen Zeugen;
Nur Hesper, der Verschwiegene, allein
Darf still herblickend ihr Vertrauter sein.

 Rief es von ferne nicht leise,
 Flüsternden Stimmen gleich?
  Nein, der Schwan ist's, der die Kreise
  Ziehet durch den Silberteich.

Mein Ohr umtönt ein Harmonicenfluß,
Der Springquell fällt mit angenehmem Rauschen,
Die Blume neigt sich bei des Westes Kuß,
Und alle Wesen seh' ich Wonne tauschen;
Die Traube winkt, die Pfirsche zum Genuß,
Die üppig schwellend hinter Blätter lauschen;
Die Luft, getaucht in der Gewürze Fluth,
Trinkt von der heißen Wange mir die Gluth.

Hör' ich nicht Tritte erschallen?
Rauscht's nicht den Laubgang daher?
  Nein, die Frucht ist dort gefallen,
  Von der eignen Fülle schwer.

Des Tages Flammenauge selber bricht
In süßem Tod, und seine Farben blassen;
Kühn öffnen sich im holden Dämmerlicht
Die Kelche schon, die seine Gluthen hassen,
Still hebt der Mond sein strahlend Angesicht,
Die Welt zerschmilzt in ruhig große Massen;
Der Gürtel ist von jedem Reiz gelöst,
Und alles Schöne zeigt sich mir entblößt.

Seh' ich nichts Weißes dort schimmern?
Glänzt's nicht wie seidnes Gewand?
  Nein, es ist der Säule Flimmern
  An der dunkeln Taxuswand.

O sehnend Herz, ergötze dich nicht mehr,
Mit süßen Bildern wesenlos zu spielen!
Der Arm, der sie umfassen will, ist leer,
Kein Schattenglück kann diesen Busen kühlen.
O führe mir die Lebende daher,
Laß ihre Hand, die zärtliche, mich fühlen,
Den Schatten nur von ihres Mantels Saum,
Und in das Leben tritt der hohle Traum.

Und leis, wie aus himmlischen Höhen
Die Stunde des Glücks erscheint,
  So war sie genaht, ungesehen,
  Und weckte mit Küssen den Freund.

Schiller.

Buchheim's Deutsche Lyrik.   5

LVII.

An ein Maienlüftchen.

Auf, Maienlüftchen, aus den Blumenbeeten,
Wo deine Küsse Florens Töchter röthen,
  Wo du so liebetraulich allen heuchelst
  Und Duft erschmeichelst!

Erhebe dich mit allem süßen Raube
Nach jener dämmernden Hollunderlaube!
  Dort lauschet Lina. Laß sie deines süßen
  Geruchs genießen!

Mir hat das Glück noch keinen Kuß bescheret;
Dir aber, Liebchen, wird ja nichts verwehret.
  Nimm drei für einen! Komm zurück! Nur einer
  Davon sei meiner!

Bürger.

LVIII.

Der Felsenstrom.

Unsterblicher Jüngling!
Du strömst hervor
Aus der Felsenkluft.
Kein Sterblicher sah
Die Wiege des Starken;
Es hörte kein Ohr
Das Lallen des Edlen im sprudelnden Quell.

Wie bist du so schön
In silbernen Locken!
Wie bist du so furchtbar
Im Donner der hallenden Felsen umher!

Dir zittert die Tanne;
Du stürzest die Tanne
Mit Wurzel und Haupt.
Dich fliehen die Felsen;
Du haschest die Felsen
Und wälzest sie spottend, wie Kiesel, dahin.
Dich kleidet die Sonne
In Strahlen des Ruhmes;
Sie malet mit Farben des himmlischen Bogens
Die schwebenden Wolken der stäubenden Fluth.

Was eilst du hinab
Zum grünlichen See?
Ist dir nicht wohl beim näheren Himmel?
Nicht wohl im hallenden Felsen?
Nicht wohl im hangenden Eichengebüsch?

O, eile nicht so
Zum grünlichen See!
Jüngling, du bist noch stark, wie ein Gott!
Frei, wie ein Gott!

Zwar lächelt dir unten die ruhende Stille,
Die wallende Bebung des schweigenden Sees,
Bald silbern vom schwimmenden Monde
Bald golden und roth im westlichen Strahl.

O Jüngling, was ist die seidene Ruhe,
Was ist das Lächeln des freundlichen Mondes,
Der Abendsonne Purpur und Gold,
Dem, der in Banden der Knechtschaft sich fühlt?

Noch strömest du wild,
Wie dein Herz gebeut!
Dort unten herrschen oft ändernde Winde,
Oft Stille des Todes im dienstbaren See!

O, eile nicht so
Zum grünlichen See!
Jüngling, noch bist du so stark, wie ein Gott!
Frei, wie ein Gott!

F. L. Stolberg.

LIX.

Abendlandschaft.

Goldner Schein
Deckt den Hain,
Mild beleuchtet Zauberschimmer
Der umbüschten Waldburg Trümmer.

Still und hehr
Strahlt das Meer;
Heimwärts gleiten, sanft wie Schwäne,
Fern am Eiland Fischerkähne.

Silbersand
Blinkt am Strand;
Röther schweben hier, dort blässer,
Wolkenbilder im Gewässer.

Rauschend kränzt
Goldbeglänzt,
Wankend Ried des Vorlands Hügel,
Wild umschwärmt vom Seegeflügel.

Malerisch
Im Gebüsch
Winkt, mit Gärtchen, Laub und Quelle,
Die bemooste Klausnerzelle.

Auf der Fluth
Stirbt die Gluth;
Schon erblaßt der Abendschimmer
Auf der hohen Waldburg Trümmer.

Vollmondschein
Deckt den Hain;
Geisterlispel wehn im Thale
Um versunkne Heldenmale.

Matthisson.

LX.
Meeresstille.

Tiefe Stille herrscht im Wasser,
Ohne Regung ruht das Meer,
Und bekümmert sieht der Schiffer
Glatte Fläche rings umher.
Keine Luft von keiner Seite!
Todesstille fürchterlich!
In der ungeheuern Weite
Reget keine Welle sich.

Glückliche Fahrt.

Die Nebel zerreißen,
Der Himmel ist helle
Und Aeolus löset
Das ängstliche Band.
Es säuseln die Winde,
Es rührt sich der Schiffer.
Geschwinde! Geschwinde!
Es theilt sich die Welle,
Es naht sich die Ferne;
Schon seh' ich das Land!

Goethe.

LXI.

Die Heimath.

Froh kehrt der Schiffer heim an den stillen Strom,
Von Inseln fernher, wenn er geerntet hat;
So käm' auch ich zur Heimath, hätt' ich
Güter so viele, wie Leid, geerntet.

Ihr theuern Ufer, die mich erzogen einst,
Stillt ihr der Liebe Leiden, versprecht ihr mir,
Ihr Wälder meiner Jugend, wenn ich
Komme, die Ruhe noch einmal wieder?

Am kühlen Bache, wo ich der Wellen Spiel,
Am Strome, wo ich gleiten die Schiffe sah,
Dort bin ich bald; euch traute Berge,
Die mich behüteten einst, der Heimath

Verehrte sichre Grenzen, der Mutter Haus,
Und liebender Geschwister Umarmungen
Begrüß' ich bald, und ihr umschließt mich,
Daß, wie in Banden, das Herz mir heile,

Ihr Treugebliebnen! aber ich weiß, ich weiß,
Der Liebe Leid, dies heilet so bald mir nicht,
Dies singt kein Wiegensang, den tröstend
Sterbliche singen, mir aus dem Busen.

Denn sie, die uns das himmlische Feuer leihn,
Die Götter schenken heiliges Leid uns auch.
Drum bleibe dies. Ein Sohn der Erde
Bin ich, zu lieben gemacht, zu leiden.

Hölderlin.

LXII.

Erster Verlust.

Ach! wer bringt die schönen Tage,
Jene Tage der ersten Liebe,
Ach! wer bringt nur eine Stunde
Jener holden Zeit zurück!

Einsam nähr' ich meine Wunde,
Und mit stets erneuter Klage
Traur' ich ums verlorne Glück.

Ach, wer bringt die schönen Tage,
Jene holde Zeit zurück!

Goethe.

LXIII.
Die frühen Gräber.

Willkommen, o silberner Mond,
Schöner, stiller Gefährt' der Nacht!
Du entfliehst? Eile nicht, bleib', Gedankenfreund!
Sehet, er bleibt, das Gewölk wallte nur hin.

Des Maies Erwachen ist nur
Schöner noch, wie die Sommernacht,
Wenn ihm Thau, hell wie Licht, aus der Locke träuft,
Und zu dem Hügel herauf röthlich er kömmt.

Ihr Edleren, ach, es bewächst
Eure Male schon ernstes Moos!
O, wie war glücklich ich, als ich noch mit euch
Sahe sich röthen den Tag, schimmern die Nacht.

Klopstock.

LXIV.
Wer nie sein Brod mit Thränen aß.

Wer nie sein Brod mit Thränen aß,
Wer nie die kummervollen Nächte
Auf seinem Bette weinend saß,
Der kennt euch nicht, ihr himmlischen Mächte!

Ihr führt ins Leben uns hinein,
Ihr laßt den Armen schuldig werden,
Dann überlaßt ihr ihn der Pein,
Denn alle Schuld rächt sich auf Erden.

Goethe.

LXV.

Die Hoffnung.

Es reden und träumen die Menschen viel
Von bessern künftigen Tagen;
Nach einem glücklichen, goldenen Ziel
Sieht man sie rennen und jagen.
Die Welt wird alt und wird wieder jung,
Doch der Mensch hofft immer Verbesserung.

Die Hoffnung führt ihn ins Leben ein,
Sie umflattert den fröhlichen Knaben,
Den Jüngling lockt ihr Zauberschein,
Sie wird mit dem Greis nicht begraben;
Denn beschließt er im Grabe den müden Lauf,
Noch am Grabe pflanzt er — die Hoffnung auf.

Es ist kein leerer schmeichelnder Wahn,
Erzeugt im Gehirne des Thoren.
Im Herzen kündet es laut sich an:
Zu was Besserm sind wir geboren;
Und was die innere Stimme spricht,
Das täuscht die hoffende Seele nicht.

Schiller.

LXVI.

Der Wechsel.

Trüb' und heiter tagt
Unser Wechselleben.
Gleich und unverzagt
Laßt hindurch uns streben.
Denn zum Durchgang nur
Ward des Lebens Flur
Uns von Gott gegeben.

Strahlt ein heitrer Tag?
Freut euch stilles Muthes.
Trübt sich Ungemach?
Habt Geduld; bald ruht es.
Nichts ist tadellos;
Auch das schlimmste Loos
Hat zugleich sein Gutes.

Unsern Geist erfrischt
Heiterkeit und Trübe,
Beid' hat wohl gemischt
Gottes weise Liebe:
Daß sich Geist und Herz
Männlich himmelwärts
Von dem Staub erhübe.

Voß.

LXVII.

Neue Liebe neues Leben.

Herz, mein Herz, was soll das geben?
Was bedränget dich so sehr?
Welch ein fremdes, neues Leben!
Ich erkenne dich nicht mehr.
Weg ist Alles, was du liebtest,
Weg, warum du dich betrübest,
Weg dein Fleiß und deine Ruh —
Ach, wie kamst du nur dazu!

Fesselt dich die Jugendblüthe,
Diese liebliche Gestalt,
Dieser Blick voll Treu' und Güte
Mit unendlicher Gewalt?
Will ich rasch mich ihr entziehen,
Mich ermannen, ihr entfliehen,
Führet mich im Augenblick,
Ach, mein Weg zu ihr zurück.

Und an diesem Zauberfädchen,
Das sich nicht zerreißen läßt,
Hält das liebe, lose Mädchen
Mich so wieder Willen fest;
Muß in ihrem Zauberkreise
Leben nun auf ihre Weise.
Die Veränd'rung, ach, wie groß!
Liebe! Liebe! laß mich los!

LXVIII.

An den Mond.

Füllest wieder Busch und Thal
Still mit Nebelglanz,
Lösest endlich auch einmal
Meine Seele ganz;

Breitest über mein Gefild
Lindernd deinen Blick,
Wie des Freundes Auge. mild
Ueber mein Geschick.

Jeden Nachklang fühlt mein Herz
Froh= und trüber Zeit,
Wandle zwischen Freud' und Schmerz
In der Einsamkeit.

Fließe, fließe, lieber Fluß!
Nimmer werd' ich froh!
So verrauschte Scherz und Kuß,
Und die Treue so.

Ich besaß es doch einmal,
Was so köstlich ist!
Daß man doch zu seiner Qual
Nimmer es vergißt!

Rausche, Fluß, das Thal entlang,
Ohne Rast und Ruh',
Rausche, flüstre meinem Sang
Melodien zu,

Wenn du in der Winternacht
Wüthend überschwillst,
Oder um die Frühlingspracht
Junger Knospen quillst.

Selig, wer sich vor der Welt
Ohne Haß verschließt,
Einen Freund am Busen hält
Und mit dem genießt,

Was von Menschen nicht gewußt,
Oder nicht bedacht,
Durch das Labyrinth der Brust
Wandelt in der Nacht.

Goethe

LXIX.

Wonne der Wehmuth.

Trocknet nicht, trocknet nicht,
Thränen der ewigen Liebe!
Ach, nur dem halbgetrockneten Auge
Wie öde, wie todt die Welt ihm erscheint.
Trocknet nicht, trocknet nicht,
Thränen unglücklicher Liebe!

Goethe

LXX.
Troſt in Thränen.

Wie kommt's, daß du ſo traurig biſt,
Da alles froh erſcheint?
Man ſieht dir's an den Augen an,
Gewiß, du haſt geweint.

„Und hab' ich einſam auch geweint,
So iſt's mein eig'ner Schmerz,
Und Thränen fließen gar ſo ſüß,
Erleichtern mir das Herz."

Die frohen Freunde laden dich
O komm an unſre Bruſt!
Und was du auch verloren haſt,
Vertraue den Verluſt.

„Ihr lärmt und rauſcht und ahnet nicht,
Was mich, den Armen, quält.
Ach nein, verloren hab' ich's nicht,
So ſehr es mir auch fehlt."

So raffe denn dich eilig auf!
Du biſt ein junges Blut.
In deinen Jahren hat man Kraft
Und zum Erwerben Muth.

„Ach nein, erwerben kann ich's nicht,
Es ſteht mir gar zu fern.
Es weilt ſo hoch, es blinkt ſo ſchön,
Wie droben jener Stern.'

Die Sterne, die begehrt man nicht,
Man freut sich ihrer Pracht,
Und mit Entzücken blickt man auf
In jeder heitern Nacht.

„Und mit Entzücken blick' ich auf
So manchen lieben Tag;
Verweinen laßt die Nächte mich,
So lang' ich weinen mag."

Goethe.

LXXI.
Nänie.

Auch das Schöne muß sterben, das Menschen und Göt-
ter bezwinget!
Nicht die eherne Brust rührt es des stygischen Zeus.
Einmal nur erweichte die Liebe den Schattenbeherrscher,
Und an der Schwelle noch, streng, rief er zurück sein
Geschenk.
Nicht stillt Aphrodite dem schönen Knaben die Wunde,
Die in den zierlichen Leib grausam der Eber geritzt.
Nicht errettet den göttlichen Held die unsterbliche Mutter,
Wenn er, am skäischen Thor fallend, sein Schicksal erfüllt;
Aber sie steigt aus dem Meer mit allen Töchtern des Nereus,
Und die Klage hebt an um den verherrlichten Sohn.
Siehe, da weinen die Götter, es weinen die Göttinnen alle,
Daß das Schöne vergeht, daß das Vollkommene stirbt.
Auch ein Klaglied zu sein im Mund der Geliebten ist herrlich,
Denn das Gemeine geht klanglos zum Orkus hinab.

Schiller.

LXXII.
Schäfers Klagelied.

Da droben auf jenem Berge
Da ſteh' ich tauſendmal,
An meinem Stabe gebogen,
Und ſchaue hinab in das Thal.

Dann folg' ich der weidenden Herde,
Mein Hündchen bewahret mir ſie;
Ich bin herunter gekommen
Und weiß doch ſelber nicht wie.

Da ſtehet von ſchönen Blumen
Die ganze Wieſe ſo voll;
Ich breche ſie, ohne zu wiſſen,
Wem ich ſie geben ſoll.

Und Regen, Sturm und Gewitter
Verpaſſ' ich unter dem Baum.
Die Thüre dort bleibet verſchloſſen;
Doch alles iſt leider ein Traum.

Es ſtehet ein Regenbogen
Wohl über jenem Haus!
Sie aber iſt weggezogen,
Und weit in das Land hinaus.

Hinaus in das Land und weiter,
Vielleicht gar über die See.
Vorüber, ihr Schafe, vorüber!
Dem Schäfer iſt gar ſo weh.   Goethe.

LXXIII.

Das Augenbild.

Das Antlitz schöner Fraun
Betrachtet' ich so gerne.
Mir pflegte nie zu graun,
Mein eignes Bild zu schaun
In ihrem Augensterne.

Es steht so hell und klar
Im spiegelglatten Dunkel;
Der Wimper seidnes Haar
Umschattet wandelbar,
Und mäßigt das Gefunkel.

Doch warn' ich jeden Mann,
Auf Ehrlichkeit und Treue:
Er schaue, wenn er kann,
Nicht allzu lang es an;
Damit er nicht bereue!

Ich gaffte zu genau;
Da ward mir zum Erkalten.
Mein Bild zerfloß im Blau.
Sprich, liebe schöne Frau,
Du hast es doch behalten?

                                        Voß.

LXXIV.

Rastlose Liebe.

Dem Schnee, dem Regen,
Dem Wind entgegen,
Im Dampf der Klüfte,
Durch Nebeldüfte,
Immer zu! Immer zu!
Ohne Rast und Ruh!

Lieber durch Leiden
Möcht' ich mich schlagen,
Als so viel Freuden
Des Lebens ertragen.
Alle das Neigen
Von Herzen zu Herzen,
Ach, wie so eigen
Schaffet das Schmerzen!

Wie soll ich fliehen?
Wälderwärts ziehen?
Alles vergebens!
Krone des Lebens,
Glück ohne Ruh,
Liebe, bist du!

Goethe.

LXXV.

Nachtgesang.

O gieb vom weichen Pfühle,
Träumend, ein halb Gehör!
Bei meinem Saitenspiele
Schlafe! was willst du mehr?

Bei meinem Saitenspiele
Segnet der Sterne Heer
Die ewigen Gefühle;
Schlafe! was willst du mehr?

Die ewigen Gefühle
Heben mich, hoch und hehr,
Aus irdischem Gewühle;
Schlafe! was willst du mehr?

Vom irdischen Gewühle
Trennst du mich nur zu sehr,
Bannst mich in diese Kühle;
Schlafe! was willst du mehr?

Bannst mich in diese Kühle,
Giebst nur im Traum Gehör,
Ach, auf dem weichen Pfühle;
Schlafe! was willst du mehr?

Goethe.

LXXVI.

Abendphantasie.

Vor seiner Hütte ruhigem Schatten sitzt
Der Pflüger, dem Genügsamen raucht sein Herd.
 Gastfreundlich tönt dem Wanderer im
 Frieblichen Dorfe die Abendglocke.

Wohl kehren jetzt die Schiffer zum Hafen auch,
In fernen Städten fröhlich verrauscht des Markts
 Geschäft'ger Lärm; in stiller Laube
 Glänzt das gesellige Mahl den Freunden.

Wohin denn ich? Es leben die Sterblichen
Von Lohn und Arbeit; wechselnd in Müh und Ruh
 Ist alles freudig; warum schläft denn
 Nimmer nur mir in der Brust der Stachel?

Am Abendhimmel blühet ein Frühling auf;
Unzählig blühn die Rosen, und ruhig scheint
 Die goldne Welt; o dorthin nehmt mich
 Purpurne Wolken! und mögen droben

In Licht und Luft zerrinnen mir Lieb und Leid! —
Doch, wie verscheucht von thörichter Bitte, flieht
 Der Zauber; Dunkel wird's, und einsam
 Unter dem Himmel, wie immer, bin ich.

Komm du nun, sanfter Schlummer! zu viel begehrt
Das Herz; doch endlich, Jugend, verglühst du ja,
 Du ruhelose, träumerische!
 Frieblich und heiter ist dann das Alter.

Hölderlin

LXXVII.
Jägers Abendlied.

Im Felde schleich' ich still und wild,
Gespannt mein Feuerrohr,
Da schwebt so licht dein liebes Bild,
Dein süßes Bild mir vor.

Du wandelst jetzt wohl still und mild
Durch Feld und liebes Thal,
Und, ach! mein schnell verrauschend Bild,
Stellt sich dir's nicht einmal?

Des Menschen, der die Welt durchstreift
Voll Unmuth und Verdruß,
Nach Osten und nach Westen schweift,
Weil er dich lassen muß.

Mir ist es, denk' ich nur an dich,
Als in den Mond zu sehn;
Ein stiller Friede kommt auf mich,
Weiß nicht, wie mir geschehn.   Goethe

LXXVIII.
Ruhe.

Heilge Nacht, du führest deine Globen
Still und frieblich durch den Himmelsraum.
Wohnet Licht und Friede nur dort oben?
Ist hienieden alles Traum?

Traumgestalten gleich, dahingeschwunden
Sind, im wilden Kampfe des Gewühls,
Die erhabnen, großen Weihestunden
Unseres zartesten Gefühls.

Hat der edle Sieger welke Kränze,
Hat er Todtenkränze nur gepflegt,
Die er, ſchwindend, an der öden Grenze
Dieſes Lebens niederlegt?

Ruhe, dich! Dich ſuch' ich holder Friede!
Suche dein Geſtirn im Himmel auf.
Tief im Dunkel, tief verirrt und müde,
Schließt dein Pilger ſeinen Lauf.

Tiedge

LXXIX.

1. Beherzigung.

Ach, was ſoll der Menſch verlangen?
Iſt es beſſer, ruhig bleiben,
Klammernd feſt ſich anzuhangen?
Iſt es beſſer, ſich zu treiben?

Soll er ſich ein Häuschen bauen?
Soll er unter Zelten leben?
Soll er auf die Felſen trauen?
Selbſt die feſten Felſen beben.

Eines ſchickt ſich nicht für alle!
Sehe jeder, wie er's treibe,
Sehe jeder, wo er bleibe,
Und wer ſteht, daß er nicht falle!

2.

Ein Gleiches.

Feiger Gedanken
Bängliches Schwanken,
Weibisches Zagen,
Aengstliches Klagen
Wendet kein Elend,
Macht dich nicht frei.

Allen Gewalten
Zum Trutz sich erhalten,
Nimmer sich beugen,
Kräftig sich zeigen,
Rufet die Arme
Der Götter herbei.

Goethe.

LXXX.

Erinnerung.

Willst du immer weiter schweifen?
Sieh, das Gute liegt so nah.
Lerne nur das Glück ergreifen,
Denn das Glück ist immer da.

Goethe.

LXXXI.

Ermunterung.

Seht, wie die Tage sich sonnig verklären!
Blau ist der Himmel und grünend das Land.
Klag' ist ein Mißton im Chore der Sphären!
Trägt denn die Schöpfung ein Trauergewand?

Hebet die Blicke, die trübe sich senken,
Hebet die Blicke, des Schönen ist viel.
Tugend wird selber zu Freuden uns lenken;
Freud' ist der Weisheit belohnendes Ziel.

Oeffnet die Seele dem Lichte der Freude,
Horcht! ihr ertönet des Hänflings Gesang.
Athmet! sie duftet im Rosengestäube.
Fühlet! sie säuselt am Bächlein entlang.
Kostet! sie glüht uns im Safte der Traube,
Würzet die Früchte beim ländlichen Mahl.
Schauet! sie grünet in Kräutern und Laube,
Malt uns die Aussicht ins blumichte Thal.

Freunde! Was gleiten euch weibische Thränen
Ueber die blühenden Wangen herab?
Ziemt sich für Männer das weichliche Sehnen?
Wünscht ihr verzagend zu modern im Grab?
Edleres bleibt uns noch viel zu verrichten,
Viel auch des Guten ist noch nicht gethan;
Heiterkeit lohnt die Erfüllung der Pflichten,
Ruhe beschattet das Ende der Bahn.

Mancherlei Sorgen und mancherlei Schmerzen
Quälen uns wahrlich aus eigener Schuld.
Hoffnung ist Labsal dem wundesten Herzen,
Duldende stärket gelass'ne Geduld.
Wenn euch die Nebel des Trübsinns umgrauen,
Hebt zu den Sternen den sinkenden Muth;
Heget nur männliches, hohes Vertrauen,
Guten ergeht es am Schlusse noch gut.

Lasset uns fröhlich die Schöpfungen sehen;
Gottes Natur ist entzückend und hehr!
Aber auch stillen des Dürstigen Flehen;
Freuden des Wohlthuns entzücken noch mehr.
Liebet! die Lieb' ist der schönste der Triebe;
Weiht nur der Unschuld die heilige Gluth.
Aber dann liebt auch mit weiserer Liebe
Alles, was edel und schön ist und gut.

Handelt! Durch Handlungen zeigt sich der Weise.
Ruhm und Unsterblichkeit sind ihr Geleit.
Zeichnet mit Thaten die schwindenden Gleise
Unserer flüchtig entrollenden Zeit.
Den uns umschließenden Zirkel beglücken,
Nützen, so viel als ein Jeder vermag,
O, das erfüllet mit stillem Entzücken!
O, das entwölket den düstersten Tag!

Muthig! Auch Leiden, sind einst sie vergangen,
Laben die Seele wie Regen die Au;
Gräber, von Trauercypressen umhangen,
Malet bald stiller Vergißmeinnicht Blau.
Freunde, wir sollen, wir sollen uns freuen;
Freud' ist des Vaters erhabnes Gebot.
Freude der Unschuld kann niemals gereuen,
Lächelt durch Rosen dem nahenden Tod.

                                                    Salis

LXXXII.

Was paßt das muß sich ründen.

Was paßt, das muß sich ründen,
Was sich versteht, sich finden,
Was gut ist, sich verbünden,
Was liebt, zusammen sein.
Was hindert, muß entweichen,
Was krumm ist, muß sich gleichen,
Was fern ist, sich erreichen,
Was keimt, das muß gedeihn.

Gieb treulich mir die Hände,
Sei Bruder mir und wende
Den Blick vor deinem Ende
Nicht wieder weg von mir.
Ein Tempel, wo wir knien,
Ein Ort, wohin wir ziehen,
Ein Glück, für das wir glühen,
Ein Himmel mir und dir!   Novalis

LXXXIII.

Spruch des Confucius.

Dreifach ist der Schritt der Zeit.
Zögernd kommt die Zukunft hergezogen,
Pfeilschnell ist das Jetzt entflogen,
Ewig still steht die Vergangenheit.

Keine Ungeduld beflügelt
Ihren Schritt, wenn sie verweilt.
Keine Furcht, kein Zweifeln zügelt
Ihren Lauf, wenn sie enteilt.
Keine Reu, kein Zaubersegen
Kann die Stehende bewegen.

Möchtest du beglückt und weise
Endigen des Lebens Reise?
Nimm die Zögernde zum Rath,
Nicht zum Werkzeug deiner That.
Wähle nicht die Fliehende zum Freund!
Nicht die Bleibende zum Feind.   Schiller.

LXXXIV.
An die Freude.

Freude, schöner Götterfunken,
   Tochter aus Elysium,
Wir betreten feuertrunken,
   Himmlische, dein Heiligthum.
Deine Zauber binden wieder,
   Was die Mode streng getheilt;
Alle Menschen werden Brüder,
   Wo dein sanfter Flügel weilt.

Chor.
Seid umschlungen, Millionen!
   Diesen Kuß der ganzen Welt!
   Brüder — überm Sternenzelt
Muß ein lieber Vater wohnen.

Wem der große Wurf gelungen,
   Eines Freundes Freund zu sein,
Wer ein holdes Weib errungen,
   Mische seinen Jubel ein!
Ja — wer auch nur Eine Seele
   Sein nennt auf dem Erdenrund!
Und wer's nie gekonnt, der stehle
   Weinend sich aus diesem Bund!

Chor.

Was den großen Ring bewohnet,
   Huldige der Sympathie!
   Zu den Sternen leitet sie,
Wo der Unbekannte thronet.

Freude trinken alle Wesen
   An den Brüsten der Natur;
Alle Guten, alle Bösen
   Folgen ihrer Rosenspur.
Küsse gab sie uns und Reben,
   Einen Freund, geprüft im Tod;
Wollust ward dem Wurm gegeben,
   Und der Cherub steht vor Gott.

Chor.

Ihr stürzt nieder, Millionen?
   Ahnest du den Schöpfer, Welt?
   Such' ihn überm Sternenzelt!
Ueber Sternen muß er wohnen.

Freude heißt die starke Feder
   In der ewigen Natur.
Freude, Freude treibt die Räder
   In der großen Weltenuhr.
Blumen lockt sie aus den Keimen,
   Sonnen aus dem Firmament,
Sphären rollt sie in den Räumen,
   Die des Sehers Rohr nicht kennt.

Chor.

Froh, wie seine Sonnen fliegen
  Durch des Himmels prächt'gen Plan,
  Wandelt, Brüder, eure Bahn,
Freudig, wie ein Held zum Siegen.

Aus der Wahrheit Feuerspiegel
  Lächelt sie den Forscher an.
Zu der Tugend steilem Hügel
  Leitet sie des Dulders Bahn.
Auf des Glaubens Sonnenberge
  Sieht man ihre Fahnen wehn,
Durch den Riß gesprengter Särge
  Sie im Chor der Engel stehn.

Chor.

Duldet muthig, Millionen!
  Duldet für die beff're Welt!
  Droben überm Sternenzelt
Wird ein großer Gott belohnen.

Göttern kann man nicht vergelten;
  Schön ist's, ihnen gleich zu sein.
Gram und Armuth soll sich melden,
  Mit den Frohen sich erfreun.
Groll und Rache sei vergessen,
  Unserm Todfeind sei verziehn.
Keine Thräne soll ihn pressen,
  Keine Reue nage ihn.

Chor.

Unser Schuldbuch sei vernichtet!
Ausgesöhnt die ganze Welt!
Brüder — überm Sternenzelt
Richtet Gott, wie wir gerichtet.

Freude sprudelt in Pokalen;
  In der Traube goldnem Blut
Trinken Sanftmuth Kannibalen,
  Die Verzweiflung Heldenmuth — —
Brüder, fliegt von euren Sitzen
  Wenn der volle Römer kreist!
Laßt den Schaum zum Himmel spritzen:
  Dieses Glas dem guten Geist!

Chor.

Den der Sterne Wirbel loben,
  Den des Seraphs Hymne preist,
  Dieses Glas dem guten Geist,
Ueberm Sternenzelt dort oben!

Festen Muth in schwerem Leiden,
  Hülfe, wo die Unschuld weint,
Ewigkeit geschwornen Eiden,
  Wahrheit gegen Freund und Feind,
Männerstolz vor Königsthronen, —
  Brüder, gält es Gut und Blut —
Dem Verdienste seine Kronen,
  Untergang der Lügenbrut!

Chor.

Schließt den heil'gen Zirkel dichter,
Schwört bei diesem goldnen Wein,
Dem Gelübde treu zu sein,
Schwört es bei dem Sternenrichter. *)

Schiller.

LXXXV.

Auf die Morgenröthe.

Wenn die goldne Frühe, neu geboren,
Am Olymp mein matter Blick erschaut,
Dann erblaß ich, wein' und seufze laut:
Dort im Glanze wohnt, die ich verloren!

---

*) Die ursprüngliche Fassung des obigen Gedichtes, das zuerst im Jahre 1786 in der Thalia erschien, hatte folgende elegische Schlußstrophe, die wir der Vollständigkeit halber hier mittheilen:

Rettung von Tyrannenketten,
    Großmuth auch dem Bösewicht,
Hoffnung auf den Sterbebetten,
    Gnade auf dem Hochgericht!
Auch die Todten sollen leben!
    Brüder, trinkt und stimmet ein:
Allen Sündern soll vergeben,
    Und die Hölle nicht mehr sein!

Chor.

Eine heitre Abschiedsstunde!
    Süßen Schlaf im Leichentuch!
Brüder — einen sanften Spruch
Aus des Todtenrichters Munde!

Grauer Tithon! du empfängst Auroren
Froh aufs neu, sobald der Abend thaut;
Aber ich umarm' erst meine Braut
An des Schattenlandes schwarzen Thoren.

Tithon! deines Alters Dämmerung
Mildert mit dem Strahl der Rosenstirne
Deine Gattin, ewig schön und jung;

Aber mir erloschen die Gestirne,
Sank der Tag in öder Finsterniß,
Als sich Molly dieser Welt entriß.

Bürger.

LXXXVI.
Der Mond.

Im stillen, heitern Glanze
Tritt er so sanft einher!
Wer ist im Sternenkranze
So schön geschmückt als er?

Er wandelt still bescheiden,
Verhüllt sein Angesicht,
Und giebt doch so viel Freuden
Mit seinem trauten Licht.

Er lohnt des Tags Beschwerde
Schließt sanft die Augen zu
Und winkt der müden Erde
Zur stillen Abendruh.

Senkt mit der Abendkühle
Der Seele frische Lust;
Die seligsten Gefühle
Gießt er in unsre Brust.

Du, der ihn uns gegeben
Mit seinem trauten Licht,
Hast Freud' am frohen Leben,
Sonst gäbst du ihn uns nicht!

Hab' Dank für alle Freuden
Hab' Dank für deinen Mond,
Der's Tages Last und Leiden
So reich, so freundlich lohnt!

Claudius.

LXXXVII.
Gesang der Geister über den Wassern.

Des Menschen Seele
Gleicht dem Wasser:
Vom Himmel kommt es,
Zum Himmel steigt es,
Und wieder nieder
Zur Erde muß es,
Ewig wechselnd.

Strömt von der hohen,
Steilen Felswand
Der reine Strahl,
Dann stäubt er lieblich
In Wolkenwellen

Zum glatten Fels,
Und leicht empfangen
Wallt er verschleiernd,
Leisrauschend
Zur Tiefe nieder.

Ragen Klippen
Dem Sturz entgegen,
Schäumt er unmuthig
Stufenweise
Zum Abgrund.

Im flachen Bette
Schleicht er das Wiesenthal hin,
Und in dem glatten See
Weiden ihr Antlitz
Alle Gestirne.

Wind ist der Welle
Lieblicher Buhler;
Wind mischt vom Grund aus
Schäumende Wogen.

Seele des Menschen,
Wie gleichst du dem Wasser!
Schicksal des Menschen,
Wie gleichst du dem Wind!

Goethe.

LXXXVIII.

Trauerstille.

O wie öde, sonder Freudenschall,
Schweigen nun Paläste mir, wie Hütten,
Flur und Hain, so munter einst durchschritten,
Und der Wonnesitz am Wasserfall!

Todeshauch verwehte deinen Hall,
Melodie der Liebesred' und Bitten,
Welche mir in Ohr und Seele glitten,
Wie der Flötenton der Nachtigall.

Leere Hoffnung! nach der Abendröthe
Meines Lebens einst im Ulmenhain
Süß in Schlaf durch dich gelullt zu sein!

Aber nun, o milde Liebesflöte,
Wecke mich beim letzten Morgenschein
Lieblich statt der schmetternden Trompete.

Bürger.

LXXXIX.

Das Grab.

Das Grab ist tief und stille,
Und schauderhaft sein Rand;
Es deckt mit schwarzer Hülle
Ein unbekanntes Land.

Das Lied der Nachtigallen
Tönt nicht in seinem Schooß;
Der Freundschaft Rosen fallen
Nur auf des Hügels Moos.

Verlaff'ne Bräute ringen
Umsonst die Hände wund;
Der Waise Klagen dringen
Nicht in der Tiefe Grund.

Doch, sonst an keinem Orte,
Wohnt die ersehnte Ruh;
Nur durch die dunkle Pforte
Geht man der Heimath zu.

Das arme Herz, hienieden
Von manchem Sturm bewegt,
Erlangt den wahren Frieden
Nur, wenn es nicht mehr schlägt.

Salis.

XC.

Das Göttliche.

Edel sei der Mensch,
Hilfreich und gut!
Denn das allein
Unterscheidet ihn
Von allen Wesen,
Die wir kennen.

Heil den unbekannten
Höhern Wesen,
Die wir ahnen!
Sein Beispiel lehr' uns
Jene glauben!

Denn unfühlend
Ist die Natur:
Es leuchtet die Sonne
Ueber Bös' und Gute,
Und dem Verbrecher
Glänzen wie dem Besten
Der Mond und die Stern:

Wind und Ströme,
Donner und Hagel
Rauschen ihren Weg
Und ergreifen
Vorübereilend
Einen um den andern

Auch so das Glück
Tappt unter die Menge,
Faßt bald des Knaben
Lockige Unschuld,
Bald auch den kahlen
Schuldigen Scheitel.

Nach ewigen, ehrnen,
Großen Gesetzen
Müssen wir alle ·
Unseres Daseins
Kreise vollenden.

Nur allein der Mensch
Vermag das Unmögliche;
Er unterscheidet,
Wählet und richtet;
Er kann dem Augenblick
Dauer verleihen.

Er allein darf
Den Guten lohnen,
Den Bösen strafen,
Heilen und retten,
Alles Irrende, Schweifende
Nützlich verbinden.

Und wir verehren
Die Unsterblichen,
Als wären sie Menschen,

Thäten im Großen,
Was der Beste im Kleinen
Thut oder möchte.

Der edle Mensch
Sei hilfreich und gut!
Unermüdet schaff' er
Das Nützliche, Rechte,
Sei uns ein Vorbild
Jener geahneten Wesen!

Goethe.

XCI.
Wohlthun.

Wohlthaten, still und rein gegeben,
Sind Todte, die im Grabe leben,
Sind Blumen, die im Sturm bestehn,
Sind Sternlein, die nicht untergehn.

Claudius.

XCII.
Des Mädchens Klage.

Der Eichwald brauset, die Wolken ziehn,
Das Mägdlein sitzet an Ufers Grün;
Es bricht sich die Welle mit Macht, mit Macht,
Und sie seufzt hinaus in die finstre Nacht,
Das Auge von Weinen getrübet:

„Das Herz ist gestorben, die Welt ist leer,
Und weiter gibt sie dem Wunsche nichts mehr.
Du Heilige, rufe dein Kind zurück,
Ich habe genossen das irdische Glück,
Ich habe gelebt und geliebet!"

Es rinnet der Thränen vergeblicher Lauf,
Die Klage, sie wecket die Todten nicht auf;
Doch nenne, was tröstet und heilet die Brust
Nach der süßen Liebe verschwundener Lust,
Ich, die Himmlische, will's nicht versagen.

„Laß rinnen der Thränen vergeblichen Lauf!
Es wecke die Klage den Todten nicht auf!
Das süßeste Glück für die traurende Brust
Nach der schönen Liebe verschwundener Lust
Sind der Liebe Schmerzen und Klagen.“

Schiller

XCIII.

Freudvoll und leidvoll.

Freudvoll
Und leidvoll,
Gedankenvoll sein,
Langen
Und bangen
In schwebender Pein,
Himmelhoch jauchzend,
Zum Tode betrübt,
Glücklich allein
Ist die Seele, die liebt.

Goethe.

XCIV.
Verlust.

Wonnelohn getreuer Huldigungen,
Dem ich mehr als hundert Monden lang,
Tag und Nacht, wie gegen Sturm und Drang
Der Pilot dem Hafen, nachgerungen!

Becher, allgenug für Götterzungen,
Goldnes Kleinod, bis zum Ueberschwang
Stündlich neu erfüllt mit Labetrank,
O wie bald hat dich das Grab verschlungen!

Nektarkelch, du warest süß genug,
Einen Strom des Lebens zu versüßen,
Sollt' er auch durch Weltenalter fließen.

Wehe mir! Seitdem du schwandest, trug
Bitterkeit mir jeder Tag im Munde;
Honig trägt nur meine Todesstunde.

Bürger.

XCV.
Die Sommernacht.

Wenn der Schimmer von dem Monde nun herab
In die Wälder sich ergießt, und Gerüche
Mit den Düften von der Linde
In den Kühlungen wehn;

So umschatten mich Gedanken an das Grab
Der Geliebten, und ich seh' in dem Walde
Nur es dämmern, und es weht mir
Von der Blüthe nicht her.

Ich genoß einst, o ihr Todten, es mit euch!
Wie umwehten uns der Duft und die Kühlung,
Wie verschönt warst von dem Monde,
Du, o schöne Natur!

Klopstock.

XCVI.
Sehnsucht.

Nur wer die Sehnsucht kennt,
Weiß, was ich leide.
Allein und abgetrennt
Von aller Freude,
Seh' ich ans Firmament
Nach jener Seite.
Ach! der mich liebt und kennt,
Ist in der Weite.

Es schwindelt mir, es brennt
Mein Eingeweide.
Nur wer die Sehnsucht kennt,
Weiß, was ich leide!

Goethe.

XCVII.
Mignon.

Kennst du das Land, wo die Zitronen blühn,
Im dunkeln Laub die Gold-Orangen glühn,
Ein sanfter Wind vom blauen Himmel weht,
Die Myrte still und hoch der Lorbeer steht,
Kennst du es wohl?
          Dahin! Dahin
Möcht' ich mit dir, o mein Geliebter, ziehn!

Kennst du das Haus? Auf Säulen ruht sein Dach,
Es glänzt der Saal, es schimmert das Gemach,
Und Marmorbilder stehn und sehn mich an:
Was hat man dir, du armes Kind, gethan?
Kennst du es wohl?
     Dahin! Dahin
Möcht' ich mit dir, o mein Beschützer, ziehn.

Kennst du den Berg und seinen Wolkensteg?
Das Maulthier sucht im Nebel seinen Weg,
In Höhlen wohnt der Drachen alte Brut;
Es stürzt der Fels und über ihn die Fluth.
Kennst du ihn wohl?
     Dahin! Dahin
Geht unser Weg! o Vater, laß uns ziehn!
         Goethe.

XCVIII.
Elegie.

Saget, Steine, mir an, o sprecht, ihr hohen Paläste!
 Straßen, redet ein Wort! Genius, regst du dich nicht?
Ja, es ist Alles beseelt in deinen heiligen Mauern,
 Ewige Roma! Nur mir schweiget noch Alles so still.
O, wer flüstert mir zu, an welchem Fenster erblick' ich
 Einst das holde Geschöpf, das mich versengend erquickt?
Ahn' ich die Wege noch nicht, durch die ich immer und immer,
 Zu ihr und von ihr zu gehn, opfre die köstliche Zeit?
Noch betracht' ich Kirch' und Palast, Ruinen und Säulen,
 Wie ein bedächtiger Mann schicklich die Reise benutzt.
Doch bald ist es vorbei; dann wird ein einziger Tempel,
 Amors Tempel, nur sein, der den Geweihten empfängt.
Eine Welt zwar bist du, o Rom! doch ohne die Liebe
 Wäre die Welt nicht die Welt, wäre denn Rom auch nicht Rom.
         Goethe.

XCIX.

Würde der Frauen.

Ehret die Frauen! Sie flechten und weben
Himmlische Rosen ins irdische Leben,
Flechten der Liebe beglückendes Band,
Und in der Grazie züchtigem Schleier
Nähren sie wachsam das ewige Feuer
Schöner Gefühle mit heiliger Hand.

Ewig aus der Wahrheit Schranken
Schweift des Mannes wilde Kraft;
Unstät treiben die Gedanken
Auf dem Meer der Leidenschaft;
Gierig greift er in die Ferne,
Nimmer wird sein Herz gestillt;
Rastlos durch entlegne Sterne
Jagt er seines Traumes Bild.

Aber mit zauberisch fesselndem Blicke
Winken die Frauen den Flüchtling zurücke,
Warnend zurück in der Gegenwart Spur.
In der Mutter bescheidener Hütte
Sind sie geblieben mit schamhafter Sitte,
Treue Töchter der frommen Natur.

Feindlich ist des Mannes Streben,
Mit zermalmender Gewalt
Geht der wilde durch das Leben,
Ohne Rast und Aufenthalt.
Was er schuf, zerstört er wieder,
Nimmer ruht der Wünsche Streit,
Nimmer, wie das Haupt der Hyder
Ewig fällt und sich erneut.

Aber, zufrieden mit stillerem Ruhme,
Brechen die Frauen des Augenblicks Blume,
Nähren sie sorgsam mit liebendem Fleiß,
Freier in ihrem gebundenen Wirken,
Reicher, als er, in des Wissens Bezirken
Und in der Dichtung unendlichem Kreis.

Streng und stolz, sich selbst genügend,
Kennt des Mannes kalte Brust,
Herzlich an ein Herz sich schmiegend,
Nicht der Liebe Götterlust,
Kennet nicht den Tausch der Seelen,
Nicht in Thränen schmilzt er hin;
Selbst des Lebens Kämpfe stählen
Härter seinen harten Sinn.

Aber, wie leise vom Zephyr erschüttert,
Schnell die äolische Harfe erzittert,
Also die fühlende Seele der Frau.
Zärtlich geängstigt vom Bilde der Qualen
Wallet der liebende Busen, es strahlen
Perlend die Augen von himmlischem Thau

In der Männer Herrschgebiete
Gilt der Stärke trotzig Recht;
Mit dem Schwert beweist der Scythe,
Und der Perser wird zum Knecht.
Es befehden sich im Grimme
Die Begierden wild und roh,
Und der Eris rauhe Stimme
Waltet, wo die Charis floh.

Aber mit sanft überredender Bitte
Führen die Frauen den Scepter der Sitte,
Löschen die Zwietracht, die tobend entglüht,
Lehren die Kräfte, die feindlich sich hassen,
Sich in der lieblichen Form zu umfassen,
Und vereinen was ewig sich flieht.

Schill.r.

C.

Dithyrambe.

Nimmer, das glaubt mir, erscheinen die Götter,
Nimmer allein.
Kaum daß ich Bacchus, den Lustigen, habe,
Kommt auch schon Amor, der lächelnde Knabe,
Phöbus, der Herrliche, findet sich ein.
Sie nahen, sie kommen, die Himmlischen alle,
Mit Göttern erfüllt sich die irdische Halle.

Sagt, wie bewirth' ich, der Erdegeborne,
Himmlischen Chor?
Schenket mir euer unsterbliches Leben,
Götter! Was kann euch der Sterblich: geben?

Hebet zu eurem Olymp mich empor!
  Die Freude, sie wohnt nur in Jupiters Saale,
  O füllet mit Nektar, o reicht mir die Schale!

Reich' ihm die Schale! Schenke dem Dichter,
Hebe, nur ein!
Netz' ihm die Augen mit himmlischem Thaue,
Daß er den Styx, den verhaßten, nicht schaue,
Einer der Unsern sich dünke zu sein.
  Sie rauschet, sie perlet, die himmlische Quelle,
  Der Busen wird ruhig, das Auge wird helle.

Schiller.

CI.
Amor's Pfeil.

Amor's Pfeil hat Widerspitzen.
Wen er traf, der laß' ihn sitzen
Und erduld' ein wenig Schmerz!
Wer geprüften Rath verachtet
Und ihn auszureißen trachtet,
Der zerfleischet ganz sein Herz.

Bürger.

CII.
Nähe des Geliebten.

Ich denke Dein, wenn mir der Sonne Schimmer
  Vom Meere strahlt;
Ich denke Dein, wenn sich des Mondes Flimmer
  In Quellen malt.

Ich sehe Dich, wenn auf dem fernen Wege
  Der Staub sich hebt,
In tiefer Nacht, wenn auf dem schmalen Stege
  Der Wandrer bebt.

Ich höre Dich, wenn dort mit dumpfem Rauschen
          Die Welle steigt.
Im stillen Haine geh' ich oft zu lauschen,
          Wenn Alles schweigt.

Ich bin bei Dir; Du seist auch noch so ferne,
          Du bist mir nah!
Die Sonne sinkt, bald leuchten mir die Sterne.
          O, wärst Du da!

                                        Goethe.

CIII.
Mailied.

Wie herrlich leuchtet
Mir die Natur!
Wie glänzt die Sonne!
Wie lacht die Flur!

Es bringen Blüthen
Aus jedem Zweig,
Und tausend Stimmen
Aus dem Gesträuch,

Und Freud' und Wonne
Aus jeder Brust.
O Erd', o Sonne,
O Glück, o Lust!

O Lieb', o Liebe!
So golden schön,
Wie Morgenwolken
Auf jenen Höhn!

Du segnest herrlich
Das frische Feld,
Im Blüthendampfe
Die volle Welt.

O Mädchen, Mädchen,
Wie lieb' ich dich!
Wie blickt dein Auge!
Wie liebst du mich!

So liebt die Lerche
Gesang und Luft,
Und Morgenblumen
Den Himmelsduft,

Wie ich dich liebe
Mit warmem Blut,
Die du mir Jugend
Und Freud' und Muth

Zu neuen Liedern
Und Tänzen giebst.
Sei ewig glücklich,
Wie du mich liebst!

                                        Goethe.

CIV.
Schmerz der Trennung.

Oft am Rande stiller Fluthen
Sitz' ich einsam da und zähle,
Zähl' an ihrem trägen Lauf,
Ach, die schleichenden Minuten
Unsrer langen Trennung auf.

Dann geh' ich hin und wanke
Durch Hain und Thal und Flur!
Mein einziger Gedanke
Bist du, Geliebte, nur.

Bei jedem Lispeln
Aus dunklem Laube,
Bei jedem Flügelschlag
Der Turteltaube,
Wie lauscht mein Ohr,
Wie klopft mein Herz!
Und wenn ich Tage lang
Gelauscht, gesucht — wie bang
Ist dann mein Schmerz!

Wieland.

CV.
Der Jüngling am Bache.

An der Quelle saß der Knabe,
    Blumen wand er sich zum Kranz,
Und er sah sie, fortgerissen,
    Treiben in der Wellen Tanz.
Und so fliehen meine Tage,
    Wie die Quelle, rastlos hin!
Und so bleichet meine Jugend,
    Wie die Kränze schnell verblühn!

Fraget nicht, warum ich traure
   In des Lebens Blüthenzeit!
Alles freuet sich und hoffet,
   Wenn der Frühling sich erneut.
Aber diese tausend Stimmen
   Der erwachenden Natur
Wecken in dem tiefen Busen
   Mir den schweren Kummer nur.

Was soll mir die Freude frommen,
   Die der schöne Lenz mir beut?
Eine nur ist's, die ich suche,
   Sie ist nah und ewig weit.
Sehnend breit' ich meine Arme
   Nach dem theuren Schattenbild,
Ach, ich kann es nicht erreichen,
   Und das Herz bleibt ungestillt!

Komm' herab, du schöne Holde,
   Und verlaß dein stolzes Schloß!
Blumen, die der Lenz geboren,
   Streu' ich dir in deinen Schooß.
Horch, der Hain erschallt von Liedern,
   Und die Quelle rieselt klar!
Raum ist in der kleinsten Hütte
   Für ein glücklich liebend Paar.

                         Schiller.

CVI.
Das Mädchen aus der Fremde.

In einem Thal bei armen Hirten
Erschien mit jedem jungen Jahr,
Sobald die ersten Lerchen schwirrten,
Ein Mädchen schön und wunderbar.

Sie war nicht in dem Thal geboren,
Man wußte nicht, woher sie kam;
Und schnell war ihre Spur verloren,
Sobald das Mädchen Abschied nahm.

Beseligend war ihre Nähe,
Und alle Herzen wurden weit;
Doch eine Würde, eine Höhe
Entfernte die Vertraulichkeit.

Sie brachte Blumen mit und Früchte,
Gereift auf einer andern Flur,
In einem andern Sonnenlichte,
In einer glücklichern Natur.

Und theilte jedem eine Gabe,
Dem Früchte, jenem Blumen aus;
Der Jüngling und der Greis am Stabe,
Ein jeder ging beschenkt nach Haus.

Willkommen waren alle Gäste;
Doch nahte sich ein liebend Paar,
Dem reichte sie der Gaben beste,
Der Blumen allerschönste dar.

Schiller.

CVII.

Die deutsche Muse.

Kein Augustisch Alter blühte,
Keines Medicäers Güte
   Lächelte der deutschen Kunst;
Sie ward nicht gepflegt vom Ruhme,
Sie entfaltete die Blume
   Nicht am Strahl der Fürstengunst.

Von dem größten deutschen Sohne,
Von des großen Friedrichs Throne
   Ging sie schutzlos, ungeehrt.
Rühmend darf's der Deutsche sagen,
Höher darf das Herz ihm schlagen:
   Selbst erschuf er sich den Werth.

Darum steigt in höherm Bogen,
Darum strömt in vollern Wogen
   Deutscher Barden Hochgesang;
Und in eigner Fülle schwellend
Und aus Herzens Tiefen quellend,
   Spottet er der Regeln Zwang.

Schiller

Vierte Periode.

Von Schiller's bis Goethe's Tode.

CVIII.
Freie Kunst.

Singe, wem Gesang gegeben,
In dem deutschen Dichterwald!
Das ist Freude, das ist Leben,
Wenn's von allen Zweigen schallt.

Nicht an wenig stolze Namen
Ist die Liederkunst gebannt;
Ausgestreuet ist der Samen
Ueber alles deutsche Land.

Deines vollen Herzens Triebe
Gieb sie keck im Klange frei!
Säuselnd wandle deine Liebe,
Donnernd uns dein Zorn vorbei!

Singst du nicht dein ganzes Leben,
Sing doch in der Jugend Drang!
Nur im Blüthenmond erheben
Nachtigallen ihren Sang.

Kann man's nicht in Bücher binden,
Was die Stunden dir verleihn,
Gib ein fliegend Blatt den Winden!
Muntre Jugend hascht es ein.

Fahret wohl, geheime Kunden,
Nekromantik, Alchymie!
Formel hält uns nicht gebunden,
Unsre Kunst heißt Poesie.

Heilig achten wir die Geister,
Aber Namen sind uns Dunst;
Würdig ehren wir die Meister,
Aber frei ist uns die Kunst.

Nicht in kalten Marmorsteinen,
Nicht in Tempeln dumpf und todt,
In den frischen Eichenhainen
Webt und rauscht der deutsche Gott.

Uhland.

CIX.
Das Sonett.

Zwei Reime heiß' ich viermal kehren wieder,
Und stelle sie getheilt in gleiche Reihen,
Daß hier und dort zwei, eingefaßt von zweien,
Im Doppelchore schweben auf und nieder.

Dann schlingt des Gleichlauts Kette, durch zwei Glieder
Sich freier wechselnd, jegliches von dreien.
In solcher Ordnung, solcher Zahl gedeihen
Die zartesten und stolzesten der Lieder.

Den werb' ich nie mit meinen Zeilen kränzen,
Dem eitle Spielerei mein Weſen dünket,
Und Eigenſinn die künſtlichen Geſetze.

Doch wem in mir geheimer Zauber winket,
Dem leih' ich Hoheit, Füll' in engen Grenzen
Und reines Ebenmaß der Gegenſätze.

A. W. Schlegel.

CX.
Sonette.

1.
Die Liebende ſchreibt.

Ein Blick von deinen Augen in die meinen,
Ein Kuß von deinem Mund auf meinem Munde —
Wer davon hat wie ich gewiſſe Kunde,
Mag dem was anders wohl erfreulich ſcheinen?

Entfernt von dir, entfremdet von den Meinen,
Führ' ich ſtets die Gedanken in die Runde,
Und immer treffen ſie auf jene Stunde,
Die einzige; da fang' ich an zu weinen.

Die Thräne trocknet wieder unverſehens:
Er liebt ja, denk' ich, her in dieſe Stille,
Und ſollteſt du nicht in die Ferne reichen?

Vernimm das Lispeln dieſes Liebewehens;
Mein einzig Glück auf Erden iſt dein Wille,
Dein freundlicher zu mir; gieb mir ein Zeichen!

2.
Die Liebende abermals.

Warum ich wieder zum Papier mich wende?
Das mußt du, Liebster, so bestimmt nicht fragen,
Denn eigentlich hab' ich dir nichts zu sagen;
Doch kommt's zuletzt in deine lieben Hände.

Weil ich nicht kommen kann, soll, was ich sende,
Mein ungetheiltes Herz hinüber tragen
Mit Wonnen, Hoffnungen, Entzücken, Plagen:
Das alles hat nicht Anfang, hat nicht Ende.

Ich mag vom heut'gen Tag dir nichts vertrauen,
Wie sich im Sinnen, Wünschen, Wähnen, Wollen
Mein treues Herz zu dir hinüber wendet:

So stand ich einst vor dir, dich anzuschauen,
Und sagte nichts. Was hätt' ich sagen sollen?
Mein ganzes Wesen war in sich vollendet.

3.
Sie kann nicht enden.

Wenn ich nun gleich das weiße Blatt dir schickte,
Anstatt, daß ich's mit Lettern erst beschreibe,
Ausfülltest du's vielleicht zum Zeitvertreibe
Und sendetest's an mich, die Hochbeglückte.

Wenn ich den blauen Umschlag dann erblickte,
Neugierig schnell, wie es geziemt dem Weibe,
Riss' ich ihn auf, daß nichts verborgen bleibe;
Da läs' ich, was mich mündlich sonst entzückte.

Lieb Kind! Mein artig Herz! Mein einzig
Wesen!
Wie du so freundlich meine Sehnsucht stilltest
Mit süßem Wort und mich so ganz verwöhntest.

Sogar dein Lispeln glaubt' ich auch zu lesen,
Womit du liebend meine Seele fülltest
Und mich auf ewig vor mir selbst verschöntest.

Goethe.

CXI.

Die erwachte Rose.

Die Knospe träumte von Sonnenschein,
Vom Rauschen der Blätter im grünen Hain,
Von der Quelle melodischem Wogenfall,
Von süßen Tönen der Nachtigall,
Und von den Lüften, die kosen und schaukeln,
Und von den Düften, die schmeicheln und gaukeln.

Und als die Knospe zur Ros' erwacht,
Da hat sie mild durch Thränen gelacht,
Und hat geschaut, und hat gelauscht,
Wie's leuchtet und klingt, wie's duftet und rauscht.
Als all' ihr Träumen nun wurde wahr,
Da hat sie vor süßem Staunen gebebt,
Und leis geflüstert: „Ist mir's doch gar,
Als hätt' ich das Alles schon einmal erlebt!"

Sallet.

CXII.

Sehnsucht.

Es schienen so golden die Sterne,
Am Fenster ich einsam stand.
Und hörte aus weiter Ferne
Ein Posthorn im stillen Land.
Das Herz mir im Leibe entbrennte,
Da hab' ich mir heimlich gedacht:
Ach, wer da mitreisen könnte
In der prächtigen Sommernacht!

Zwei junge Gesellen gingen
Vorüber am Bergeshang,
Ich hörte im Wandern sie singen
Die stille Gegend entlang:
Von schwindelnden Felsenschlüften,
Wo die Wälder rauschen so sacht,
Von Quellen, die von den Klüften
Sich stürzen in die Waldesnacht.

Sie sangen von Marmorbildern,
Von Gärten, die über'm Gestein
In dämmernden Lauben verwildern,
Palästen im Mondenschein,
Wo die Mädchen am Fenster lauschen,
Wann der Lauten Klang erwacht,
Und die Brunnen verschlafen rauschen
In der prächtigen Sommernacht. —

Eichendorff.

CXIII.
Abendlied.

Ich stand auf Berges Halbe,
Als heim die Sonne ging,
Und sah, wie über'm Walde
Des Abends Goldnetz hing.

Des Himmels Wolken thauten
Der Erde Frieden zu,
Bei Abendglockenlauten
Ging die Natur zur Ruh.

Ich sprach: O Herz, empfinde
Der Schöpfung Stille nun,
Und schick' mit jedem Kinde
Der Flur dich auch, zu ruhn.

Die Blumen alle schließen
Die Augen allgemach,
Und alle Wellen fließen
Besänftiget im Bach.

Nun hat der müde Sylphe
Sich unter's Blatt gesetzt,
Und die Libell' am Schilfe
Entschlummert thaubenetzt.

Es ward dem goldnen Käfer
Zur Wieg' ein Rosenblatt;
Die Herbe mit dem Schäfer
Sucht ihre Lagerstatt.

Die Lerche sucht aus Lüften
Ihr feuchtes Nest im Klee,
Und in des Waldes Schlüften
Ihr Lager Hirsch und Reh.

Wer sein ein Hüttchen nennet,
Ruht nun darin sich aus;
Und wen die Fremde trennet,
Den trägt ein Traum nach Haus.

Mich fasset ein Verlangen,
Daß ich zu dieser Frist
Hinauf nicht kann gelangen,
Wo meine Heimath ist.

Rückert.

CXIV.

Wie rafft' ich mich auf in der Nacht etc.

Wie rafft' ich mich auf in der Nacht, in der Nacht,
Und fühlte mich fürder gezogen;
Die Gassen verließ ich, vom Wächter bewacht,
Durchwandelte sacht
In der Nacht, in der Nacht,
Das Thor mit dem gothischen Bogen.

Der Mühlbach rauschte durch felsigen Schacht,
Ich lehnte mich über die Brücke;
Tief unter mir nahm ich der Wogen in Acht,
Die wallten so sacht
In der Nacht, in der Nacht,
Doch wallte nicht eine zurücke.

Es drehte sich oben, unzählig entfacht,
Melodischer Wandel der Sterne,
Mit ihnen der Mond in beruhigter Pracht;
Sie funkelten sacht
In der Nacht, in der Nacht,
Durch täuschend entlegene Ferne.

Ich blickte hinauf in der Nacht, in der Nacht,
Ich blickte hinunter aufs Neue:
O wehe, wie hast du die Tage verbracht!
Nun stille du sacht
In der Nacht, in der Nacht,
Im pochenden Herzen die Reue!

Platen.

CXV.
Nachtklage.

Ein holder Jüngling, sagen uns die Alten,
Erscheint allnächtlich an der Ruhestätte,
Er neigt sich sinnbethörend über's Bette,
Still weiß er mit des Mohnes Kraft zu walten.

Das ist der Schlaf, er glättet alle Falten,
Zerreißt des Lebens ew'ge Bilderkette,
Und, daß er von des Tags Getrieb' uns rette,
Führt er den Reigen süßer Traumgestalten.

Ich sah ihn lange nicht, es naht statt seiner
Ein ander Bild mir schon seit vielen Nächten,
Ein holdes Mägdlein ist es anzusehen.

Doch nicht erbarmt es, wie der Schlaf sich meiner,
Und, lächelt's gleich aus dunkeln Lockenflechten,
In Angst und Liebesschmerz muß ich vergehen.

Schwab.

CXVI.
Stille Thränen.

Du bist vom Schlaf erstanden
Und wandelst durch die Au,
Da liegt ob allen Landen
Der Himmel wunderblau.

So lang du ohne Sorgen
Geschlummert schmerzenlos,
Der Himmel bis zum Morgen
Viel Thränen niedergoß.

In stillen Nächten weinet
Oft Mancher aus den Schmerz,
Und Morgens dann ihr meinet,
Stets fröhlich sei sein Herz.

Justinus Kerner.

CXVII.
Schäfers Sonntagslied.

Das ist der Tag des Herrn.
Ich bin allein auf weiter Flur;
Noch Eine Morgenglocke nur,
Nun Stille nah und fern.

Anbetend knie' ich hier.
O süßes Graun, geheimes Wehn,
Als knieten viele ungesehn
Und beteten mit mir!

Der Himmel nah und fern
Er ist so klar und feierlich,
So ganz, als wollt' er öffnen sich.
Das ist der Tag des Herrn.

Uhland

CXVIII.

Aus den Kindertodtenliedern.

1.

Ich hatte dich lieb, mein Töchterlein!
Und nun ich dich habe begraben,
Mach' ich mir Vorwürf', ich hätte sein
Noch lieber dich können haben.

Ich habe dich lieber, viel lieber gehabt,
Als ich dir's mochte zeigen;
Zu selten mit Liebeszeichen begabt
Hat dich mein ernstes Schweigen.

Ich habe dich lieb gehabt, so lieb,
Auch wenn ich dich streng gescholten;
Was ich von Liebe dir schuldig blieb,
Sei zwiefach dir jetzt vergolten!

Zu oft verbarg sich hinter der Zucht
Die Vaterlieb' im Gemüthe;
Ich hatte schon im Auge die Frucht,
Anstatt mich zu freun an der Blüthe.

O, hätt' ich gewußt, wie bald der Wind
Die Blüth' entblättern sollte!
Thun hätt' ich sollen meinem Kind,
Was alles sein Herzchen wollte.

Da solltest du, was ich wollte, thun,
Und thatst es auf meine Winke.
Du trankst das Bittre, wie reut mich's nun,
Weil ich dir sagte: trinke!

Dein Mund, geschlossen vom Todeskrampf,
Hat meinem Gebot sich erschlossen;
Ach, nur zu verlängern den Todeskampf,
Hat man dir's eingegossen.

Du aber hast, vom Tode umstrickt,
Noch deinem Vater geschmeichelt,
Mit brechenden Augen ihn angeblickt,
Mit sterbenden Händchen gestreichelt.

Was hat mir gesagt die streichelnde Hand,
Da schon die Rede dir fehlte?
Daß du verziehest dem Unverstand
Der dich gutmeinend quälte.

Nun bitt' ich dir ab jedes harte Wort,
Die Worte, die dich bedräuten,
Du wirst sie haben vergessen dort
Oder weißt sie zu deuten.

2.

Im Sommer war es mir ein Trost, mit Blüthen
Die Gräber meiner Kinder zu umfloren;
Neu glaubt' ich mir die Blühenden geboren,
Wenn sich die Knospen aufzubrechen mühten.

Nun aber bei des Winters strengem Wüthen
Die zarten Frühlingskinder sind erfroren,
Ging mir der süßen Täuschung Spiel verloren,
Und Dichtung nur kann den Verlust vergüten.

Die Kinder meiner Wonne, meiner Schmerzen,
Sind nicht begraben in der harten Erde,
Sie sind's in meinem weichen, lockern Herzen;

Das wird zu einem Rosenfeuerherde,
Aus welchem sprühn wie Flammen heil'ger Kerzen
Trostlieder, die ich ziehn statt Lilien werde.

Rückert.

CXIX.

Auf den Tod eines Kindes.

Du kamst, du giengst mit leiser Spur,
Ein flüchtger Gast im Erdenland;
Woher? wohin? Wir wissen nur:
Aus Gottes Hand in Gottes Hand.

Uhland.

CXX.
Die sterbende Blume.

Hoffe! du erlebst es noch,
Daß der Frühling wiederkehrt.
Hoffen alle Bäume doch,
Die des Herbstes Wind verheert,
Hoffen mit der stillen Kraft
Ihrer Knospen winterlang,
Bis sich wieder regt der Saft,
Und ein neues Grün entsprang.

„Ach, ich bin kein starker Baum,
Der ein Sommertausend lebt,
Nach verträumtem Wintertraum
Neue Lenzgedichte webt.
Ach, ich bin die Blume nur,
Die des Maies Kuß geweckt,
Und von der nicht bleibt die Spur,
Wie das weiße Grab sie deckt". —

Wenn du denn die Blume bist,
O bescheidenes Gemüth,
Tröste dich, beschieden ist
Samen allem, was da blüht.
Laß den Sturm des Todes doch
Deinen Lebensstaub verstreun,
Aus dem Staube wirst du noch
Hundertmal dich selbst erneun.

9*

„Ja, es werden nach mir blühn
Andre, die mir ähnlich sind;
Ewig ist das ganze Grün,
Nur das einzle welkt geschwind.
Aber sind sie, was ich war,
Bin ich selber es nicht mehr;
Jetzt nur bin ich ganz und gar,
Nicht zuvor und nicht nachher.

„Wenn einst sie der Sonne Blick
Wärmt, der jetzt noch mich durchflammt,
Lindert das nicht mein Geschick,
Das mich nun zur Nacht verdammt.
Sonne, ja du ängelst schon
Ihnen in die Fernen zu;
Warum noch mit frost'gem Hohn
Mir aus Wolken lächelst du?

„Weh mir, daß ich dir vertraut,
Als mich wach geküßt dein Strahl;
Daß in's Aug' ich dir geschaut,
Bis es mir das Leben stahl;
Dieses Lebens armen Rest
Deinem Mitleid zu entziehn,
Schließen will ich krankhaft fest
Mich in mich und dir entfliehn.

„Doch du schmelzest meines Grimms
Starres Eis in Thränen auf;
Nimm mein fliehend Leben, nimm's.
Ewige, zu dir hinauf!

Ja, du sonnest noch den Gram
Aus der Seele mir zuletzt;
Alles, was von dir mir kam,
Sterbend dank' ich dir es jetzt:

„Aller Lüfte Morgenzug,
Dem ich sommerlang gebebt,
Aller Schmetterlinge Flug,
Die um mich im Tanz geschwebt;
Augen, die mein Glanz erfrischt,
Herzen, die mein Duft erfreut;
Wie aus Duft und Glanz gemischt
Du mich schufst, dir dank' ich's heut.

„Eine Zierde deiner Welt,
Wenn auch eine kleine nur,
Ließest du mich blühn im Feld
Wie die Stern' auf höhrer Flur.
Einen Odem hauch' ich noch,
Und er soll kein Seufzer sein;
Einen Blick zum Himmel hoch
Und zur schönen Welt hinein.

„Ew'ges Flammenherz der Welt,
Laß verglimmen mich an dir!
Himmel, spann dein blaues Zelt,
Mein vergrüntes sinket hier.
Heil, o Frühling, deinem Schein!
Morgenluft, Heil deinem Wehn!
Ohne Kummer schlaf' ich ein,
Ohne Hoffnung aufzustehn."

Rückert

CXXI.
Wenn das Abendroth zerronnen.

Wenn das Abendroth zerronnen,
Steigen Mond und Stern' empor,
Und wenn Stern' und Mond erbleichen,
Tritt die Sonn' aus goldnem Thor.

In des Himmels Rosenglanze,
In der Sonne klarem Licht,
In dem Mond, in allen Sternen
Seh' ich nur dein Angesicht.

Andre gehen mir vorüber,
Und ich schaue sie nicht an;
Dich errath' ich schon von ferne,
Eh' ich dich erkennen kann.

Aber wenn du nah gekommen,
Kann ich doch dich nimmer sehn,
Weil vor Freud' und Schmerz und Zagen
Mir die Augen übergehn.

Ach, wie kann ich dein vergessen,
Dein gedenken ohne Leid?
Bist mir ewig ja so nahe,
Bist mir ewig ja so weit!

Ernst Schulze.

CXXII.
Aus den Lebens-Liedern und -Bildern.

1.

Rose, Rose, Knospe gestern
Schließst du noch in moos'ger Hülle,
Heute prangst in Schönheitsfülle
Du vor allen deinen Schwestern.
Träumtest du wohl über Nacht
Von den Wundern, die geschahen,
Von des holden Frühlings Nahen
Und des jungen Tages Pracht?

2.

Am Rosenhag im Thal, am Quell der Linden,
Da haben meine Lieder oft gerauscht;
Sie hofften gläubig Wiederhall zu finden;
Hast, Wiederhall, den Liedern du gelauscht,
Und ahnungsvoll gebebt bei ihrem Klange? —
                              Lange!

Geahndet hättest du, daß ich dich meinte,
Und dich in Schmerz und Lust mit mir vereint?
Und hättest bald, wann ich verzagend weinte,
Betrübet und verzagend auch geweint?
Und bald gehofft, wann ich ermuthigt hoffte? —
                              Ofte!

Du kennst das unbegriff'ne bange Sehnen,
Den Widerstreit in der bewegten Brust?
Den Hochgesang der Freuden und die Thränen,
Den liebgehegten Schmerz, die herbe Lust?
Der Hoffnung Honigseim, des Zweifels Galle? —
                              Alle!

Wohlan! Ich werde gehn, mein Haus zu bauen;
Sei feſt, wie ich es bin, gedenke mein.
Den dreien Sternen will ich feſt vertrauen,
Die dort der Liebe geben ihren Schein;
Und wirſt auch du vertrauen ihrem Schimmer? —
　　　　　　　　Immer!
So lebe wohl, du Seele meiner Lieder,
Und nur auf kurze Zeit verſtumme du,
Gar bald erweckt dich meine Stimme wieder,
Dann rufen wir es laut einander zu,
Was ungeſagt verſchwiegen nicht geblieben, —
　　　　　　Lieben!

　　　　　　　　　　　　　　　Chamiſſo.

CXXIII.
Wunſch.

Etwas wünſchen und verlangen,
Etwas hoffen muß das Herz,
Etwas zu verlieren bangen
Und um etwas fühlen Schmerz.

Deine Luſt und deine Wonne
Mußt du an was immer ſehn,
Soll vergeblich Mond und Sonne
Nicht an dir vorübergehn.

Gleich von unbegrenztem Sehnen
Wie entfernt von träger Ruh,
Müſſe ſich mein Leben dehnen
Wie ein Strom dem Meere zu.

　　　　　　　　　　　　　　　Rückert.

CXXIV.

Des Knaben Berglied.

Ich bin vom Berg der Hirtenknab,
Seh' auf die Schlösser all herab;
Die Sonne strahlt am ersten hier,
Am längsten weilet sie bei mir;
Ich bin der Knab vom Berge.

Hier ist des Stromes Mutterhaus,
Ich trink' ihn frisch vom Stein heraus;
Er braust vom Fels in wildem Lauf,
Ich fang' ihn mit den Armen auf;
Ich bin der Knab vom Berge.

Der Berg der ist mein Eigenthum,
Da ziehn die Stürme rings herum;
Und heulen sie von Nord und Süd,
So überschallt sie doch mein Lied;
Ich bin der Knab vom Berge.

Sind Blitz und Donner unter mir,
So steh' ich hoch im Blauen hier;
Ich kenne sie und rufe zu:
„Laßt meines Vaters Haus in Ruh!"
Ich bin der Knab vom Berge.

Und wann die Sturmglock' einst erschallt,
Manch Feuer auf den Bergen wallt,
Dann steig' ich nieder, tret' ins Glied
Und schwing' mein Schwert und sing' mein Lied;
Ich bin der Knab vom Berge.

Uhland.

CXXV.
Der frohe Wandersmann.

Wem Gott will rechte Gunst erweisen,
Den schickt er in die weite Welt;
Dem will er seine Wunder weisen
In Berg und Wald und Strom und Feld.

Die Trägen, die zu Hause liegen,
Erquicket nicht das Morgenroth,
Sie wissen nur von Kinderwiegen,
Von Sorgen, Last und Noth um Brod.

Die Bächlein von den Bergen springen.
Die Lerchen schwirren hoch vor Lust,
Was sollt' ich nicht mit ihnen singen
Aus voller Kehl' und frischer Brust?

Den lieben Gott laß ich nur walten;
Der Bächlein, Lerchen, Wald und Feld
Und Erd' und Himmel will erhalten,
Hat auch mein' Sach' aufs Best' bestellt.

Eichendorff.

CXXVI.

Wanderlied.

Wohlauf! noch getrunken
Den funkelnden Wein!
Ade nun, ihr Lieben!
Geschieden muß sein.
Ade nun, ihr Berge,
Du väterlich Haus!
Es treibt in die Ferne
Mich mächtig hinaus.

Die Sonne, sie bleibet
Am Himmel nicht stehn,
Es treibt sie, durch Länder
Und Meere zu gehn.
Die Woge nicht haftet
Am einsamen Strand,
Die Stürme, sie brausen
Mit Macht durch das Land.

Mit eilenden Wolken
Der Vogel dort zieht
Und singt in der Ferne
Ein heimathlich Lied.
So treibt es den Burschen
Durch Wälder und Feld,
Zu gleichen der Mutter,
Der wandernden Welt.

Da grüßen ihn Vögel
Bekannt über'm Meer,
Sie flogen von Fluren
Der Heimath hieher,
Da duften die Blumen
Vertraulich um ihn,
Sie trieben vom Lande
Die Lüfte dahin.

Die Vögel, die kennen
Sein väterlich Haus.
Die Blumen einst pflanzt' er
Der Liebe zum Strauß.
Und Liebe, die folgt ihm,
Sie geht ihm zur Hand:
So wird ihm zur Heimath
Das fernste Land.

Justinus Kerner.

CXXVII.

Das Meer der Hoffnung.

Hoffnung auf Hoffnung geht zu Scheiter,
Aber das Herz hofft immer weiter;
Wie sich Wog' über Woge bricht,
Aber das Meer erschöpft sich nicht.

Daß die Wogen sich senken und heben,
Das ist eben des Meeres Leben;
Und daß es hoffe von Tag zu Tag,
Das ist des Herzens Wogenschlag.

Wie zum Himmel des Meeres Schäume
Ringen empor des Herzens Träume;
Und immer Traum aus Traum ersteht,
Wie ewig Schaum in Schaum zergeht.

Rückert.

CXXVIII.
Ich möchte gern mich frei bewahren.

Ich möchte gern mich frei bewahren,
Verbergen vor der ganzen Welt,
Auf stillen Flüssen möcht' ich fahren,
Bedeckt vom schatt'gen Wolkenzelt.

Von Sommervögeln übergaukelt,
Der irb'schen Schwere mich entziehn,
Vom reinen Element geschaukelt,
Die schuldbefleckten Menschen fliehn.

Nur selten an das Ufer streifen,
Doch nie entsteigen meinem Kahn,
Nach einer Rosenknospe greifen,
Und wieder ziehn die feuchte Bahn.

Von ferne sehn, wie Herden weiden,
Wie Blumen wachsen immer neu,
Wie Winzerinnen Trauben schneiden,
Wie Schnitter mähn das duft'ge Heu.

Und nichts genießen, als die Helle
Des Lichts, das ewig lauter bleibt,
Und einen Trunk der frischen Welle,
Der nie das Blut geschwinder treibt.

Platen.

CXXIX.

Antwort.

Was soll dies kindische Verzagen,
Dies eitle Wünschen ohne Halt?
Da du der Welt nicht kannst entsagen,
Erobre dir sie mit Gewalt!

Und könntest du dich auch entfernen,
Es triebe Sehnsucht dich zurück;
Denn ach, die Menschen lieben lernen,
Es ist das einz'ge wahre Glück!

Unwiderruflich dorrt die Blüthe,
Unwiderruflich wächst das Kind,
Abgründe liegen im Gemüthe,
Die tiefer als die Hölle sind.

Du siehst sie, doch du fliehst vorüber,
Im glücklichen, im ernsten Lauf,
Dem frohen Tage folgt ein trüber,
Doch alles wiegt zuletzt sich auf.

Und wie der Mond, im leichten Schweben
Bald rein und bald in Wolken steht,
So schwinde wechselnd dir das Leben,
Bis es in Wellen untergeht.

Platen.

CXXX.

Vaterlandslied.

1813.

Der Gott, der Eisen wachsen ließ,
Der wollte keine Knechte,
Drum gab er Säbel, Schwert und Spieß
Dem Mann in seine Rechte,
Drum gab er ihm den kühnen Muth,
Den Zorn der freien Rede,
Daß er bestände bis auf's Blut,
Bis in den Tod, die Fehde.

So wollen wir, was Gott gewollt,
Mit rechten Treuen halten,
Und nimmer im Thrannenfeld
Die Menschenschädel spalten;
Doch, wer für Tand und Schande ficht,
Den hauen wir zu Scherben,
Der soll im deutschen Lande nicht
Mit deutschen Männern erben.

O Deutschland, heilges Vaterland!
O deutsche Lieb' und Treue!
Du hohes Land! du schönes Land!
Dir schwören wir aufs Neue:
Dem Buben und dem Knecht die Acht!
Der füttre Krähn und Raben!
So ziehn wir aus zur Hermannsschlacht
Und wollen Rache haben.

Laßt brausen, was nur brausen kann
In hellen lichten Flammen!
Ihr Deutschen alle, Mann für Mann,
Für's Vaterland zusammen!
Und hebt die Herzen himmelan,
Und himmelan die Hände,
Und rufet Alle, Mann für Mann:
Die Knechtschaft hat ein Ende!

Arndt.

CXXXI.
Lied vor der Schlacht.

Wer für die Freiheit kämpft und fällt, deß Ruhm wird
blühend stehn,
So lange frei die Winde noch durch freie Lüfte wehn,
So lange frei der Bäume Laub noch rauscht im grünen Wald,
So lang des Stromes Wege noch frei nach dem Meere wallt,
So lang des Adlers Fittich frei noch durch die Wolken
fleugt,
So lang ein freier Odem noch aus freiem Herzen steigt.

Wer für die Freiheit kämpft und fällt, deß Ruhm wird
blühend stehn,
Solange freie Geister noch durch Erd' und Himmel gehn.
Durch Erd' und Himmel schwebt er noch, der Helden
Schattenreihn,
Und rauscht um uns in stiller Nacht, in hellem Sonnen-
schein,
Im Sturm, der stolze Tannen bricht, und in dem Lüftchen
auch,
Das durch das Gras auf Gräbern spielt mit seinem leisen
Hauch.

In ferner Enkel Hause noch um alle Wiegen kreist
Auf Hellas' heldenreicher Flur der freien Ahnen Geist;
Der haucht in Wunderträumen schon den zarten Säug-
                                        ling an
Und weiht in seinem ersten Schlaf das Kind zu einem
                                        Mann;
Den Jüngling lockt sein Ruf hinaus mit nie gefühlter
                                        Luft
Zur Stätte, wo ein Freier fiel; da greift er in die Brust
Dem Zitternden, und Schauer ziehn ihm durch das tiefe
                                        Herz,
Er weiß nicht, ob es Wonne sei, ob es der erste Schmerz.
Herab, du heilge Geisterschar, schwell unsre Fahnen auf,
Beflügle unsrer Herzen Schlag und unsrer Füße Lauf;
Wir ziehen nach der Freiheit aus, die Waffen in der Hand,
Wir ziehen aus auf Kampf und Tod für Gott, für's
                                        Vaterland!
Ihr seid mit uns, ihr rauscht um uns, eu'r Geisterodem
                                        zieht
Mit zauberischen Tönen hin durch unser Jubellied;
Ihr seid mit uns, ihr schwebt daher, ihr aus Thermopylä,
Ihr aus dem grünen Marathon, ihr von der blauen See,
Am Wolkenfelsen Mykale, am Salaminerstrand,
Ihr all' aus Wald, Feld, Berg und Thal im weiten
                                        Griechenland!

Wer für die Freiheit kämpft und fällt, deß Ruhm wird
                                        blühend stehn,
So lange frei die Winde noch durch freie Lüfte wehn,
So lange frei der Bäume Laub noch rauscht im grünen
                                        Wald,

So lang des Stromes Woge noch frei nach dem Meere
wallt,
So lang des Adlers Fittich frei noch durch die Wolken
fleugt,
So lang ein freier Odem noch aus freiem Herzen steigt

Wilhelm Müller.

CXXXII.
Gebet während der Schlacht.

Vater, ich rufe dich!
Brüllend umwölkt mich der Dampf der Geschütze,
Sprühend umzucken mich rasselnde Blitze.
Lenker der Schlachten, ich rufe dich!
Vater, du führe mich!

Vater, du führe mich!
Führ' mich zum Siege, führ' mich zum Tode:
Herr, ich erkenne deine Gebote;
Herr, wie du willst, so führe mich.
Gott, ich erkenne dich!

Gott, ich erkenne dich!
So im herbstlichen Rauschen der Blätter,
Als im Schlachtendonnerwetter,
Urquell der Gnade, erkenn' ich dich.
Vater, du segne mich!

Vater, du segne mich!
In deine Hand befehl' ich mein Leben,
Du kannst es nehmen, du hast es gegeben;
Zum Leben, zum Sterben segne mich!
Vater, ich preise dich!

Vater, ich preise dich)!
's ist ja kein Kampf für die Güter der Erde,
Das Heiligste schützen wir mit dem Schwerte;
Drum, fallend und siegend, preis' ich dich.
Gott, dir ergeb' ich mich!

Gott, dir ergeb' ich mich!
Wenn mich die Donner des Todes begrüßen,
Wenn meine Adern geöffnet fließen:
Dir, mein Gott, dir ergeb' ich mich!
Vater, ich rufe dich!

Körner.

CXXXIII.

Lied der Frauen, wenn die Männer im Kriege sind.

Wenn es stürmet auf den Wogen,
Strickt die Schifferin zu Haus,
Doch ihr Herz ist hingezogen
Auf die wilde See hinaus.
Bei jeder Welle, die braubet
Schäumend an Ufers Rand,
Denkt sie: er straubet, er straubet, er straubet,
Er kehret mir nimmer zum Land!

Bei des Donners wildem Toben
Spinnt die Schäferin zu Haus,
Doch ihr Herz, das schwebet oben
In des Wetters wildem Saus.

10*

Bei jedem Strahle, der klirrte
Schmetternd durch Donners Groll,
Denkt sie: mein Hirte, mein Hirte, mein Hirte
Mir nimmermehr kehren soll!

Wenn es in dem Abgrund bebet,
Sitzt des Bergmanns Weib zu Haus,
Doch ihr treues Herz das schwebet
In des Schachtes dunklem Graus.
Bei jedem Stoße, der rüttet,
Hallend im wankenden Schacht,
Denkt sie: verschüttet, verschüttet, verschüttet
Ist mein Knapp' in der Erde Nacht!

Wenn die Feldschlacht tost und klirret,
Sitzt des Kriegers Weib zu Haus,
Doch ihr banges Herz, das irret
Durch der Feldschlacht wild Gebraus.
Bei jedem Schlag, jedem Hallen
Der Stücke an Berges Wand,
Denkt sie: gefallen, gefallen, gefallen
Ist mein Held für's Vaterland!

Aber fern schon über die Berge
Ziehen die Wetter, der Donner verhallt,
Hör', wie der trunkenen, jubelnden Lerche
Tireli, Tireli siegreich erschallt.
Raben zieht weiter! — Himmel wird heiter,
Dringe mir, bringe mir — Sonne hervor!
Ueber die Berge, — jubelnde Lerche,
Singe mir, singe mir — Wonne ins Ohr!

Mit Cypreß und Lorbeer kränzet
Sieg das freudig ernste Haupt.
Herr! wenn er mir niederglänzet
Mit dem Trauergrün umlaubt,
Dann sternlose Nacht, sei willkommen,
Der Herr hat gegeben den Stern,
Der Herr hat genommen, genommen, genommen,
Gelobt sei der Wille des Herrn!

Brentano.

CXXXIV.
Sonett.

Nicht mehr das Gold und Silber will ich preisen:
Das Gold und Silber sank herab zum Taube,
Weil würdiglich vom ernsten Vaterlande
Statt Golds und Silbers ward erhöht das Eisen.

Wer Kraft im Arm hat, geh', sie zu beweisen,
Ein Eisenschwert zu schwingen ohne Schande,
Es heimzutragen mit zerhaunem Raube
Und dafür zu empfahn ein Kreuz von Eisen.

Ihr goldnen, silbren Ordenszeichen alle,
Brecht vor dem stärkeren Metall in Splitter,
Fallt, denn ihr rettetet uns nicht vom Falle;

Nur ihr, zukünft'ge neue Eisenritter,
Macht euch hinfort zu einem Eisenwalle
Dem Vaterland, das Kern jetzt sucht statt Flitter.

Rückert

CXXXV.

Reiters Morgengeſang.

Morgenroth,
Leuchteſt mir zum frühen Tod?
Bald wird die Trompete blaſen,
Dann muß ich mein Leben laſſen,
Ich und mancher Kamerad!

Kaum gedacht,
War der Luſt ein End' gemacht.
Geſtern noch auf ſtolzen Roſſen,
Heute durch die Bruſt geſchoſſen,
Morgen in das kühle Grab!

Ach, wie bald
Schwindet Schönheit und Geſtalt!
Thuſt du ſtolz mit deinen Wangen,
Die wie Milch und Purpur prangen?
Ach, die Roſen welken all'!

Darum ſtill
Füg' ich mich, wie Gott es will.
Nun ſo will ich wacker ſtreiten,
Und ſollt' ich den Tod erleiden,
Stirbt ein braver Reitersmann.

Hauff

CXXXVI.
Abschied vom Leben.

Die Wunde brennt, die bleichen Lippen beben,
  Ich fühl's an meines Herzens matterm Schlage,
  Hier steh' ich an den Marken meiner Tage —
  Gott, wie du willst! Dir hab' ich mich ergeben.

Viel goldne Bilder sah ich um mich schweben,
  Das schöne Traumbild wird zur Todtenklage.
  Muth! Muth! Was ich so treu im Herzen trage,
  Das muß ja doch dort ewig mit mir leben!

Und was ich hier als Heiligthum erkannte,
  Wofür ich rasch und jugendlich entbrannte,
  Ob ich's nun Freiheit, ob ich's Liebe nannte,

Als lichten Seraph seh' ich's vor mir stehen; —
  Und wie die Sinne langsam mir vergehen,
  Trägt mich ein Hauch zu morgenrothen Höhen.

Körner.

CXXXVII.
Grablied.

Auf! laßt uns fröhlich singen
Ein Lied von Tod und Grab!
Gar herrlich soll es klingen
In's letzte Bett hinab:
Des Friedhofs stiller Hügel,
Kein Leben deckt er zu,
Der Geist schwingt frohe Flügel
Und fliegt der Heimath zu.

Er sagt der grünen Erde
Die letzte gute Nacht;
Denn Arbeit, Noth, Gefährde,
Sie sind mit Gott vollbracht,
Die Freuden und die Mühen
Der armen Sterblichkeit:
Nun sieht er Kränze blühen
Im Lenz der Ewigkeit.

Drum well'n wir fröhlich singen
Ein Lied von Tod und Grab,
Ein Himmelslied soll klingen
Ins Erdenbett hinab!
Die Seele hat gewonnen
Das ew'ge Morgenroth
Und schaut aus heitern Wonnen
Hinab auf Grab und Tod.

Arndt.

CXXXVIII.

Die Kapelle.

Droben stehet die Kapelle,
Schauet still ins Thal hinab,
Drunten singt bei Wies' und Quelle
Froh und hell der Hirtenknab.

Traurig tönt das Glöcklein nieder,
Schauerlich der Leichenchor;
Stille sind die frohen Lieder
Und der Knabe lauscht empor.

Droben bringt man sie zu Grabe,
Die sich freuten in dem Thal.
Hirtenknabe, Hirtenknabe,
Dir auch singt man dort einmal.

Uhland

CXXXIX.

Das Ständchen.

Was wecken aus dem Schlummer mich
Für süße Klänge doch?
O Mutter, sieh! wer mag es sein
In später Stunde noch?

„Ich höre nichts, ich sehe nichts.
O schlummre fort so lind!
Man bringt dir keine Ständchen jetzt,
Du armes krankes Kind!"

Es ist nicht irdische Musik,
Was mich so freudig macht;
Mich rufen Engel mit Gesang.
O Mutter, gute Nacht!

Uhland.

CXL.

Aus „Agnes' Todtenfeier".

1.

Tritt sanfter auf mit deinem Flügelschlage,
O Zephyr, denn du rührest heilige Räume;
Es flehen dich die Blätter dieser Bäume,
Nicht zu verwehen ihre leise Klage.

Senkt duftiger zu diesem Blumenhage,
Ihr Wolken, eures Vorhangs dunkle Säume,
Daß ungestöret hier die Holde träume,
Die hier sich bettete so früh am Tage!

Sie will nicht wachen! Schlafen will sie. Wache
Für sie denn unser Schmerz und unsre Thränen,
Und unser Segen schaukle ihre Wiege.

Glückselig, wen zu diesem Brautgemache
Mit leisem Arme niederzieht das Sehnen,
Daß er bei Ihr, zwar Staub bei Staub nur, liege.

2.

Wär' ich wie ihr, ihr sommerlichen Schwalben,
Ich wandert' aus von dieser öden Haide;
Ich schwör' es euch bei meines Herzens Leide,
Ihr seht's nur nicht, der Herbst ist allenthalben.

Und ihr, die ihr noch leben wollt mit halbem
Scheinleben, Birke, Buche, Lind' und Weide,
Ich rath' es euch, laßt ab vom grünen Kleide
Und kleidet ohne Scheu euch mit dem falben.

Fragt nicht, warum? fragt nicht, was denn im Gange
Natur, die alte Mutter, plötzlich störte,
Daß Herbst kommt in den Frühling eingebrochen?

Nicht erst seit heut' ist's ja, es ist seit lange;
Denn Sie, der all der Frühling angehörte,
Schläft ihren Winterschlaf schon sieben Wochen.

Rückert

CXLI.
Auf der Überfahrt.

Über diesen Strom vor Jahren
Bin ich einmal schon gefahren;
Hier die Burg im Abendschimmer,
Drüben rauscht das Wehr wie immer.

Und von diesem Kahn umschlossen
Waren mit mir zween Genossen,
Ach, ein Freund, ein vatergleicher,
Und ein junger hoffnungsreicher.

Jener wirkte still hienieden
Und so ist er auch geschieden;
Dieser, brausend vor uns allen,
Ist in Kampf und Sturm gefallen.

So, wenn ich vergangner Tage,
Glücklicher, zu denken wage,
Muß ich stets Genossen missen,
Theure, die der Tod entrissen.

Doch, was alle Freundschaft bindet,
Ist, wenn Geist zu Geist sich findet;
Geistig waren jene Stunden,
Geistern bin ich noch verbunden.

Nimm nur, Fährmann, nimm die Miethe,
Die ich gerne dreifach biete!
Zween, die mit mir überfuhren,
Waren geistige Naturen.

Uhland.

CXLII.
Mitternacht.

Um Mitternacht
Hab' ich gewacht
Und aufgeblickt zum Himmel;
Kein Stern vom Sterngewimmel
Hat mir gelacht
Um Mitternacht.

Um Mitternacht
Hab' ich gedacht
Hinaus in dunkle Schranken;
Es hat kein Lichtgedanken
Mir Trost gebracht
Um Mitternacht.

Um Mitternacht
Nahm ich in Acht·
Die Schläge meines Herzens;
Ein einz'ger Puls des Schmerzens
War angefacht
Um Mitternacht.

Um Mitternacht
Kämpft' ich die Schlacht,
O Menschheit, deiner Leiden;
Nicht konnt' ich sie entscheiden
Mit meiner Macht
Um Mitternacht.

Um Mitternacht
Hab' ich die Macht
In deine Hand gegeben;
Herr über Tod und Leben,
Du hältst die Wacht
Um Mitternacht.

Rückert

CXLIII.

Wem Leben Leiden ist.

Wem Leben Leiden ist, und Leiden Leben,
Der mag, nach mir, was ich empfand, empfinden;
Wer augenblicks sah jedes Glück verschwinden,
Sobald er nur begann, darnach zu streben;

Wer je sich in ein Labyrinth begeben,
Aus dem der Ausweg nimmermehr zu finden,
Wen Liebe darum nur gesucht zu binden,
Um der Verzweiflung dann ihn hinzugeben;

Wer jeden Blitz beschwor, ihn zu zerstören,
Und jeden Strom, daß er hinweg ihn spüle
Mit allen Qualen, die sein Herz empören,

Und wer den Todten ihre harten Pfühle
Mißgönnt, wo Liebe nicht mehr kann bethören,
Der kennt mich ganz und fühlet, was ich fühle.

Platen.

CXLIV.
Der Blumenstrauß.

Wenn Sträuchen, Blumen manche Deutung eigen,
Wenn in den Rosen Liebe sich entzündet,
Vergißmeinnicht im Namen schon sich kündet,
Lorbeere Ruhm, Cypressen Trauer zeigen,

Wenn, wo die andern Zeichen alle schweigen,
Man doch in Farben zarten Sinn ergründet,
Wenn Stolz und Neid dem Gelben sich verbündet,
Wenn Hoffnung flattert in den grünen Zweigen,

So brach ich wohl mit Grund in meinem Garten
Die Blumen aller Farben, aller Arten
Und bring' sie dir, zu wildem Strauß gereihet.

Dir ist ja meine Lust, mein Hoffen, Leiden,
Mein Lieben, meine Treu', mein Ruhm, mein Neiden,
Dir ist mein Leben, dir mein Tod geweihet.

Uhland.

CXLV.
Frühlingstraum.

Ich träumte von bunten Blumen,
So wie sie wohl blühen im Mai;
Ich träumte von grünen Wiesen,
Von lustigem Vogelgeschrei.

Und als die Hähne krähten,
Da ward mein Auge wach;
Da war es kalt und finster,
Es schrien die Raben vom Dach.

Doch an den Fensterscheiben
Wer malte die Blätter da?
Ihr lacht wohl über den Träumer,
Der Blumen im Winter sah?

Ich träumte von Lieb' um Liebe,
Von einer schönen Maid,
Von Herzen und von Küssen,
Von Wonn' und Seligkeit.

Und als die Hähne krähten,
Da ward mein Herze wach;
Nun sitz' ich hier alleine
Und denke dem Traume nach

Die Augen schließ' ich wieder.
Noch schlägt das Herz so warm.
Wann grünt ihr Blätter am Fenster?
Wann halt' ich dich, Liebchen, im Arm?

Wilhelm Müller.

CXLVI.
Frühlingslieder.

1. Frühlingsahnung.

O sanfter, süßer Hauch,
Schon weckest du wieder
Mir Frühlingslieder.
Bald blühen die Veilchen auch.

2. Frühlingsglaube.

Die linden Lüfte sind erwacht,
Sie säuseln und weben Tag und Nacht,
Sie schaffen an allen Enden.
O frischer Duft, o neuer Klang!
Nun, armes Herze, sei nicht bang!
Nun muß sich alles, alles wenden.

Die Welt wird schöner mit jedem Tag,
Man weiß nicht, was noch werden mag,
Das Blühen will nicht enden,
Es blüht das fernste, tiefste Thal;
Nun, armes Herz, vergiß der Qual!
Nun muß sich alles, alles wenden.

3. Frühlingsruhe.

O legt mich nicht ins dunkle Grab,
Nicht unter die grüne Erb' hinab!
Soll ich begraben sein,
Lieg' ich in's tiefe Gras hinein.

In Gras und Blumen lieg' ich gern,
Wenn eine Flöte tönt von fern
Und wenn hoch oben hin
Die hellen Frühlingswolken ziehn.

4. Frühlingsfeier.

Süßer, goldner Frühlingstag!
Inniges Entzücken!
Wenn mir je ein Lied gelang,
Sollt' es heut nicht glücken?

Doch warum in dieser Zeit
An die Arbeit treten?
Frühling ist ein hohes Fest;
Laßt mich ruhn und beten!

5. Lob des Frühlings.

Saatengrün, Veilchenduft,
Lerchenwirbel, Amselschlag,
Sonnenregen, linde Luft!

Wenn ich solche Worte singe,
Braucht es dann noch großer Dinge,
Dich zu preisen, Frühlingstag?

6. Frühlingstrost.

Was zagst du, Herz, in solchen Tagen,
Wo selbst die Dorne Rosen tragen?

7. Künftiger Frühling.

Wohl blühet jedem Jahre
Sein Frühling mild und licht,
Auch jener große, klare,
Getrost! er fehlt dir nicht;
Er ist dir noch beschieden
Am Ziele deiner Bahn,
Du ahnest ihn hienieden
Und droben bricht er an.

Uhland.

CXLVII.
Wandernder Dichter.

Ich weiß nicht, was das sagen will!
Kaum tret' ich von der Schwelle still,
Gleich schwingt sich eine Lerche auf
Und jubilirt durch's Blau vorauf.

Das Gras ringsum, die Blumen gar
Stehn mit Juwelen und Perl'n im Haar,
Die schlanken Pappeln, Busch und Saat
Verneigen sich im größten Staat.

Als Bot' voraus das Bächlein eilt,
Und wo der Wind die Wipfel theilt,
Die Au' verstohlen nach mir schaut,
Als wär' sie meine liebe Braut.

Ja, komm' ich müd' ins Nachtquartier,
Die Nachtigall noch vor der Thür
Mir Ständchen bringt, Glühwürmchen bald
Illuminiren rings den Wald.

Umsonst, das ist nun einmal so,
Kein Dichter reist incognito,
Der lust'ge Frühling merkt es gleich,
Wer König ist in seinem Reich.

Eichendorff.

CXLVIII.
Die Forelle.

In der hellen Felsenwelle
Schwimmt die muntere Forelle,
Und in wildem Uebermuth
Guckt sie aus der kühlen Flut,
Sucht, gelockt von lichten Scheinen,
Nach den weißen Kieselsteinen,
Die das seichte Bächlein kaum
Ueberspritzt mit Staub und Schaum.

Sieh doch, sieh, wie kann sie hüpfen
Und so unverlegen schlüpfen
Durch den höchsten Klippensteg,
Grad' als wäre das ihr Weg!
Und schon will sie nicht mehr eilen,
Will ein wenig sich verweilen,
Zu erproben wie es thut,
Sich zu sonnen aus der Flut.

Ueber einem blanken Steine
Wälzt sie sich im Sonnenscheine,
Und die Strahlen kitzeln sie
In der Haut, sie weiß nicht wie;

11*

Weiß in wähligem Behagen
Nicht, ob sie es soll ertragen,
Oder vor der fremden Glut
Retten sich in ihre Flut.

Kleine, muntere Forelle,
Weile noch an dieser Stelle,
Und sei meine Lehrerin:
Lehre mir den leichten Sinn,
Ueber Klippen wegzuhüpfen,
Durch des Lebens Drang zu schlüpfen
Und zu gehn, ob's kühlt, ob's brennt,
Frisch in jedes Element.

Wilhelm Müller.

CXLIX.
Aus dem „Liebesfrühling".

1.

Du meine Seele, du mein Herz,
Du meine Wonn', o du mein Schmerz,
Du meine Welt, in der ich lebe,
Mein Himmel du, darein ich schwebe,
O du mein Grab, in das hinab
Ich ewig meinen Kummer gab!

Du bist die Ruh, du bist der Frieden,
Du bist der Himmel, mir beschieden.
Daß du mich liebst, macht mich mir werth,
Dein Blick hat mich vor mir verklärt,
Du hebst mich liebend über mich,
Mein guter Geist, mein beff'res Ich!

2.

Die Liebe sprach: In der Geliebten Blicke
Mußt du den Himmel suchen, nicht die Erde,
Daß sich die beff're Kraft daran erquicke,
Und dir das Sternbild nicht zum Irrlicht werde.

Die Liebe sprach: In der Geliebten Auge
Mußt du das Licht dir suchen, nicht das Feuer,
Daß dir's zur Lamp' in dunkler Klause tauge,
Nicht dir verzehre deines Lebens Scheuer.

Die Liebe sprach: In der Geliebten Wonne
Mußt du die Flügel suchen, nicht die Fesseln.
Daß sie dich aufwärts tragen zu der Sonne,
Nicht niederziehn zu Rosen und zu Nesseln.

3.

Der Himmel hat eine Thräne geweint,
Die hat sich ins Meer zu verlieren gemeint.
Die Muschel kam und schloß sie ein:
Du sollst nun meine Perle sein.
Du sollst nicht vor den Wogen zagen,
Ich will hindurch dich ruhig tragen.
O du mein Schmerz, du meine Lust,
Du Himmelsthrän' in meiner Brust!
Gieb, Himmel, daß ich in reinem Gemüthe
Den reinsten deiner Tropfen hüte.

4.

Mutter, Mutter! glaube nicht,
Weil ich ihn lieb' also sehr,
Daß nun Liebe mir gebricht,
Dich zu lieben wie vorher.

Mutter, Mutter! seit ich ihn
Liebe, lieb' ich erst dich sehr.
Laß mich an mein Herz dich ziehn
Und dich küssen, wie mich er.

Mutter, Mutter! seit ich ihn
Liebe, lieb' ich dich erst ganz,
Daß du mir das Sein verliehn,
Das mir ward zu solchem Glanz.

Rückert

CI.
Gefunden.

Ich ging im Walde
So für mich hin,
Und nichts zu suchen,
Das war mein Sinn.

Im Schatten sah ich
Ein Blümchen stehn,
Wie Sterne leuchtend,
Wie Aeuglein schön.

Ich wollt' es brechen,
Da sagt' es fein:
Soll ich zum Welken
Gebrochen sein?

Ich grub's mit allen
Den Würzlein aus,
Zum Garten trug ich's
Am hübschen Haus.

Und pflanzt' es wieder
Am stillen Ort;
Nun zweigt es immer
Und blüht so fort.   Goethe.

CLI.
Frühling übers Jahr.

Das Beet, schon lockert
Sich's in die Höh,
Da wanken Glöckchen,
So weiß wie Schnee;
Safran entfaltet
Gewalt'ge Gluth,
Smaragden keimt es
Und keimt wie Blut.
Primeln stolziren
So naseweis,
Schalkhafte Veilchen,
Versteckt mit Fleiß;
Was auch noch Alles
Da regt und webt,
Genug, der Frühling,
Er wirkt und lebt.

Doch was im Garten
Am Reichsten blüht,
Das ist des Liebchens
Lieblich Gemüth.
Da glühen Blicke
Mir immerfort,
Erregend Liebchen,
Erheiternd Wort.

Ein immer offen,
Ein Blüthenherz,
Im Ernste freundlich
Und rein im Scherz.
Wenn Ros' und Lilie
Der Sommer bringt,
Er doch vergebens
Mit Liebchen ringt.

Goethe.

CLII.
Heimweh.

Wer in die Fremde will wandern,
Der muß mit der Liebsten gehn,
Es jubeln und lassen die Andern
Den Fremden alleine stehn.

Was wisset ihr, dunkle Wipfel,
Von der alten schönen Zeit?
Ach, die Heimath hinter den Gipfeln,
Wie liegt sie von hier so weit!

Am liebsten betracht' ich die Sterne,
Die schienen, wie ich ging zu ihr,
Die Nachtigall hör' ich so gerne,
Sie sang vor der Liebsten Thür.

Der Morgen, das ist meine Freude!
Da steig' ich in stiller Stund'
Auf den höchsten Berg in die Weite,
Grüß dich, Deutschland, aus Herzensgrund!

Eichendorff.

CLIII.
Das Schloß Boncourt.

Ich träum' als Kind mich zurücke
Und schüttle mein greises Haupt;
Wie sucht ihr mich heim, ihr Bilder,
Die lang' ich vergessen geglaubt?

Hoch ragt aus schatt'gen Gehegen
Ein schimmerndes Schloß hervor,
Ich kenne die Thürme, die Zinnen,
Die steinerne Brücke, das Thor.

Es schauen vom Wappenschilde
Die Löwen so traulich mich an,
Ich grüße die alten Bekannten
Und eile den Burghof hinan.

Dort liegt die Sphinx am Brunnen
Dort grünt der Feigenbaum,
Dort, hinter diesen Fenstern,
Verträumt' ich den ersten Traum.

Ich tret' in die Burgkapelle
Und suche des Ahnherrn Grab,
Dort ist's, dort hängt vom Pfeiler
Das alte Gewaffen herab.

Noch lesen umflort die Augen
Die Züge der Inschrift nicht,
Wie hell durch die bunten Scheiben
Das Licht darüber auch bricht.

So stehst du, o Schloß meiner Väter,
Mir treu und fest in dem Sinn,
Und bist von der Erde verschwunden,
Der Pflug geht über dich hin.

Sei fruchtbar, o theurer Boden,
Ich segne dich mild und gerührt,
Und segn' ihn zwiefach, wer immer
Den Pflug nun über dich führt.

Ich aber will auf mich raffen,
Mein Saitenspiel in der Hand,
Die Weiten der Erde durchschweifen
Und singen von Land zu Land.

Chamisso.

CLIV.

Heimweh.

Gott geleite die armen traurigen Kranken heim!
    Gott geleite die müden irren Gedanken heim!
Gott verleihe dir einen Stab der Geduld, mein Herz!
    Müder Wanderer! um am Stabe zu wanken heim.
Gott verleihe dir einen gnädigen Hauch, mein Schiff!
    Aus den Wogen des Unbestandes zu schwanken heim.
Alle Triebe, dem dunklen Schooße der Erd' entblüht,
    Aufwärts ringen sie, sich zum Lichte zu ranken heim,
Alle duftigen Blütenstäubchen der Frühlingsluft,
    Rastlos sprühen sie, bis zum Staube sie sanken heim:
Also sehnet Hafisens Seele sich himmelwärts,
    Und sein Irdisches zu den irdischen Schranken heim.

Rückert.

CLV.

Reiselieder.

1.
Auf der Landstraße.

Was suchen doch die Menschen all
Zu Roß und auch zu Fuß?
Das wandert hin und wandert her
Zeitlebens ohn' Verdruß.

Die haben wohl kein Liebchen heim,
Und auch ihr Herz dabei;
Sie sehn mich an und wundern sich,
Daß ich so langsam sei.

Ach, wer mit jedem, jedem Fuß,
Den er setzt in die Welt hinein,
Einen Schritt von seiner Liebsten thut,
Der macht ihn gerne klein.

Wer hat das Wandern doch erdacht?
Der hatt' ein Herz von Stein;
Und wär' es heut' noch nicht bekannt,
Ich ließ' es wahrlich sein.

2.

Abendreihn.

„Guten Abend, lieber Mondenschein!
Wie blickst mir so traulich ins Herz herein!
Nun sprich, und laß dich nicht lange fragen,
Du hast mir gewiß einen Gruß zu sagen,
    Einen Gruß von meinem Schatz." —

„Wie sollt' ich bringen den Gruß zu dir?
Du hast ja keinen Schatz bei mir;
Und was mir da unten die Bursche sagen,
Und was mir die Frauen und Mädchen klagen,
    Ei, das versteh' ich nicht." —

„Hast Recht, mein lieber Mondenschein,
Du darfst auch Schätzchens Bote nicht sein;
Denn thätst du zu tief ihr in's Auge sehn,
Du könntest ja nimmermehr untergehn,
    Schienst ewig nur für sie."

Dies Liedchen ist ein Abendreihn,
Ein Wandrer sang's im Vollmondschein,
Und die es lesen bei Kerzenlicht,
Die Leute verstehn das Liedchen nicht,
    Und ist doch kinderleicht.

Wilhelm Müller.

CLVI.
Die Sterne der Nacht.

Und die Sonne machte den weiten Ritt
Um die Welt,
Und die Sternlein sprachen: wir reisen mit
Um die Welt;
Und die Sonne, die schalt sie: ihr bleibt zu Haus!
Denn ich brenn' euch die goldenen Aeuglein aus
Bei dem feurigen Ritt um die Welt.

Und die Sternlein gingen zum lieben Mond
In der Nacht,
Und sie sprachen: du, der auf Wolken thront
In der Nacht,
Laß uns wandeln mit dir, denn dein milder Schein,
Er verbrennet uns nimmer die Aeugelein.
Und er nahm sie, Gesellen der Nacht.

Nun willkommen, Sternlein und lieber Mond
In der Nacht!
Ihr versteht, was still in dem Herzen wohnt,
In der Nacht!
Kommt und zündet die himmlischen Lichter an,
Daß ich lustig mitschwärmen und spielen kann
In den freundlichen Spielen der Nacht.

Arndt.

CLVII.
Theelied.

Ihr Saiten, tönet sanft und leise,
Vom leichten Finger kaum geregt!
Ihr tönet zu des Zärtsten Preise,
Des Zärtsten, was die Erde hegt.

In Indiens mythischem Gebiete,
Wo Frühling ewig sich erneut,
O Thee, du selber eine Mythe,
Verlebst du deine Blüthenzeit.

Nur zarte Bienenlippen schlürfen
Aus deinen Kelchen Honig ein,
Nur bunte Wundervögel dürfen
Die Sänger deines Ruhmes sein.

Wenn Liebende zum stillen Feste
In deine duftgen Schatten fliehn,
Dann rührest leise du die Äste
Und streuest Blüthen auf sie hin.

So wächsest du am Heimathstrande,
Vom reinsten Sonnenlicht genährt.
Noch hier in diesem fernen Lande
Ist uns dein zarter Sinn bewährt;

Denn nur die holden Frauen halten
Dich in der mütterlichen Hut;
Man sieht sie mit dem Kruge walten
Wie Nymphen an der heilgen Flut.

Den Männern will es schwer gelingen,
Zu fühlen deine tiefe Kraft;
Nur zarte Frauenlippen bringen
In deines Zaubers Eigenschaft.

Ich selbst, der Sänger, der dich feiert,
Erfuhr noch deine Wunder nicht;
Doch, was der Frauen Mund betheuert,
Ist mir zu glauben heilge Pflicht.

Ihr aber möget sanft verklingen,
Ihr, meine Saiten, kaum geregt!
Nur Frauen können würdig singen
Das Zärtste, was die Erde hegt.

Uhland.

CLVIII.
Frisch gesungen.

Hab' oft im Kreise der Lieben
    In duftigem Grase geruht,
Und mir ein Liedlein gesungen,
    Und alles war hübsch und gut.

Hab' einsam auch mich gehärmet
    In bangem, düsterem Muth,
Und habe wieder gesungen,
    Und alles war wieder gut.

Und manches, was ich erfahren,
    Verkocht' ich in stiller Wuth,
Und kam ich wieder zu singen,
    War alles auch wieder gut.

Sollst nicht uns lange klagen,
    Was alles dir wehe thut,
Nur frisch, nur frisch gesungen!
    Und alles wird wieder gut.

Chamisso.

CLIX.
Poesie.

Poesie ist tiefes Schmerzen,
Und es kommt das echte Lied
Einzig aus dem Menschenherzen,
Das ein tiefes Leid durchglüht.

Doch die höchsten Poesien
Schweigen wie der höchste Schmerz,
Nur wie Geisterschatten ziehen
Stumm sie durchs gebrochne Herz.

Justinus Kerner.

CLX.

Trinklied.

Wir sind nicht mehr am ersten Glas,
Drum denken wir gern an dies und das,
Was rauschet und was brauset.

So denken wir an den wilden Wald,
Darin die Stürme sausen,
Wir hören, wie das Jagdhorn schallt,
Die Ross' und Hunde brausen
Und wie der Hirsch durchs Wasser setzt,
Die Fluten rauschen und wallen
Und wie der Jäger ruft und hetzt,
Die Schüsse schmetternd fallen.

Wir sind nicht mehr am ersten Glas,
Drum denken wir gern an dies und das,
Was rauschet und was brauset.

So denken wir an das wilde Meer
Und hören die Wogen brausen,
Die Donner rollen drüber her,
Die Wirbelwinde sausen.
Ha, wie das Schifflein schwankt und dröhnt,
Wie Mast und Stange splittern
Und wie der Nothschuß dumpf ertönt,
Die Schiffer fluchen und zittern!

Wir sind nicht mehr am ersten Glas,
Drum denken wir gern an dies und das,
Was rauschet und was brauset.

So denken wir an die wilde Schlacht;
Da fechten die deutschen Männer,
Das Schwert erklirrt, die Lanze kracht,
Es schnauben die muthgen Renner;
Mit Trommelwirbel, Trommetenschall
So zieht das Heer zum Sturme;
Hin stürzet von Kanonenknall
Die Mauer sammt dem Thurme.

Wir sind nicht mehr am ersten Glas,
Drum denken wir gern an dies und das,
Was rauschet und was brauset.

So denken wir an den jüngsten Tag
Und hören Posaunen schallen;
Die Gräber springen von Donnerschlag,
Die Sterne vom Himmel fallen;
Es braust die offne Höllenkluft
Mit wildem Flammenmeere
Und oben in der goldnen Luft
Da jauchzen die selgen Chöre.

Wir sind nicht mehr am ersten Glas,
Drum denken wir gern an dies und das,
Was rauschet und was brauset.

Und nach dem Wald und der wilden Jagd,
Nach Sturm und Wellenschlage
Und nach der deutschen Männer Schlacht
Und nach dem jüngsten Tage
So denken wir an uns selber noch,
An unser stürmisch Singen,
An unser Jubeln und Lebehoch,
An unsrer Becher Klingen.

Wir sind nicht mehr am ersten Glas,
Drum denken wir gern an dies und das,
Was rauschet und was brauset.

Uhland

CLXI.

Trinklied.

Kommt, Brüder, trinket froh mit mir;
Seht, wie die Becher schäumen!
Bei vollen Gläsern wollen wir
Ein Stündchen schön verträumen.
Das Auge flammt, die Wange glüht,
In kühnern Tönen rauscht das Lied:
Schon wirkt der Götterwein! —
Schenkt ein!

Doch was auch tief im Herzen wacht,
Das will ich jetzt begrüßen.
Dem Liebchen sei dies Glas gebracht,
Der Einzigen, der Süßen!
Das höchste Glück für Menschenbrust,
Das ist der Liebe Götterlust;
Sie trägt euch himmelan!
Stoßt an!

Ein Herz, in Kampf und Streit bewährt,
Bei strengem Schicksalswalten,
Ein freies Herz ist Goldes werth,
Das müßt ihr fest erhalten.
Vergänglich ist des Lebens Glück,
Drum pflückt in jedem Augenblick
Euch einen frischen Strauß! —
Trinkt aus!

Jetzt sind die Gläser alle leer,
Füllt sie noch einmal wieder.
Es wogt im Herzen hoch und hehr;
Ja, wir sind alle Brüder.
Von Einer Flamme angefacht —
Dem deutschen Volke sei's gebracht,
Auf daß es glücklich sei,
Und frei!

Theodor Körner.

CLXII.

Freiheit.

Freiheit, die ich meine,
Die mein Herz erfüllt,
Komm mit deinem Scheine,
Süßes Engelsbild.

Magst du nie dich zeigen
Der bedrängten Welt?
Führest deinen Reigen
Nur am Sternenzelt?

Auch bei grünen Bäumen
In dem lust'gen Wald,
Unter Blüthenträumen
Ist dein Aufenthalt.

Ach das ist ein Leben,
Wenn es weht und klingt,
Wenn dein stilles Weben
Wonnig uns durchdringt.

Wenn die Blätter rauschen
Süßen Freundesgruß,
Wenn wir Blicke tauschen,
Liebeswort und Kuß.

Aber immer weiter
Nimmt das Herz den Lauf,
Auf der Himmelsleiter
Steigt die Sehnsucht auf;

Aus den stillen Kreisen
Kommt mein Hirtenkind,
Will der Welt beweisen,
Was es denkt und minnt.

Blüht ihm doch ein Garten,
Reist ihm doch ein Feld
Auch in jener harten
Steinerbauten Welt.

Wo sich Gottes Flamme
In ein Herz gesenkt,
Das am alten Stamme
Treu und liebend hängt;

Wo sich Männer finden,
Die für Ehr' und Recht
Muthig sich verbinden,
Weilt ein frei Geschlecht.

Hinter dunkeln Wällen,
Hinter ehrnem Thor
Kann das Herz noch schwellen
Zu dem Licht empor;

Für die Kirchenhallen,
Für der Väter Gruft,
Für die Liebsten fallen,
Wenn die Freiheit ruft —

Das ist rechtes Glühen
Frisch und rosenroth,
Heldenwangen blühen
Schöner auf im Tod.

Wollest auf uns lenken
Gottes Lieb und Lust,
Wollest gern dich senken
In die deutsche Brust!

Freiheit, holdes Wesen,
Gläubig, kühn und zart,
Hast ja lang erlesen
Dir die deutsche Art.

Schenkendorf.

CLXIII.

Bundeslied.

Brause, du Freiheitssang;
Brause wie Wogendrang
Aus Felsenbrust!
Feig bebt der Knechte Schwarm:
Uns schlägt das Herz so warm,
Uns zuckt der Jünglingsarm
Voll Thatenlust.

Gott Vater, dir zum Ruhm
Flammt Deutschlands Ritterthum
In uns auf's neu;
Neu wird das alte Land,
Wachsend wie Feuersbrand,
Gott, Freiheit, Vaterland,
Altdeutsche Treu'.

Stolz, keusch und heilig sei,
Gläubig und deutsch und frei,
Hermanns Geschlecht!
Zwingherrschaft, Zwingherrnwitz
Tilgt Gottes Racheblitz —
Euch sei der Herrschersitz,
Freiheit und Recht!

Freiheit, in uns erwacht
Ist deine Geistermacht;
Heil dieser Stund'!
Glühend für Wissenschaft,
Blühend in Jugendkraft,
Sei Deutschlands Jüngerschaft
Ein Bruderbund.

Schalle, du Liederklang,
Schalle, du Hochgesang,
Aus deutscher Brust;
Ein Herz, ein Leben ganz,
Stehn wir wie Wall und Schanz,
Bürger des Vaterlands,
Voll Thatenlust.

Karl Follen

CLXIV.

Ergebung.

Und wollten sie mein Aug' auch blenden,
Verfinstert drum die Sonne sich?
Und wenn sie mich zum Kerker senden —
Die Freiheit siegt auch ohne mich.

Und wenn sie mir die Hand auch binden,
Weil sie die Feder schwang als Schwert —
Es wird sich Hand und Feder finden,
So lang ein Herz nach Gott begehrt.

Und ob sich auch in Finsternissen
Mein Wort, der Gotteshauch, verlor —
Den einen Ton wird man nicht missen
Im tausendstimm'gen Donnerchor.

Nicht wird sofort der Frühling enden
Mit Saft und Kraft, mit Licht und Schall,
Weil ihr mit tölpelhaften Händen
Erschluget eine Nachtigall.

Sallet

CLXV.
Ritterschläge.

Es sind bereitet dir drei harte Schläge,
Wenn du im hohen Orden aller Geister
Willst Ritter sein, empfahn den Kuß der Meister.

Zuerst trifft dich auf deinem schweren Wege
Der Menge Spott, die trübe Wuth der Thoren,
Sie schütteln ernsthaft brummend ihre Ohren.

Hast du nun wie ein Mann den Schlag verwunden,
Mag dich der zweite härtere nicht irren:
Daß auch die Besten sich an dir verwirren.

Und bist du ungebeugt von ihm erfunden,
Wirst du dich selbst mit finstrem Zweifel treffen:
Ob Gott dich führe, ob dich Teufel äffen?

Heil dir, wenn du in ihm nicht gingest unter!
Den neuen Bruder bitten ehrne Schaaren
Des heil'gen Grabs der Menschheit mit zu wahren.

Und gleich den alten Helden wirst du munter
Dein gutes Schwert zu steten Siegen richten
Auf Ungeheu'r im Denken und im Dichten.

Immermann.

CLXVI,
Die gefangenen Sänger.

Vöglein, einsam in dem Bauer,
Herzchen, einsam in der Brust,
Beide haben große Trauer
Um die süße Frühlingslust.

Um das Wandern, um das Fliegen
In dem Thal von Zweig zu Zweig,
Um das Wiegen, um das Schmiegen
An die Liebste warm und weich.

Vöglein singe deine Klagen,
Bis die kleine Brust zerspringt,
Herz, mein Herz, auch du wirst schlagen,
Bis dein letzter Ton verklingt.

Schenkendorf.

CLXVII.
Nach Sevilla.

Nach Sevilla, nach Sevilla,
Wo die hohen Prachtgebäude
In den breiten Straßen stehen,
Aus den Fenstern reiche Leute,
Schön geputzte Frauen sehen,
Dahin sehnt mein Herz sich nicht.

Nach Sevilla, nach Sevilla,
Wo die letzten Häuser stehen,
Sich die Nachbarn freundlich grüßen,

Mädchen aus dem Fenster sehen,
Ihre Blumen zu begießen,
Ach, da sehnt mein Herz sich hin!

In Sevilla, in Sevilla,
Weiß ich wohl ein reines Stübchen,
Helle Küche, stille Kammer,
In dem Hause wohnt mein Liebchen,
Und am Pförtchen glänzt ein Hammer:
Poch' ich, macht die Jungfrau auf!

Brentano.

CLXVIII.
Mein Herz ist zerrissen.

Mein Herz ist zerrissen, du liebst mich nicht!
Du ließest mich's wissen, du liebst mich nicht!
Wiewohl ich dir flehend und werbend erschien
Und liebebeflissen, du liebst mich nicht!
Du hast es gesprochen, mit Worten gesagt,
Mit allzugewissen, du liebst mich nicht!
So soll ich die Sterne, so soll ich den Mond,
Die Sonne vermissen? Du liebst mich nicht!
Was blüht mir die Rose? was blüht der Jasmin?
Was blühn die Narzissen? Du liebst mich nicht!

Platen.

CLXIX.
Einsamkeit.

Wie eine trübe Wolke
Durch heitre Lüfte geht,
Wann in der Tanne Wipfel
Ein mattes Lüftchen weht:

So zieh' ich meine Straße
Dahin mit trägem Fuß
Durch helles, frohes Leben
Einsam und ohne Gruß.

Ach, daß die Luft so ruhig!
Ach, daß die Welt so licht!
Als noch die Stürme tobten,
War ich so elend nicht

Wilhelm Müller.

CLXX.
Nachts.

Ich wandre durch die stille Nacht,
Da schleicht der Mond so heimlich sacht
Oft aus der dunklen Wolkenhülle,
Und hin und her im Thal
Erwacht die Nachtigall,
Dann wieder Alles grau und stille

O wunderbarer Nachtgesang:
Von fern im Land der Ströme Gang,
Leis Schauern in den dunklen Bäumen —
Wirr'st die Gedanken mir,
Mein irres Singen hier
Ist wie ein Rufen nur aus Träumen.

Eichendorff.

CLXXI.
Schlaflied.

Ruhe, Süßliebchen, im Schatten
    Der grünen dämmernden Nacht,
Es säuselt das Gras auf den Matten,
Es fächelt und kühlt dich der Schatten,
    Und treue Liebe wacht.
      Schlafe, schlaf' ein,
    Leiser rauschet der Hain, —
    Ewig bin ich dein.

Schweigt, ihr versteckten Gesänge,
    Und stört nicht die süßeste Ruh!
Es lauscht der Vögel Gedränge,
Es ruhen die lauten Gesänge,
    Schließ, Liebchen, dein Auge zu.
      Schlafe, schlaf' ein,
    Im dämmernden Schein
    Ich will dein Wächter sein.

Murmelt fort, ihr Melodieen,
    Rausche nur, du stiller Bach
Schöne Liebesphantasieen
Sprechen in den Melodieen,
    Zarte Träume schwimmen nach.
      Durch den flüsternden Hain
    Schwärmen goldene Bienelein
    Und summen zum Schlummer dich ein.

Tieck.

CLXXII.

Morgenlied.

Wer schlägt so rasch an die Fenster mir
Mit schwanken grünen Zweigen?
Der junge Morgenwind ist hier
Und will sich lustig zeigen.

„Heraus, heraus, du Menschensohn!"
So ruft der kecke Geselle —
„Es schwärmt von Frühlingswonnen schon
Vor deiner Kammerschwelle.

Hörst du die Käfer summen nicht?
Hörst du das Glas nicht klirren,
Wenn sie, betäubt von Duft und Licht,
Hart an die Scheiben schwirren?

Die Sonnenstrahlen stehlen sich
Behende durch Blätter und Ranken,
Und necken auf deinem Lager dich
Mit blendendem Schweben und Schwanken.

Die Nachtigall ist heiser fast,
So lang' hat sie gesungen,
Und weil du sie gehört nicht hast,
Ist sie vom Baum gesprungen.

Da schlug ich mit dem leeren Zweig
An deine Fensterscheiben;
Heraus, heraus in das Frühlingsreich!
Es wird nicht lange mehr bleiben."

Wilhelm Müller

CLXXIII.

Kleines Frauenlob.

Frauen sind genannt vom Freuen,
Weil sich freuen kann kein Mann
Ohn' ein Weib, die stets vom neuen
Seel' und Leib erfreuen kann.

Wohlgefraut ist wohlgefreuet,
Ungefreut ist ungefraut;
Wer der Frauen Auge scheuet,
Hat die Freude nie geschaut.

Wie erfreulich, wo so fraulich
Eine Frau geberdet sich,
So getreulich und so traulich
Wie sich eine schmiegt an mich.

Rückert.

CLXXIV.

Wanderlieder.

1. Lebewohl.

Lebe wohl, lebe wohl, mein Lieb!
Muß noch heute scheiden.
Einen Kuß, einen Kuß mir gieb!
Muß dich ewig meiden.

Eine Blüth', eine Blüth' mir brich
Von dem Baum im Garten!
Keine Frucht, keine Frucht für mich;
Darf sie nicht erwarten.

2. In der Ferne.

Will ruhen unter den Bäumen hier,
Die Vöglein hör' ich so gerne.
Wie singet ihr so zum Herzen mir!
Von unsrer Liebe was wisset ihr
In dieser weiten Ferne?

Will ruhen hier an des Baches Rand,
Wo duftige Blümlein sprießen.
Wer hat euch, Blümlein, hieher gesandt?
Seid ihr ein herzliches Liebespfand
Aus der Ferne von meiner Süßen?

3. Morgenlied.

Noch ahnt man kaum der Sonne Licht,
Noch sind die Morgenglocken nicht
Im finstern Thal erklungen.

Wie still des Waldes weiter Raum!
Die Vöglein zwitschern nur im Traum,
Kein Sang hat sich erschwungen.

Ich hab' mich längst ins Feld gemacht
Und habe schon dies Lied erdacht
Und hab' es laut gesungen.

4. Einkehr.

Bei einem Wirthe wundermild
Da war ich jüngst zu Gaste;
Ein goldner Apfel war sein Schild
An einem langen Aste.

Es war der gute Apfelbaum,
Bei dem ich eingekehret;
Mit süßer Kost und frischem Schaum
Hat er mich wohl genähret.

Es kamen in sein grünes Haus
Viel leichtbeschwingte Gäste;
Sie sprangen frei und hielten Schmaus
Und sangen auf das Beste.

Ich fand ein Bett zu süßer Ruh
Auf weichen grünen Matten;
Der Wirth er deckte selbst mich zu
Mit seinem kühlen Schatten.

Nun fragt' ich nach der Schuldigkeit,
Da schüttelt' er den Wipfel.
Gesegnet sei er alle Zeit
Von der Wurzel bis zum Gipfel!

5. Heimkehr.

O brich nicht, Steg! du zitterst sehr.
O stürz' nicht, Fels! du dräuest schwer.
Welt, geh nicht unter, Himmel, fall nicht ein,
Eh' ich mag bei der Liebsten sein!

Uhland.

CLXXV.

Herbstlied.

Feldeinwärts flog ein Vögelein,
Und sang im muntern Sonnenschein
Mit süßem, wunderbarem Ton:
„Ade! ich fliege nun davon,
     Weit! weit!
Reis' ich noch heut."

Ich horchte auf den Feldgesang,
Mir ward so wohl und doch so bang,
Mit frohem Schmerz, mit trüber Lust
Stieg wechselnd bald und sank die Brust,
     Herz! Herz!
Brichst du vor Wonn' oder Schmerz?

Doch als ich Blätter fallen sah,
Da sagt' ich: „Ach, der Herbst ist da,
Der Sommergast, die Schwalbe, zieht,
Vielleicht so Lieb und Sehnsucht flieht
     Weit! weit!
Rasch mit der Zeit."

Doch rückwärts kam der Sonnenschein,
Dicht zu mir drauf das Vögelein,
Es sah mein thränend Angesicht
Und sang: „Die Liebe wintert nicht,
     Nein! nein!
Ist und bleibt Frühlingsschein!"

Tied.

CLXXVI
Reisegesellschaft.

Wo der Schicksalswege
Kreuzen sich so viel,
Und auf eignem Stege
Jeder sucht sein Ziel;

Hoffe nicht, daß Einer
Mit dir halte Schritt
Länger, als auf deiner
Bahn ist seine mit.

Näher nur berühren
Hier sich dann und wann
Zwei der Weg' und führen
Aus einander dann.

Und wer eine Weile
Mit dir theilt den Gang,
Hoffe nicht, er theile
Ihn sein Lebelang!

Denke, daß er immer
Noch kann seitwärts gehn,
Eh' im Abendschimmer
Dir die Berge stehn.

Rückert

CLXXVII.

Im Herbst.

Der Wald wird falb, die Blätter fallen,
Wie öd' und still der Raum!
Die Bächlein nur gehn durch die Buchenhallen
Lind rauschend wie im Traum,
Und Abendglocken schallen
Fern von des Waldes Saum.

Was wollt ihr mich so wild verlocken
In dieser Einsamkeit?
Wie in der Heimath klingen diese Glocken
Aus stiller Kinderzeit. —
Ich wende mich erschrocken,
Ach, was mich liebt, ist weit!

So brecht hervor nur, alte Lieder,
Und brecht das Herz mir ab!
Noch einmal grüß' ich aus der Ferne
Was ich nur Liebes hab',
Mich aber zieht es nieder
Vor Wehmuth wie ins Grab.

Eichendorff.

CLXXVIII.

Herbstlied.

Schön im goldnen Ährenkranz
Hat der Sommer uns geblüht;
Flüchtig kreist des Jahres Tanz,
Und der Sommer flieht.

Hascht den letzten Sonnenstrahl,
Der aus düstrer Wolke dringt,
Eh' sie euch zum letztenmal
Neidisch ihn verschlingt!

Brecht die Blum' am Wiesenquell,
Die noch trinkt das matte Licht,
Brüder, brecht die Blume schnell,
Eh' ein Frost sie bricht!

Traut dem nächsten Lenze nicht,
Der die Blumen neu erweckt;
Wißt ihr, ob im Lenze nicht
Erde schon euch deckt?

In den dunklen Schooß hinab
Dringt kein Gruß der Frühlingsluft,
Und die Blum' auf eurem Grab
Ist euch ohne Duft.

Rückert.

CLXXIX.

Jägers Lust.

Es lebe, was auf Erden
Stolzirt in grüner Tracht,
Die Wälder und die Felder,
Die Jäger und die Jagd!

Wie lustig ist's im Grünen,
Wenn's helle Jagdhorn schallt,
Wenn Hirsch und Rehe springen,
Wenn's blitzt und dampft und knallt!

Im Walde bin ich König,
Der Wald ist Gottes Haus,
Da weht sein starker Odem
Lebendig ein und aus.

Ein Wildschütz will ich bleiben,
So lang die Tannen grün,
Mein Mädchen will ich küssen,
So lang die Lippen glühn.

Komm, Kind, mit mir zu wohnen
Im freien Waldrevier!
Von immergrünen Zweigen
Bau' ich ein Hüttchen dir.

Dann steig ich nimmer wieder
Ins graue Dorf hinab;
Im Walde will ich leben,
Im Wald grabt mir mein Grab.

Wilhelm Müller

CLXXX.

Bauernregel.

Im Sommer ſuch' ein Liebchen dir
In Garten und Gefild!
Da ſind die Tage lang genug,
Da ſind die Nächte mild.

Im Winter muß der ſüße Bund
Schon feſt geſchloſſen ſein,
So darfſt nicht lange ſtehn im Schnee
Bei kaltem Mondenſchein.

Uhland.

CLXXXI.

Der Winter.

Hochdeutſch von Reinick.

Wer hat die Baumwoll' oben feil?
Sie ſchütten ſchon ein redlich Theil
Ins Feld herunter und aufs Haus.
Es ſchneit doch auch, es iſt ein Graus;
Noch hängen ganze Säcke voll
Am Himmel da, ich merk' es wohl.

Und wo ein Mann von weitem lauft,
Hat von der Baumwoll' er gekauft,
Er trägt ſie auf den Achſeln ſchon
Und auf dem Hut und läuft davon.
Was läufſt du ſo, du närr'ſcher Wicht?
Geſtohlen haſt du ſie doch nicht?

Und Gärten ab und Gärten auf,
Hat jeder Pfahl sein Käppel auf;
Sie stehn wie Herren rings umher,
Denkt jeder Wunder was er wär';
Der Nußbaum auch macht's ihnen nach,
Und auch das Schloß und Kirchendach.

Ja, Schnee und Schnee! Und rings umher
Man sieht nicht Straß' noch Fußweg mehr.
Manch Samenkörnchen klein und zart
Liegt unter'm Boden wohl verwahrt,
Und schneit's, so lang es schneien mag,
Es harrt auf seinen Ostertag.

Manch Schmetterling von schöner Art
Liegt unterm Boden wohl verwahrt;
Hat keinen Kummer, keine Klag'
Und harrt auf seinen Ostertag;
Währt es auch lang, er kommt ja doch,
Bis dahin schläft's in Frieden noch.

Doch wenn die Schwalb' im Frühling singt,
Die Sonne warm das Land durchbringt,
Hei, da erwacht's in jedem Grab
Und streift sein Todtenhemdchen ab,
Und wo sich nur ein Löchlein zeigt
Schlüpft Leben 'raus, so jung und leicht.

Da fliegt ein hungrig Spätzchen her,
Ein Bissel Brod wär' sein Begehr,
Er sieht dich an so jämmerlich
Und bittet um ein Bröckchen dich.
Gelt, Bürschchen, das ist andre Zeit,
Wenn's Korn in alle Furchen streut!

Da hast! Gieb Andern auch was her.
Bist hungrig, komm hübsch wieder her!
Ja, wahr ist, was das Sprüchlein spricht:
Sie säen nicht, sie ernten nicht,
Sie haben keinen Pflug, kein Joch,
Und Gott im Himmel nährt sie doch.

                                                    Hebel.

CLXXXII.

Erlösung.

Wie dem Fische wird zu Muth,
Wenn des Flusses Rinde springt
Und des jungen Lebens Gluth
Durch des Eises Decke dringt:

Also wie aus Kerkerqual
Fühlet meine Brust sich frei,
Wenn des Frühlings Sonnenstrahl
Reißt der Wolken Zelt entzwei.

Und das Dach ist abgedeckt,
Das mich von dem Himmel schied,
Und das Aug' ist aufgeweckt,
Welches durch den Aether sieht.

Wilhelm Müller.

CLXXXIII.
O Frühling, komm.

O Frühling, komm! Laß deine Blumen keimen,
Erweck' im Hain der Vögel süßes Lied,
Und schmücke bunt dein fröhliches Gebiet
Mit Duft und Glanz und goldnen Wolkensäumen!

Wenn Liebe singt in allen grünen Bäumen,
Im Quelle rauscht, im hellen Haine blüht,
Dann wird vielleicht mein trauerndes Gemüth,
Vom Glück umringt, sich selber glücklich träumen.

Doch wehe mir! was blickt mein stiller Gram
Den Strahlen nach, die scheidend lang verglommen,
Und ruft umsonst die Schatten schönrer Tage!

Die jedes Glück aus meinem Leben nahm,
Hat auch dem Lenz die Liebeslust genommen,
Und ließ ihm nichts als seine Liebesklage.

Ernst Schulze.

CLXXXIV.

1. Frühlingseinzug.

Die Fenſter auf, die Herzen auf!
  Geſchwinde, geſchwinde!
Der alte Winter will heraus,
Er trippelt ängſtlich durch das Haus,
Er windet bang ſich in der Bruſt
Und kramt zuſammen ſeinen Wuſt.
  Geſchwinde, geſchwinde! ·

Die Fenſter auf, die Herzen auf!
  Geſchwinde, geſchwinde!
Er ſpürt den Frühling vor dem Thor,
Der will ihn zupfen bei dem Ohr,
Ihn zauſen an dem weißen Bart
Nach ſolcher wilden Buben Art.
  Geſchwinde, geſchwinde!

Die Fenſter auf, die Herzen auf!
  Geſchwinde, geſchwinde!
Der Frühling pocht und klopft ja ſchon —
Horcht, horcht, es iſt ſein lieber Ton!
Er pocht und klopfet was er kann
Mit kleinen Blumenknospen an.
  Geſchwinde, geſchwinde!

Die Fenſter auf, die Herzen auf!
  Geſchwinde, geſchwinde!
Und wenn ihr noch nicht öffnen wollt,
Er hat viel Dienerſchaft im Sold,

Die ruft er sich zur Hülfe her
Und pocht und klopfet immer mehr.
  Geschwinde, geschwinde!

Die Fenster auf, die Herzen auf:
  Geschwinde, geschwinde!
Es kommt der Junker Morgenwind,
Ein bausebäckig rothes Kind,
Und bläst, daß alles klingt und klirrt,
Bis seinem Herrn geöffnet wird.
  Geschwinde, geschwinde!

Die Fenster auf, die Herzen auf!
  Geschwinde, geschwinde!
Es kommt der Ritter Sonnenschein,
Der bricht mit goldnen Lanzen ein,
Der sanfte Schmeichler Blüthenhauch
Schleicht durch die engsten Ritzen auch.
  Geschwinde, geschwinde!

Die Fenster auf, die Herzen auf!
  Geschwinde, geschwinde!
Zum Angriff schlägt die Nachtigall,
Und horch, und horch, ein Wiederhall,
Ein Wiederhall aus meiner Brust!
Herein, herein, du Frühlingslust,
  Geschwinde, geschwinde!
                          Wilhelm Müller.

2.
Das Frühlingsmahl.

Wer hat die weißen Tücher
Gebreitet über das Land,
Die weißen, duftenden Tücher
Mit ihrem grünen Rand?

Und hat darüber gezogen
Das hohe, blaue Zelt,
Darunter den bunten Teppich
Gelagert über das Feld?

Er ist es selbst gewesen,
Der gute, reiche Wirth
Des Himmels und der Erden,
Der nimmer ärmer wird;

Er hat gedeckt die Tische
In seinem weiten Saal,
Und ruft was lebet und webet
Zum großen Frühlingsmahl.

Wie strömt's aus allen Blüthen
Herab von Strauch und Baum!
Und jede Blüth' ein Becher
Voll süßer Düfte Schaum!

Hört ihr des Wirthes Stimme?
Heran, was kriecht und fliegt,
Was geht und steht auf Erden,
Was unter den Wogen sich wiegt!

Und du, mein Himmelspilger,
Hier trinke trunken dich,
Und sinke selig nieder
Aufs Knie, und denk' an mich!

Wilhelm Müller.

CLXXXV.

Zwei Wünsche.

Zwei Wünsche sind es, die mich rühren:
Daß jenseits mir zu meiner Arbeit Lohn
Die Ruhe werd', und hier mir bleib' ein Sohn,
Mein unterbrochnes Wirken fortzuführen.

Dort hoff' ich, daß vom Rauch geläutert meine Flamme
Durch Ewigkeiten fort wird glühn,
Hier Zweig um Zweig von meinem Stamme
Auf Gottes schöner Erde fort wird blühn.

O Doppelewigkeit der Blume!
Wie sie berührt des Todes Hauch,
Es lebt ihr Duft im Heiligthume,
Es bleibt ihr Sam' auf Erden auch.

Rückert.

CLXXXVI.
Der Löwin dient des Löwen Mähne nicht.

Der Löwin dient des Löwen Mähne nicht;
  Buntfarbig sonnt sich die Phaläne nicht;
Der Schwan befurcht mit stolzem Hals den See,
  Doch hoch im Aether hausen Schwäne nicht;
Die Wiesenquelle murmelt angenehm,
  Doch Schiffe trägt sie nicht und Kähne nicht;
An Dauer weicht die Rose dem Rubin,
  Ihn aber schmückt des Thaues Thräne nicht;
Was suchst du mehr, als was du bist, zu sein,
  Ein andres je zu werden, wähne nicht!   Platen.

CLXXXVII.
Hoffnung.

Hoffnung schlummert tief im Herzen, wie im Lilienkelch
                              der Thau,
Hoffnung taucht, wie aus den Wolken nach dem Sturm
                              des Himmels Blau;
Hoffnung keimt, ein schwaches Hälmchen, auch aus nackter
                              Felsenwand;
Hoffnung leuchtet unter Thränen, wie im Wasser der
                              Demant.

Schon so tausendfach betrognes, armes, schwaches Menschen-
                              herz,
Immer wendest du dich wieder gläubig trauend himmel-
                              wärts:
Wie Arachne unverdrossen täglich neue Netze spannt,
Kreuze auch durch ihre Fäden täglich rauh des Schicksals
                              Hand.   Gaudy.

CLXXXVIII.
Aus dem West-östlichen Divan.
1. Elemente.

Aus wie vielen Elementen
Soll ein ächtes Lied sich nähren,
Daß es Laien gern empfinden,
Meister es mit Freuden hören?

Liebe sei vor allen Dingen
Unser Thema, wenn wir singen;
Kann sie gar das Lied durchbringen,
Wird's um desto besser klingen.

Dann muß Klang der Gläser tönen,
Und Rubin des Weins erglänzen;
Denn für Liebende, für Trinker,
Winkt man mit den schönsten Kränzen.

Waffenklang wird auch gefodert,
Daß auch die Drommete schmettre;
Daß, wenn Glück zu Flammen lodert,
Sich im Sieg der Held vergöttre.

Dann zuletzt ist unerläßlich,
Daß der Dichter manches hasse;
Was unleidlich ist und häßlich,
Nicht wie Schönes leben lasse.

Weiß der Sänger dieser Viere
Urgewalt'gen Stoff zu mischen,
Hafis gleich wird er die Völker
Ewig freuen und erfrischen.

2. Lesebuch.

Wunderlichstes Buch der Bücher
Ist das Buch der Liebe;
Aufmerksam hab' ich's gelesen:
Wenig Blätter Freuden,
Ganze Hefte Leiden,
Einen Abschnitt macht die Trennung.
Wiedersehn! ein klein Kapitel,
Fragmentarisch. Bände Kummers,
Mit Erklärungen verlängert,
Endlos, ohne Maß.
O Nisami! — Doch am Ende
Hast den rechten Weg gefunden.
Unauflösliches, wer löst es?
Liebende, sich wiederfindend.

3. Ergebung.

„Du vergehst und bist so freundlich,
Verzehrst dich und singst so schön?"

Dichter.

Die Liebe behandelt mich feindlich!
Da will ich gern gestehn,
Ich singe mit schwerem Herzen.
Sieh doch einmal die Kerzen,
Sie leuchten indem sie vergehn.

Eine Stelle suchte der Liebe Schmerz,
Wo es recht wüst und einsam wäre,
Da fand er denn mein ödes Herz
Und nistete sich in das leere.

4. Fünf Dinge.

Was verkürzt mir die Zeit?
  Thätigkeit!
Was macht sie unerträglich lang?
  Müßiggang!
Was bringt in Schulden?
  Harren und Dulden!
Was macht gewinnen?
  Nicht lange besinnen!
Was bringt zu Ehren?
  Sich wehren!

5. Suleika.

Was bedeutet die Bewegung?
Bringt der Ost mir frohe Kunde?
Seiner Schwingen frische Regung
Kühlt des Herzens tiefe Wunde.

Kosend spielt er mit dem Staube,
Jagt ihn auf in leichten Wölkchen,
Treibt zur sichern Rebenlaube
Der Insekten frohes Völkchen.

Lindert sanft der Sonne Glühen,
Kühlt auch mir die heißen Wangen,
Küßt die Reben noch im Fliehen,
Die auf Feld und Hügel prangen.

Und mir bringt sein leises Flüstern
Von dem Freunde tausend Grüße;
Eh' noch diese Hügel düstern,
Grüßen mich wohl tausend Küsse.

Und so kannst du weiter ziehen!
Diene Freunden und Betrübten.
Dort wo hohe Mauern glühen,
Find' ich bald den Vielgeliebten.

Ach, die wahre Herzenskunde,
Liebeshauch, erfrisches Leben
Wird mir nur aus seinem Munde,
Kann mir nur sein Athem geben.

6. Suleika.

Ach, um deine feuchten Schwingen,
West, wie sehr ich dich beneide!
Denn du kannst ihm Kunde bringen
Was ich in der Trennung leide.

Die Bewegung deiner Flügel
Weckt im Busen stilles Sehnen;
Blumen, Auen, Wald und Hügel
Stehn bei deinem Hauch in Thränen.

Doch dein mildes, sanftes Wehen
Kühlt die wunden Augenlider;
Ach, für Leid müßt' ich vergehen,
Hofft' ich nicht zu sehn ihn wieder.

Eile denn zu meinem Lieben,
Spreche sanft zu seinem Herzen;
Doch vermeid' ihn zu betrüben,
Und verbirg ihm meine Schmerzen.

Sag' ihm, aber sag's bescheiden:
Seine Liebe sei mein Leben!
Freudiges Gefühl von beiden
Wird mir seine Nähe geben.

Goethe.

CLXXXIX.
Loos des Lyrikers.

Stets am Stoff klebt unsere Seele, Handlung
Ist der Welt allmächtiger Puls, und deshalb
Flötet oftmals tauberem Ohr der hohe
    Lyrische Dichter.

Gerne zeigt jedwedem bequem Homer sich,
Breitet aus buntfarbigen Fabelteppich;
Leicht das Volk hinreißend erhöht des Dramas
    Schöpfer den Schauplatz.

Aber Pindar's Flug und die Kunst des Flaccus,
Aber dein schwerwiegendes Wort, Petrarca,
Prägt sich uns langsamer ins Herz, der Menge
    Bleibt's ein Geheimniß!

Jenen ward bloß geistiger Reiz, des Liebchens
Leichter Takt nicht, der den umschwärmten Putztisch
Ziert. Es bringt kein flüchtiger Blick in ihre
    Mächtige Seele.

Ewig bleibt ihr Name genannt und tönt im
Ohr der Menschheit; doch es gesellt sich ihnen
Selten freundschaftsvoll ein Gemüth und huldigt
    Körnigem Tiefsinn.

Platen.

Fünfte Periode.

Von Goethe's Tode bis auf die Gegenwart.

CXC.
An Dichter und Leser.

Willst du dichten — sammle dich,
Sammle dich wie zum Gebete,
Daß dein Geist andächtiglich
Vor das Bild der Schönheit trete,
Daß du seine Züge klar,
Seine Fülle tief erschauest,
Und es dann getreu und wahr
Wie in reinen Marmor hauest.

Willst du lesen ein Gedicht —
Sammle dich, wie zum Gebete,
Daß vor deine Seele licht
Das Gebild des Dichters trete,
Daß durch seine Form hinan
Du den Blick dir aufwärts bahnest
Und, wie's Dichteraugen sah'n,
Selbst der Schönheit Urbild ahnest.

A. Stöber

CXCI.

Antwort.

„Frei, los und ledig singe der Poet,
Nicht an der Scholle bleib' er kleben!
Weib, Kinder, Haus — o jämmerlich Geräth!
Einsam in Gluth, wie weiland der Prophet,
Soll er empor vom Boden schweben!

„Die kühn des Gottes herrlich Feuer schürt
Auf Bergen hoch und auf Altären,
Die, aufgehoben, an die Sterne rührt,
Wie mag die Hand denn nur, vom Ring umschnürt,
Zugleich des Herdes Flämmchen nähren?

„Wie mag die Lippe nur, der fort und fort
Wohllaut und Geist vereint enttönen,
Wie mag die Lippe nur zu Schaffnerwort,
Zu Wiegenreim und anderm Mißaccord
Des Alltagslebens sich gewöhnen?

„Wie mag die Stirn, die Epheu grün umlaubt,
Die Stirn, die junge Lorbeern schmücken,
Lorbeeren trotzig vom Olymp geraubt,
Wie mag, das Welten trägt, das Dichterhaupt
In's Joch sich des Philisters bücken?

„Das Flügelroß gehört in keinen Stall;
Es soll nur fliegen, jagen, schlagen!" —
Ich könnte viel auf diesen Redeschwall
Erwiedern, traun! Doch soll die Nachtigall
Euch heute nur die Antwort sagen.

Der in des Waldes dunkelgrünem Schooß
Von Liedern trieft, die lechzend flammen:
Derselbe Schnabel singt nicht Lieder bloß,
Derselbe Schnabel trägt aus Laub und Moos
Doch auch ein Nestchen sich zusammen!

Freiligrath.

CXCII.
Auf Flügeln des Gesanges.

Auf Flügeln des Gesanges,
Herzliebchen, trag' ich dich fort,
Fort nach den Fluren des Ganges,
Dort weiß ich den schönsten Ort.

Dort liegt ein rothblühender Garten
Im stillen Mondenschein;
Die Lotosblumen erwarten
Ihr trautes Schwesterlein.

Die Veilchen kichern und kosen,
Und schaun nach den Sternen empor;
Heimlich erzählen die Rosen
Sich duftende Mährchen ins Ohr.

Es hüpfen herbei und lauschen
Die frommen, klugen Gazelln;
Und in der Ferne rauschen
Des heiligen Stromes Welln.

Dort wollen wir niedersinken
Unter dem Palmenbaum,
Und Lieb' und Ruhe trinken
Und träumen seligen Traum.

Heine

CXCIII

Die Lotosblume ängstigt.

Die Lotosblume ängstigt
Sich vor der Sonne Pracht,
Und mit gesenktem Haupte
Erwartet sie träumend die Nacht.

Der Mond, der ist ihr Buhle,
Er weckt sie mit seinem Licht,
Und ihm entschleiert sie freundlich
Ihr frommes Blumengesicht.

Sie blüht und glüht und leuchtet
Und starret stumm in die Höh';
Sie duftet und weinet und zittert
Vor Liebe und Liebesweh.

Heine

CXCIV.

Die stille Wasserrose.

Die stille Wasserrose
Steigt aus dem blauen See,
Die feuchten Blätter zittern,
Der Kelch ist weiß wie Schnee.

Da gießt der Mond vom Himmel
All seinen goldnen Schein,
Gießt alle seine Strahlen
In ihren Schooß hinein.

Im Wasser um die Blume
Kreiset ein weißer Schwan:
Er singt so süß, so leise,
Und schaut die Blume an.

Er singt so süß, so leise,
Und will im Singen vergehn —
O Blume, weiße Blume,
Kannst du das Lied verstehn?

CXCV.

Im April.

Du feuchter Frühlingsabend,
Wie hab' ich dich so gern!
Der Himmel wolkenverhangen,
Nur hie und da ein Stern.

Wie leiser Liebesodem
Hauchet so lau die Luft,
Es steigt aus allen Thalen
Ein warmer Veilchenduft.

Ich möcht' ein Lied ersinnen,
Das diesem Abend gleich,
Und kann den Klang nicht finden
So dunkel, mild und weich.

Geibel.

CXCVI.

Frühlingsblick.

Durch den Wald, den dunkeln, geht
Holde Frühlingsmorgenstunde,
Durch den Wald vom Himmel weht
Eine leise Liebeskunde.

Selig lauscht der grüne Baum,
Und er taucht mit allen Zweigen
In den schönen Frühlingstraum,
In den vollen Lebensreigen.

Blüht ein Blümlein irgendwo,
Wird's vom hellen Thau getränkt,
Das einsame zittert froh,
Daß der Himmel sein gedenket.

In geheimer Laubesnacht
Wird des Vogels Herz getroffen
Von der großen Liebesmacht,
Und er singt ein süßes Hoffen.

All das frohe Lenzgeschick
Nicht ein Wort des Himmels kündet;
Nur sein stummer, warmer Blick
Hat die Seligkeit entzündet;

Also in den Winterharm,
Der die Seele hielt bezwungen,
Ist ein Blick mir, still und warm,
Frühlingsmächtig eingedrungen.

Lenau.

CXCVII.

Herz, mein Herz, sei nicht beklommen.

Herz, mein Herz, sei nicht beklommen,
Und ertrage dein Geschick.
Neuer Frühling giebt zurück,
Was der Winter dir genommen.

Und wie viel ist dir geblieben!
Und wie schön ist noch die Welt!
Und mein Herz, was dir gefällt,
Alles, alles darfst du lieben!

Heine.

CXCVIII.

Leise zieht durch mein Gemüth.

Leise zieht durch mein Gemüth
Liebliches Geläute,
Klinge, kleines Frühlingslied,
Kling hinaus ins Weite.

Kling hinaus bis an das Haus,
Wo die Blumen sprießen.
Wenn du eine Rose schaust,
Sag, ich laß' sie grüßen.

Heine.

CXCIX.

Im wunderschönen Monat Mai.

Im wunderschönen Monat Mai,
Als alle Knospen sprangen,
Da ist in meinem Herzen
Die Liebe aufgegangen.

Im wunderschönen Monat Mai,
Als alle Vögel sangen,
Da hab' ich ihr gestanden
Mein Sehnen und Verlangen.

Heine.

CC.
Aus meinen Thränen sprießen.

Aus meinen Thränen sprießen
Viel' blühende Blumen hervor,
Und meine Seufzer werden
Ein Nachtigallenchor.

Und wenn du mich lieb hast, Kindchen,
Schenk' ich dir die Blumen all',
Und vor deinem Fenster soll klingen
Das Lied der Nachtigall.

Heine.

CCI.
Hoffnung.

Und bräut der Winter noch so sehr
Mit trotzigen Geberden,
Und streut er Eis und Schnee umher,
Es muß doch Frühling werden.

Und bräuen die Nebel noch so dicht
Sich vor den Blick der Sonne,
Sie wecket doch mit ihrem Licht
Einmal die Welt zur Wonne.

Blaſt nur ihr Stürme, blaſt mit Macht,
Mir ſoll darob nicht bangen,
Auf leiſen Sohlen über Nacht
Kommt doch der Lenz gegangen.

Da wacht die Erde grünend auf,
Weiß nicht, wie ihr geſchehen,
Und lacht in den ſonnigen Himmel hinauf,
Und möchte vor Luſt vergehen.

Sie flicht ſich blühende Kränze ins Haar,
Und ſchmückt ſich mit Roſen und Aehren
Und läßt die Brünnlein rieſeln klar,
Als wären es Freudenzähren.

Drum ſtill! Und wie es frieren mag,
O Herz, gieb dich zufrieden:
Es iſt ein großer Maientag
Der ganzen Welt beſchieden.

Und wenn dir oft auch bangt und graut,
Als ſei die Höll' auf Erden,
Nur unverzagt auf Gott vertraut!
Es muß doch Frühling werden.

Geibel.

CCII.
Juchhe!

Wie ist doch die Erde so schön, so schön!
Das wissen die Vögelein:
Sie heben ihr leicht Gefieder,
Und singen so fröhliche Lieder
In den blauen Himmel hinein.

Wie ist doch die Erde so schön, so schön!
Das wissen die Flüss' und Seen:
Sie malen in klarem Spiegel
Die Gärten und Städt' und Hügel
Und die Wolken, die drüber gehn!

Und Sänger und Maler wissen es,
Und es wissen's viel andere Leut'!
Und wer's nicht malt, der singt es,
Und wer's nicht singt, dem klingt es
In dem Herzen vor lauter Freud!

Reinick.

CCIII.
An die Entfernte.

Diese Rose pflück' ich hier
In der fremden Ferne;
Liebes Mädchen, dir, ach dir
Brächt' ich sie so gerne.

Doch bis ich zu dir mag ziehn
Viele weite Meilen,
Ist die Rose längst dahin,
Denn die Rosen eilen.

Nie soll weiter sich ins Land
Lieb' von Liebe wagen,
Als sich blühend in der Hand
Läßt die Rose tragen;

Oder als die Nachtigall
Halme bringt zum Neste,
Oder als ihr süßer Schall
Wandert mit dem Weste.

Lenau.

CCIV.
Brennende Liebe.

In meinem Gärtchen lachet
Manch Blümlein klar und roth,
Vor allen aber machet
Die brennende Liebe
Mir Noth.

Wohin ich mich nur wende,
Steht auch die helle Blum';
Es glühet sonder Ende
Die brennende Liebe
Ringsum.

Die schlimmen Nachbarinnen,
Die bleiben neidvoll stehn
Und flüstern: „Ach, da drinnen
Blüht brennende Liebe
So schön!"

Brauch' ihrer nicht zu warten,
Sie sprießet Tag und Nacht;
Wer hat mir doch zum Garten
Die brennende Liebe
Gebracht?

Mosen.

CCV.

Es stehen unbeweglich.

Es stehen unbeweglich
Die Sterne in der Höh'
Viel tausend Jahr', und schauen
Sich an mit Liebesweh.

Sie sprechen eine Sprache,
Die ist so reich, so schön;
Doch keiner der Philologen
Kann diese Sprache verstehn.

Ich aber hab' sie gelernet,
Und ich vergesse sie nicht;
Mir diente als Grammatik
Der Herzallerliebsten Gesicht.

Heine.

CCVI.

Liebesfeier.

An ihren bunten Liedern klettert
Die Lerche selig in die Luft;
Ein Jubelchor von Sängern schmettert
Im Walde voller Blüth' und Duft.

Da sind, so weit die Blicke gleiten,
Altäre festlich aufgebaut,
Und all die tausend Herzen läuten
Zur Liebesfeier dringend laut.

Der Lenz hat Rosen angezündet
An Leuchtern von Smaragd im Dom;
Und jede Seele schwillt und mündet
Hinüber in den Opferstrom.

Lenau.

CCVII.

Im Wald, im hellen Sonnenschein.

Im Wald, im hellen Sonnenschein,
Wenn alle Knospen springen,
Da mag ich gerne mittendrein
Eins singen.

Wie mir zu Muth in Leid und Lust,
Im Wachen und im Träumen,
Das stimm' ich an aus voller Brust
Den Bäumen.

15*

Und sie verstehen mich gar fein,
Die Blätter alle lauschen
Und fall'n am rechten Orte ein
Mit Rauschen.

Und weiter wandelt Schall und Hall
In Wipfeln, Fels und Büschen,
Hell schmettert auch Frau Nachtigall
Dazwischen.

Da fühlt die Brust am eignen Klang,
Sie darf sich was erkühnen —
O frische Lust: Gesang! Gesang
Im Grünen!

Geibel.

CCVIII.

Morgens im Walde.

Ein sanfter Morgenwind durchzieht
Des Forstes grüne Hallen,
Hell wirbelt der Vögel muntres Lied,
Die jungen Birken wallen.

Das Eichhorn schwingt sich von Baum zu Baum,
Das Reh durchschlüpft die Büsche,
Viel hundert Käfer im schattigen Raum
Erfreun sich der Morgenfrische

Und wie ich so schreit' in dem lustigen Wald,
Und alle Bäum' erklingen,
Und um mich her Alles singt und schallt,
Wie sollt' ich allein nicht singen?

Ich singe mit starkem, freudigem Laut
Dem, der die Wälder säet,
Der droben die lustige Kuppel gebaut
Und Wärm' und Kühlung wehet.

Karl Egon Ebert

CCIX.
Auf eines Berges Höhen.

Auf eines Berges Höhen,
Da steh' ich hingebannt:
So weit die Blicke gehen,
Liegt abendstill das Land,
Des Himmels Wölbung blinket
In tiefem dunkelm Blau;
Wie eine Kirche blinket
Mich jetzt der Weltenbau.

Hochroth in Purpur blühet
Der Westen wunderbar,
Im Weltentempel glühet
Er wie ein Hochaltar,
Es strahlt uns draus entgegen
Die Sonn' im Untergang,
Sie winkt den Abendsegen
Das weite Land entlang.

In Stadt und Dörfern klingen
Die Glocken vollen Klang,
Auf leisen, hellen Schwingen
Verhallt der süße Sang;
Da ziehn am Himmelsbogen
Gewalt'ge Wolken um,
Von Schatten wird umzogen
Des Altars Heiligthum.

Dann schweigt es in den Lüften,
Des Westens Roth vergeht,
Von süßen Blumendüften
Nur steh' ich rings umweht;
Der schöne Tag verglühte,
Doch meiner Seele nicht:
Heim geh' ich, im Gemüthe
Voll Fülle, Segen, Licht.

Wolfgang Müller von Königswinter.

CCX.
Abendlied.

Abend wird es wieder:
Ueber Wald und Feld
Säuselt Frieden nieder,
Und es ruht die Welt.

Nur der Bach ergießet
Sich am Felsen dort,
Und er braust und fließet
Immer fort und fort.

Und kein Abend bringet
Frieden ihm und Ruh,
Keine Glocke klinget
Ihm ein Rastlied zu.

So in deinem Streben
Bist, mein Herz, auch du:
Gott nur kann dir geben
Wahre Abendruh.

Hoffmann von Fallersleben.

.

CCXI.

Lorelei.

Ich weiß nicht, was soll es bedeuten,
Daß ich so traurig bin;
Ein Märchen aus alten Zeiten,
Das kommt mir nicht aus dem Sinn.

Die Luft ist kühl und es dunkelt,
Und ruhig fließt der Rhein;
Der Gipfel des Berges funkelt
Im Abendsonnenschein.

Die schönste Jungfrau sitzet
Dort oben wunderbar,
Ihr goldnes Geschmeide blitzet,
Sie kämmt ihr goldnes Haar.

Sie kämmt es mit goldenem Kamme,
Und singt ein Lied dabei;
Das hat eine wundersame,
Gewaltige Melodei.

Den Schiffer im kleinen Schiffe
Ergreift es mit wildem Weh;
Er schaut nicht die Felsenrisse,
Er schaut nur hinauf in die Höh'.

Ich glaube, die Wellen verschlingen
Am Ende Schiffer und Kahn;
Und das hat mit ihrem Singen
Die Lorelei gethan.

Heine.

CCXII.

Frieden.

Nun sind Stürme und Gewölk zerstoben,
Auf den blauen Bergen blitzt der Schnee;
Still, vom reinsten Morgenglanz umwoben,
Ruht die Welt — vergiß nun Leid und Weh!
 Frieden ist im Himmel und auf Erden,
 Frieden laß auch deinem Herzen werden.

Aus dem Dorf am Bergsee klingt Geläute,
Auf den Wiesen glänzt der Morgenthau.
Alles ruht — der Tag des Herrn ist heute,
Und kein Wölkchen trübt das lichte Blau.
 Frieden ist im Himmel und auf Erden,
 Frieden laß auch deinem Herzen werden!

Klage nicht mehr! was du auch gelitten:
Schuldlos leiden Viele mehr als du!
Keiner siegte noch, der nicht gestritten,
Doppelt süß labt nach dem Kampf die Ruh —
   Frieden ist im Himmel und auf Erden,
   Frieden laß auch deinem Herzen werden!

Friedrich Bodenstedt.

CCXIII.

Abendstille.

Nun hat am klaren Frühlingstage
Das Leben reich sich ausgeblüht;
Gleich einer ausgeklung'nen Sage
Im West das Abendroth verglüht.
Des Vogels Haupt ruht unterm Flügel,
Kein Rauschen tönt, kein Klang und Wort;
Der Landmann führt das Roß am Zügel,
Und alles ruht an seinem Ort.

Nur fern im Strome noch Bewegung,
Der weit durch's Thal die Fluthen rollt:
Es quillt vom Grunde leise Regung,
Und Silber säumt sein flüssig Gold.
Dort auf dem Strom noch ziehen leise
Die Schiffe zum bekannten Port,
Geführt vom Fluß im sichern Gleise —
Sie kommen auch an ihren Ort.

Hoch oben aber eine Wolke
Von Wandervögeln rauſcht dahin;
Ein Führer ſtreicht voran dem Volke
Mit Kraft und landeskund'gem Sinn.
Sie kehren aus dem ſchönen Süden
Mit junger Luſt zum heim'ſchen Nord,
Nichts mag den ſichern Flug ermüden —
Sie kommen auch an ihren Ort!

Und du, mein Herz! in Abendſtille
Dem Kahn biſt du, dem Vogel gleich,
Es treibt auch dich ein ſtarker Wille,
An Sehnſuchtsſchmerzen biſt du reich.
Sei's mit des Kahnes ſtillem Zuge,
Zum Ziel doch geht es immer fort;
Sei's mit des Kranichs raſchem Fluge —
Auch du, Herz, kommſt an deinen Ort!

Kinkel

CCXIV.
Sommerfäden.

Mädchen, ſieh, am Wieſenhange,
Wo wir oft gewandelt ſind,
Sommerfäden, leichte, lange,
Gaukeln hin im Abendwind.

Deine Worte, laut und munter,
Flattern in die kühle Luſt;
Keines mehr, wie ſonſt, hinunter
In des Herzens Tiefe ruft.

Winter spinnet los' und leise
An der Fäden leichtem Flug,
Webt daran aus Schnee und Eise
Bald den Leichenüberzug.

Künden mir die Sommerfäden,
Daß der Sommer welk und alt,
Merk' ich es an deinen Reden,
Mädchen, daß dein Herz wird kalt.

Lenau.

CCXV.

Herbstklage.

Holder Lenz, du bist dahin!
Nirgends, nirgends darfst du bleiben!
Wo ich sah dein frohes Blühn,
Braust des Herbstes banges Treiben.

Wie der Wind so traurig fuhr
Durch den Strauch, als ob er weine;
Sterbeseufzer der Natur
Schauern durch die welken Haine.

Wieder ist, wie bald! wie bald!
Mir ein Jahr dahin geschwunden.
Fragend rauscht es aus dem Wald:
„Hat dein Herz sein Glück gefunden?"

Waldesrauschen, wunderbar
Hast du mir das Herz getroffen!
Treulich bringt ein jedes Jahr
Welkes Laub und welkes Hoffen.

Lenau.

CCXVI.

Rings ein Verstummen.

Rings ein Verstummen, ein Entfärben:
Wie sanft den Wald die Lüfte streicheln,
Sein welkes Laub ihm abzuschmeicheln;
Ich liebe dieses milde Sterben.

Von hinnen geht die stille Reise,
Die Zeit der Liebe ist verklungen,
Die Vögel haben ausgesungen,
Und dürre Blätter sinken leise.

Die Vögel flogen nach dem Süden,
Aus dem Verfall des Laubes tauchen
Die Nester, die nicht Schutz mehr brauchen,
Die Blätter fallen stets, die müden.

In dieses Waldes leisem Rauschen
Ist mir, als hör' ich Kunde wehen,
Daß alles Sterben und Vergehen
Nur heimlichstill vergnügtes Tauschen.

                                        Lenau.

CCXVII.

Der Herbstwind rüttelt die Bäume.

Der Herbstwind rüttelt die Bäume,
Die Nacht ist feucht und kalt;
Gehüllt im grauen Mantel,
Reite ich einsam im Wald.

Und wie ich reite, so reiten
Mir die Gedanken voraus;
Sie tragen mich leicht und lustig
Nach meiner Liebsten Haus.

Die Hunde bellen, die Diener
Erscheinen mit Kerzengeflirr;
Die Wendeltreppe stürm' ich
Hinauf mit Sporengeklirr.

Im leuchtenden Teppichgemache,
Da ist es so duftig und warm,
Da harret meiner die Holde —
Ich fliege in ihren Arm.

Es säuselt der Wind in den Blättern,
Es spricht der Eichenbaum:
„Was willst du, thörichter Reiter,
Mit deinem thörichten Traum?"

Heine.

CCXVIII.

Das gelbe Laub erzittert.

Das gelbe Laub erzittert,
Es fallen die Blätter herab, —
Ach, Alles, was holb und lieblich,
Verwelkt und sinkt in's Grab.

Die Wipfel des Waldes umflimmert
Ein schmerzlicher Sonnenschein;
Das mögen die letzten Küsse
Des scheidenden Sommers sein.

Mir ist, als müßt' ich weinen
Aus tiefstem Herzensgrund;
Dies Bild erinnert mich wieder
An unsere Abschiedsstund'.

Ich mußte dich verlassen,
Und wußte, du stürbest balb!
Ich war der scheidende Sommer,
Du warst der sterbende Wald.

Helar.

CCXIX.
Winters Ahnung.

Sieh ihn auf den Wolken ziehen,
Stürmisch-schnell und schwarz geballt,
Hör' ihn seufzen in den Eichen,
Raschelnd durch die Blätter schleichen,
Brausen durch den bangen Wald!

Letzte Blume schmückt die Erde,
Letzte Sonne wärmt sie mild,
Aus der dürren Rebenlaube
Zittert die vergeßne Traube,
Und die Wellen strömen wild.

Rasch ein letztes Lied gesungen,
Eh' das Leben ganz entwich,
Eh' in grauen Dämmerungen
Winter Alles kalt verschlungen,
Lieder, Blumen, Herbst und mich.

Dingelstedt.

CCXX.
Nachtlied.

Der Mond kommt still gegangen,
Mit seinem goldnen Schein;
Da schläft in holdem Prangen
Die müde Erde ein.

Im Traum die Wipfel weben,
Die Quellen rauschen sacht;
Singende Engel durchschweben
Die blaue Sternennacht.

Und auf den Lüften ſchwanken
Aus manchem treuen Sinn
Viel tauſend Liebesgedanken
Ueber die Schläfer hin.

Und drunten im Thale, da funkeln
Die Fenſter vor Liebchens Haus;
Ich aber blicke im Dunkeln
Still in die Welt hinaus.

Geibel.

CCXXI.

Der Gang um Mitternacht.

Ich ſchreite mit dem Geiſt der Mitternacht
Die weiten, ſtillen Straßen auf und nieder —
Wie haſtig ward geweint hier und gelacht
Vor einer Stunde noch! .... Nun träumt man wieder.
Die Luſt iſt, einer Blume gleich, verdorrt,
Die tollſten Becher hörten auf zu ſchäumen,
Es zog der Kummer mit der Sonne fort,
Die Welt iſt müde — laßt ſie, laßt ſie träumen!

Wie all mein Haß und Groll in Scherben bricht,
Wenn ausgerungen eines Tages Wetter,
Der Mond ergießet ſein verſöhnend Licht,
Und wär's auch über welke Roſenblätter!
Leicht wie ein Ton, unhörbar wie ein Stern,
Fliegt meine Seele um in dieſen Räumen;
Wie in ſich ſelbſt, verſenkte ſie ſich gern
In aller Menſchen tiefgeheimſtes Träumen!

Mein Schatten schleicht mir nach wie ein Spion,
Ich stehe still vor eines Kerkers Gitter.
O Vaterland, dein zu getreuer Sohn,
Er büßte seine Liebe bitter, bitter!
Er schläft, — und fühlt er, was man ihm geraubt?
Träumt er vielleicht von seinen Eichenbäumen?
Träumt er sich einen Siegerkranz ums Haupt? —
O Gott der Freiheit, laß ihn weiter träumen!

Gigantisch thürmt sich vor mir ein Palast,
Ich schaue durch die purpurnen Gardinen,
Wie man im Schlaf nach einem Schwerte faßt,
Mit sündigen, mit angstverwirrten Mienen.
Gelb, wie die Krone, ist sein Angesicht,
Er läßt zur Flucht sich tausend Rosse zäumen,
Er stürzt zur Erde, und die Erde bricht —
O Gott der Rache, laß ihn weiter träumen!

Das Häuschen dort am Bach — ein schmaler Raum!
Unschuld und Hunger theilen drin das Bette.
Doch gab der Herr dem Landmann seinen Traum,
Daß ihn der Traum aus wachen Aengsten rette;
Mit jedem Korn, das Morpheus Hand entfällt,
Sieht er ein Saatenland sich golden säumen,
Die enge Hütte weitet sich zur Welt —
O Gott der Armuth, laß die Armen träumen!

Beim letzten Hause auf der Bank von Stein,
Will segenflehend ich noch kurz verweilen;
Treu lieb' ich dich, mein Kind, doch nicht allein,
Du wirst mich ewig mit der Freiheit theilen.

Dich wiegt in goldner Luft ein Taubenpaar,
Ich sehe wilde Rosse nur sich bäumen;
Du träumst von Schmetterlingen, ich vom Aar —
O Gott der Liebe, laß mein Mädchen träumen!

Du Stern, der, wie das Glück, aus Wolken bricht!
Du Nacht, mit deinem tiefen, stillen Blauen,
Laßt der erwachten Welt zu frühe nicht
Mich in das gramentstellte Antlitz schauen!
Auf Thränen fällt der erste Sonnenstrahl,
Die Freiheit muß das Feld dem Tage räumen,
Die Tyrannei schleift wieder dann den Stahl —
O Gott der Träume, laß uns Alle träumen!

Herwegh.

CCXXII.
Die Zeit des Mitleids und der Güte.

Die Zeit des Mitleids und der Güte,
Das ist die stille, kühle Nacht,
Wenn über die versengte Blüthe
Mit seinem Thau der Himmel wacht.

Die Zeit des Mondes und der Sterne,
Das ist die ungestörte Zeit
Des Heimwehs nach der stillen Ferne
Aus diesem Thal voll Schmerz und Streit.

Und war dein Herz am heißen Tage
Auch mit den Brüdern wild und rauh,
So kühlt es dir zu milder Klage
Die Nacht mit ihrem Thränenthau.

Dann kehrt zu seinem Heiligthume
Das sturmverschlagne Herz — und glaubt;
Dann richtet die geknickte Blume
Der Liebe auf ihr müdes Haupt.

Dann drängt es dich, den Haß zu heilen,
Der kränkend deine Seele traf,
Und schnell zum Feinde hinzueilen
Und ihn zu wecken aus dem Schlaf,

Und dem Erstaunten und Gerührten
Zu sagen, daß den herben Groll
Die Thränen dieser Nacht entführten,
Und daß er auch dich lieben soll.   Lenau.

CCXXIII.
Zuruf.

Was grämest du dich, mein Gemüthe,
Daß dir ein Saitenspiel zersprang,
Und daß vorbei die Rosenblüthe
Und der Schalmeien Maienklang?
Das eigne Herz muß sich der Mann bezwingen,
Will er das Höchste und sich selbst erringen —
Das Haupt empor!

Noch wölbet sich der Himmel oben,
Noch braust das Meer in Wogen auf,
Noch hängt die Welt in ihren Kloben,
Noch gehet Alles seinen Lauf;
Und schlügest du darein mit Donnerkeilen,
Nicht eine Stunde würde schneller eilen —
Sei unverzagt!

Hinaus, das harte Leben zu erstreiten!
Abgründe stürzen sich in deinen Weg;
Bist du ein Mann, so lerne vorwärts schreiten!
Scheu' nicht die Drachenbrut auf schmalem Steg!
Es schiert kein Teufel sich um deine Zähren,
Zwei Fäuste hast du, um dich selbst zu wehren —
Brich deine Bahn!

Mosen.

CCXXIV.
Mein Lieben.

Wie könnt' ich dein vergessen!
Ich weiß, was du mir bist,
Wenn auch die Welt ihr Liebstes
Und Bestes bald vergißt.
Ich sing' es hell und ruf' es laut:
Mein Vaterland ist meine Braut!
Wie könnt' ich dein vergessen!
Ich weiß, was du mir bist.

Wie könnt' ich dein vergessen!
Dein denk' ich allezeit;
Ich bin mit dir verbunden,
Mit dir in Freud' und Leid.
Ich will für dich im Kampfe stehn
Und, soll es sein, mit dir vergehn
Wie könnt' ich dein vergessen!
Dein denk' ich allezeit.

Wie könnt' ich dein vergessen!
Ich weiß, was du mir bist,
So lang' ein Hauch von Liebe
Und Leben in mir ist.
Ich suche nichts als dich allein,
Als deiner Liebe werth zu sein.
Wie könnt' ich dein vergessen!
Ich weiß, was du mir bist.

Hoffmann v. Fallersleben

CCXXV.

Die Auswanderer.

Ich kann den Blick nicht von euch wenden;
Ich muß euch anschaun immerdar:
Wie reicht ihr mit geschäft'gen Händen
Dem Schiffer eure Habe dar!

Ihr Männer, die ihr von dem Nacken
Die Körbe langt, mit Brod beschwert,
Das ihr aus deutschem Korn gebacken,
Geröstet habt auf deutschem Herd;

Und ihr, im Schmuck der langen Zöpfe,
Ihr Schwarzwaldmädchen, braun und schlank,
Wie sorgsam stellt ihr Krüg' und Töpfe
Auf der Schaluppe grüne Bank!

Das sind dieselben Töpf' und Krüge,
Oft an der Heimath Born gefüllt!
Wenn am Missouri Alles schwiege,
Sie malten euch der Heimath Bild:

Des Dorfes steingefaßte Quelle,
Zu der ihr schöpfend euch gebückt,
Des Herdes traute Feuerstelle,
Das Wandgesims, das sie geschmückt.

Bald zieren sie im fernen Westen
Des leichten Bretterhauses Wand;
Bald reicht sie müden braunen Gästen,
Voll frischen Trunkes, eure Hand.

Es trinkt daraus der Tscherokese,
Ermattet, von der Jagd bestaubt;
Nicht mehr von deutscher Rebenlese
Tragt ihr sie heim, mit Grün belaubt.

O sprecht! warum zogt ihr von dannen?
Das Neckarthal hat Wein und Korn;
Der Schwarzwald steht voll finstrer Tannen,
Im Spessart klingt des Älplers Horn.

Wie wird es in den fremden Wäldern
Euch nach der Heimathberge Grün,
Nach Deutschlands gelben Weizenfeldern,
Nach seinen Rebenhügeln ziehn!

Wie wird das Bild der alten Tage
Durch eure Träume glänzend wehn!
Gleich einer stillen, frommen Sage
Wird es euch vor der Seele stehn.

Der Bootsmann winkt! — Zieht hin in Frieden·
Gott schütz' euch, Mann und Weib und Greis!
Sei Freude eurer Brust beschieden,
Und euren Feldern Reis und Mais!

Freiligrath.

CCXXVI.

Heimkehr.

In meine Heimath kam ich wieder,
Es war die alte Heimath noch,
Dieselbe Luft, dieselben Lieder,
Und alles war ein andres doch.

Die Welle rauschte wie vor Zeiten,
Am Waldweg sprang wie sonst das Reh,
Von fern erklang ein Abendläuten,
Die Berge glänzten aus dem See.

Doch vor dem Haus, wo uns vor Jahren
Die Mutter stets empfing, dort sah
Ich fremde Menschen fremd gebahren;
Wie weh, wie weh mir da geschah!

Mir war, als rief es aus den Wogen:
Flieh, flieh, und ohne Wiederkehr!
Die du geliebt, sind fortgezogen
Und kehren nimmer, nimmer mehr.

Hermann Lingg.

CCXXVII.
An meine Mutter.

1.

Ich bin's gewohnt, den Kopf recht hoch zu tragen,
Mein Sinn ist auch ein bischen starr und zähe;
Wenn selbst der König mir ins Antlitz sähe,
Ich würde nicht die Augen niederschlagen.

Doch, liebe Mutter, offen will ich's sagen:
Wie mächtig auch mein stolzer Muth sich blähe
In deiner selig süßen, trauten Nähe
Ergreift mich oft ein demuthvolles Zagen.

Ist es dein Geist, der heimlich mich bezwinget,
Dein hoher Geist, der Alles kühn durchdringet,
Und blitzend sich zum Himmelslichte schwinget?

Quält mich Erinnerung, daß ich verübet
So manche That, die dir das Herz betrübet,
Das schöne Herz, das mich so sehr geliebet!

2.

Im tollen Wahn hatt' ich dich einst verlassen
Ich wollte gehn die ganze Welt zu Ende,
Und wollte sehn, ob ich die Liebe fände,
Um liebevoll die Liebe zu umfassen.

Die Liebe suchte ich auf allen Gassen,
Vor jeder Thüre streckt' ich aus die Hände,
Und bettelte um g'ringe Liebesspende, —
Doch lachend gab man mir nur kaltes Hassen.

Und immer irrte ich nach Liebe, immer
Nach Liebe, doch die Liebe fand ich nimmer,
Und kehrte um nach Hause, krank und trübe.

Doch da bist du entgegen mir gekommen,
Und ach! was da in deinem Aug' geschwommen,
Das war die süße, langgesuchte Liebe.

Heine

CCXXVIII.

Ich sprach zur Sonne.

Ich sprach zur Sonne: „Sprich, was ist die Liebe?"
Sie gab nicht Antwort, gab nur goldnes Licht.
Ich sprach zur Blume: „Sprich, was ist die Liebe?"
Sie gab mir Düfte, doch die Antwort nicht.

Ich sprach zum Ew'gen: „Sprich, was ist die Liebe?
Ist's heil'ger Ernst? ist's süße Tändelei?"
Da gab mir Gott ein Weib, ein treues, liebes,
Und nimmer fragt' ich, was die Liebe sei.

Emil Rittershaus

CCXXIX.
Mit Unkraut.

Ich schritt allein hinab den Rhein,
Am Hag die Rose glühte,
Und wunderjam die Luft durchschwamm
Der Duft der Rebenblüthe.
Cyan' und Mohn erglänzten schon,
Der Südwind bog die Aehren;
Ueber Rolandseck, da ließ sich keck
Eines Falken Luftschrei hören.

Und es kam das Lied mir in's Gemüth:
Wär' ich ein wilder Falke!
O du Melodei, wie ein Falk so scheu,
Und so dreist auch wie ein Falke!
Singe mit, wer kann! zur Sonn' hinan
Soll mich selbst die Weise tragen!
An ein Fensterlein, an ein Riegelein
Mit den Flügeln will ich schlagen!

Wo ein Röslein steht, wo ein Vorhang weht,
Wo am Ufer Schiffe liegen,
Wo zwei Augen braun über'n Strom hinschaun —
O, da möcht' ich fliegen, fliegen!
Da mit scharfem Fang und mit Wildgesang
Möcht' ich sitzen ihr zu Füßen:
Möchte stolz und kühn ihre Stirn umziehn,
Möchte grüßen, grüßen. grüßen!

O, wohl sang ich frisch und wohl sprang ich frisch —
Keine Flügel konnt' ich breiten!
Und ich lief voll Zorn, und das gelbe Korn
Durch die Finger ließ ich gleiten;
Knickte Zweig und Ast, knickte Blatt und Bast,
Ließ nicht ab vom wilden Raufen,
Bis die Hand zerfetzt, und ich matt zuletzt
Mich in's Gras warf, zu verschnaufen.

Auf den Bergen Klang, auf der Fluth Gesang,
In den Wellen Buben schwammen.
Ich aber saß einsam im Gras,
Band mit Gras meinen Strauß zusammen:
Meinen wilden Strauß, meinen Rankenstrauß —
O, wohl mehr als Eine lachte!
Aber deine Hand nimmt ihn an als Pfand
Eines Tags, wo dein ich dachte!

Es ist ein Strauß, wie er das Haus
Des Landmanns könnte schmücken:
Cyanen nur und Mohn der Flur,
Und was man sonst mag pflücken;
Eine Winde grün, eine Reb' im Blühn,
Eine Kleeblum' aus den Gründen,
Schlecht wildes Zeug, dem Wilden gleich,
Der ausging, es zu finden.

Sein Auge sprüht, seine Wange glüht,
Seine Hände ballt er zitternd;
Sein Blut es kocht, und sein Herz es pocht,
Seine Stirne droht gewitternd.

Seine Bruft ift ſchwer: — ſchlechtes Kraut und Er!
Verſtoßen und verlaſſen!
Seine Blumen ſieh'! — willſt du ihn und ſie
Am Boden liegen laſſen?

Freiligrath.

CCXXX.
Ruhe in der Geliebten.

So laß mich ſitzen ohne Ende,
So laß mich ſitzen für und für!
Leg beine beiben frommen Hände
Auf die erhitzte Stirne mir!
Auf meinen Knien, zu beinen Füßen,
Da laß mich ruhn in trunkner Luſt;
Laß mich das Auge ſelig ſchließen
In beinem Arm, an beiner Bruſt!

Laß es mich öffnen nur bem Schimmer,
Der beines wunderbar erhellt;
In dem ich raſte nun für immer,
O du mein Leben, meine Welt!
Laß es mich öffnen nur der Thräne,
Die brennend heiß ſich ihm entringt;
Die hell und luſtig, eh' ich's wähne,
Durch die geſchloſſne Wimper ſpringt!

So bin ich fromm, ſo bin ich ſtille,
So bin ich ſanft, ſo bin ich gut!
Ich habe dich — das iſt die Fülle!
Ich habe dich — mein Wünſchen ruht!

Dein Arm ist meiner Unrast Wiege,
Vom Mohn der Liebe süß umglüht;
Und jeder deiner Athemzüge
Haucht mir in's Herz ein Schlummerlied!

Und jeder ist für mich ein Leben! —
Ha, so zu rasten Tag für Tag!
Zu lauschen so mit sel'gem Beben
Auf unsrer Herzen Wechselschlag!
In unsrer Liebe Nacht versunken,
Sind wir entflohn aus Welt und Zeit:
Wir ruhn und träumen, wir sind trunken
In seliger Verschollenheit!

Freiligrath.

CCXXXI.

Du hast genannt mich einen Vogelsteller.

Du hast genannt mich einen Vogelsteller: —
Als ob du selber keine Garne zogst!
O Gott, in deine Garne flog ich schneller
Und blinder ja, als du in meine flogst!

Sprich, hab' ich dich — sprich, hast du mich gefangen?
Du weißt es selbst nicht, du mein herz'ges Kind!
Wer kann denn sagen, wie es zugegangen,
Daß wir uns haben, daß wir Eins nun sind?

Doch wie du willst, laß mich dein Auge küssen;
Du bist nun mein, und bleibst mir ewig nah!
Hat rauh mein Garn die Flügel dir zerrissen?
O, sei nicht bös — es fiel aus Liebe ja!

Und Liebe trägt dich, Liebe wird dich tragen,
Und wird dich schirmen jetzt und für und für!
Drum laß dein Flattern, laß dein Flügelschlagen;
Sei du mein Böglein, und vertraue mir!

Sei mir die Taube, die mit freud'gem Fliegen
Auf meinen Ruf um meine Stirne schwirrt;
Auf meiner Achsel will sie gern sich wiegen: —
Das ist der Ort, wo sie am liebsten girrt.

Sei mir die Lerche, die auf Glanzgefieder
Für ihren Pflüger sich zur Sonne schwingt;
Die von des Himmels goldner Schwelle nieder
In meine Seele sel'ge Lieder singt!

Und tief im Thale, wo die Linden rauschen,
Da sei vor Allem meine Nachtigall!
Da laß mich zitternd deiner Stimme lauschen
Und deines Schlages wunderbarem Schall!

Das ist ein himmlisch, ist ein selig Schmettern;
Das ist die Lieb' in ihrer Qual und Lust!
O, ström' es aus, umrauscht von grünen Blättern,
Das Sehnen deiner Nachtigallenbrust!

Ha, schon erklingt's! — Herschwirrst du aus dem Laube,
Umflatterst furchtlos meine Hüttenthür!
Hörst nur auf mich, bist meine fromme Taube,
Bist Nachtigall und treue Lerche mir!

Entfliehst mir nimmer! — süßer stets und heller
Weht mir dein Flügel, tönt mir dein Gesang!
Die Garne ruhn: — glücksel'ger Vogelsteller,
Das war dein letzter, war dein bester Fang.

Freiligrath.

CCXXXII.

In mein gar zu dunkles Leben.

In mein gar zu dunkles Leben
Strahlte einst ein süßes Bild;
Nun das süße Bild erblichen,
Bin ich gänzlich nachtumhüllt.

Wenn die Kinder sind im Dunkeln,
Wird beklommen ihr Gemüth,
Und um ihre Angst zu bannen,
Singen sie ein lautes Lied.

Ich, ein tolles Kind, ich singe
Jetzo in der Dunkelheit;
Klingt das Lied auch nicht ergötzlich,
Hat's mich doch von Angst befreit.

Heine.

CCXXXIII.

Wir ſaßen am Fiſcherhauſe.

Wir ſaßen am Fiſcherhauſe
Und ſchauten nach der See;
Die Abendnebel kamen,
Und ſtiegen in die Höh'.

Im Leuchtthurm wurden die Lichter
Allmählich angeſteckt,
Und in der weiten Ferne ·
Ward noch ein Schiff entdeckt.

Wir ſprachen von Sturm und Schiffbruch,
Vom Seemann, und wie er lebt,
Und zwiſchen Himmel und Waſſer
Und Angſt und Freude ſchwebt.

Wir ſprachen von fernen Küſten,
Vom Süden und vom Nord,
Und von den ſeltſamen Völkern
Und ſeltſamen Sitten dort.

Am Ganges duftet's und leuchtet's,
Und Rieſenbäume blühn,
Und ſchöne, ſtille Menſchen
Vor Lotosblumen knien.

In Lappland sind schmutzige Leute,
Plattköpfig, breitmäulig und klein;
Sie kauern ums Feuer und backen
Sich Fische, und quäken und schrein.

Die Mädchen horchten ernsthaft,
Und endlich sprach Niemand mehr;
Das Schiff war nicht mehr sichtbar,
Es dunkelte gar zu sehr.

Heine.

CCXXXIV.

Abends am Meere.

O Meer im Abendstrahl,
An deiner stillen Fluth
Fühl' ich nach langer Qual
Mich wieder fromm und gut.

Das heiße Herz vergißt,
Woran sich's müd' gekämpft,
Und jeder Wehruf ist
Zur Melodie gedämpft.

Kaum daß ein leises Weh
Durchgleitet das Gemüth,
Wie durch die stumme See
Ein weißes Segel zieht.

Alfred Meißner.

CCXXXV.
Nordseebilder.

1. Meergruß.

Thalatta! Thalatta!
Sei mir gegrüßt, du ewiges Meer!
Sei mir gegrüßt zehntausendmal
Aus jauchzendem Herzen,
Wie einst dich begrüßten
Zehntausend Griechenherzen
Unglückbekämpfende, heimathverlangende,
Weltberühmte Griechenherzen.

Es wogten die Fluthen,
Sie wogten und brausten,
Die Sonne goß eilig herunter
Die spielenden Rosenlichter,
Die aufgescheuchten Möwenzüge
Flatterten fort, laut schreiend,
Es stampften die Rosse, es klirrten die Schilde,
Und weithin erscholl es wie Siegesruf:
„Thalatta! Thalatta!"

Sei mir gegrüßt, du ewiges Meer,
Wie Sprache der Heimath rauscht mir dein Wasser,
Wie Träume der Kindheit seh' ich es flimmern
Auf deinem wogenden Wellengebiet,
Und alte Erinnrung erzählt mir aufs Neue
Von all dem lieben, herrlichen Spielzeug,

Von all' den blinkenden Weihnachtsgaben,
Von all' den rothen Korallenbäumen,
Goldfischchen, Perlen und bunten Muscheln,
Die du geheimnißvoll bewahrst,
Dort unten im klaren Kryſtallhaus.

O, wie hab' ich geschmachtet in öder Fremde!
Gleich einer welken Blume
In des Botanikers blecherner Kapsel,
Lag mir das Herz in der Brust.
Mir ist, als ſaß ich winterlange,
Ein Kranker, in dunkler Krankenſtube,
Und nun verlaſſ' ich ſie plötzlich,
Und blendend ſtrahlt mir entgegen
Der ſmaragdene Frühling, der ſonnengeweckte,
Und es rauſchen die weißen Blüthenbäume,
Und die jungen Blumen ſchauen mich an
Mit bunten, duftenden Augen,
Und es duftet und ſummt und athmet und lacht
Und im blauen Himmel ſingen die Böglein —
Thalatta! Thalatta!

Du tapferes Rückzugherz!
Wie oft, wie bitteroft
Bedrängten dich des Nordens Barbarinnen!
Aus großen, ſiegenden Augen
Schoſſen ſie brennende Pfeile;
Mit krumm geſchliffenen Worten
Drohten ſie mir die Bruſt zu ſpalten:

17*

Mit Keilschriftbillets zerschlugen sie mir
Das arme, betäubte Gehirn —
Vergebens hielt ich den Schild entgegen,
Die Pfeile zischten, die Hiebe krachten,
Und von des Nordens Barbarinnen
Ward ich gedrängt bis an's Meer —
Und frei aufathmend begrüß' ich das Meer,
Das liebe, rettende Meer,
Thalatta! Thalatta!

CCXXXVI.

2. Sturm.

Es wüthet der Sturm,
Und er peitscht die Wellen,
Und die Welln, wuthschäumend und bäumend,
Thürmen sich auf, und es wogen lebendig
Die weißen Wasserberge,
Und das Schifflein erklimmt sie,
Hastig mühsam,
Und plötzlich stürzt es hinab
In schwarze, weitgähnende Fluthabgründe. —

O Meer!
Mutter der Schönheit, der Schaumentstiegenen!
Großmutter der Liebe, schone meiner!
Schon flattert, leichenwitternd,
Die weiße, gespenstische Möwe,
Und wetzt an dem Mastbaum den Schnabel.

Und lechzt voll Fraßbegier nach dem Herzen,
Das vom Ruhm deiner Tochter ertönt,
Und das dein Enkel, der kleine Schalk,
Zum Spielzeug erwählt.

Vergebens mein Bitten und Flehn!
Mein Rufen verhallt im tosenden Sturm,
Im Schlachtlärm der Winde.
Es braust und pfeift und prasselt und heult,
Wie ein Tollhaus von Tönen!
Und zwischendurch hör' ich vernehmbar
Lockende Harfenlaute,
Sehnsuchtwilden Gesang,
Seelenschmelzend und seelenzerreißend,
Und ich erkenne die Stimme.

Fern an schottischer Felsenküste,
Wo das graue Schlößlein hinausragt
Über die brandende See,
Dort, am hochgewölbten Fenster,
Steht eine schöne, kranke Frau,
Zartdurchsichtig und marmorblaß,
Und sie spielt die Harfe und singt,
Und der Wind durchwühlt ihre langen Locken
Und trägt ihr dunkles Lied
Über das weite, stürmende Meer.

CCXXXVII.

3. Meeresſtille.

Meeresſtille! Ihre Strahlen
Wirſt die Sonne auf das Waſſer,
Und im wogenden Geſchmeide
Zieht das Schiff die grünen Furchen.

Bei dem Steuer liegt der Bootsmann
Auf dem Bauch und ſchnarchet leiſe.
Bei dem Maſtbaum, ſegelflickend,
Kauert der betheerte Schiffsjung'.

Hinterm Schmutze ſeiner Wangen
Sprüht es roth, wehmüthig zuckt es
Um das breite Maul, und ſchmerzlich
Schaun die großen, ſchönen Augen.

Denn der Kapitän ſteht vor ihm,
Tobt und flucht und ſchilt ihn: „Spitzbub',
Spitzbub'! einen Hering haſt du
Aus der Tonne mir geſtohlen!"

Meeresſtille! Aus den Wellen
Taucht hervor ein kluges Fiſchlein,
Wärmt das Köpfchen an der Sonne,
Plätſchert luſtig mit dem Schwänzchen.

Doch die Möwe, aus den Lüften,
Schießt herunter auf das Fischlein,
Und den raschen Raub im Schnabel
Schwingt sie sich hinauf ins Blaue.

CCXXXVIII.
4. Seegespenst.

Ich aber lag am Rande des Schiffes,
Und schaute, träumenden Auges,
Hinab in das spiegelklare Wasser,
Und schaute tiefer und tiefer —
Bis tief im Meeresgrunde,
Anfangs wie dämmernde Nebel,
Jedoch allmählich farbenbestimmter,
Kirchenkuppel und Thürme sich zeigten,
Und endlich sonnenklar, eine ganze Stadt,
Alterthümlich niederländisch,
Und menschenbelebt.
Bedächtige Männer, schwarzbemäntelt,
Mit weißen Halskrausen und Ehrenketten,
Und langen Degen und langen Gesichtern,
Schreiten über den wimmelnden Marktplatz
Nach dem treppenhohen Rathhaus,
Wo steinerne Kaiserbilder
Wacht halten mit Scepter und Schwert.
Unferne, vor langen Häuserreihen,
Wo spiegelblanke Fenster
Und pyramidisch beschnittene Linden,

Wandeln ſeidenrauſchende Jungfern,
Schlanke Leibchen, die Blumengeſichter
Sittſam umſchloſſen von ſchwarzen Mützchen
Und hervorquellendem Goldhaar.
Bunte Geſellen, in ſpaniſcher Tracht,
Stolzieren vorüber und nicken.
Bejahrte Frauen,
In braunen, verſchollnen Gewändern,
Geſangbuch und Roſenkranz in der Hand,
Eilen, trippelnden Schritts,
Nach dem großen Dome,
Getrieben von Glockengeläute
Und rauſchendem Orgelton.

Mich ſelbſt ergreift des fernen Klangs
Geheimnißvoller Schauer!
Unendliches Sehnen, tiefe Wehmuth
Beſchleicht mein Herz,
Mein kaum geheiltes Herz;
Mir iſt, als würden ſeine Wunden
Von lieben Lippen aufgeküßt,
Und thäten wieder bluten, —
Heiße, rothe Tropfen,
Die lang und langſam niederfalln
Auf ein altes Haus, dort unten
In der tiefen Meerſtadt,
Auf ein altes hochgegiebeltes Haus,
Das melancholiſch menſchenleer iſt,
Nur daß am untern Fenſter
Ein Mädchen ſitzt,
Den Kopf auf den Arm geſtützt,

Wie ein armes, vergessenes Kind —
Und ich kenne dich, armes, vergessenes Kind!

So tief, meertief also
Verstecktest du dich vor mir
Aus kindischer Laune,
Und konntest nicht mehr herauf,
Und saßest fremd unter fremden Leuten,
Jahrhunderte lang,
Derweilen ich, die Seele voll Gram,
Auf der ganzen Erde dich suchte,
Und immer dich suchte,
Du Immergeliebte,
Du Längstverlorene,
Du Endlichgefundene —
Ich hab' dich gefunden und schaue wieder
Dein süßes Gesicht,
Die klugen, treuen Augen,
Das liebe Lächeln —
Und nimmer will ich dich wieder verlassen,
Und ich komme hinab zu dir.
Und mit ausgebreiteten Armen
Stürz' ich hinab an dein Herz —

Aber zur rechten Zeit noch
Ergriff mich beim Fuß der Kapitän,
Und zog mich vom Schiffsrand,
Und rief, ärgerlich lachend:
„Doktor, sind Sie des Teufels?"

CCXXXIX.
5. Sonnenuntergang.

Die glühend rothe Sonne steigt
Hinab ins weit aufschauende
Silbergraue Weltmeer;
Luftgebilde, rosig angehaucht,
Wallen ihr nach; und gegenüber,
Aus herbstlich dämmernden Wolkenschleiern,
Ein traurig, todtblasses Antlitz,
Bricht hervor der Mond.
Und hinter ihm, Lichtfünkchen,
Nebelweit, schimmern die Sterne.

Einst am Himmel glänzten,
Ehlich vereint,
Luna, die Göttin, und Sol, der Gott,
Und es wimmelten um sie her die Sterne,
Die kleinen, unschuldigen Kinder.

Doch böse Zungen zischelten Zwiespalt,
Und es trennte sich feindlich
Das hohe, leuchtende Ehpaar.

Jetzt am Tage, in einsamer Pracht,
Ergeht sich dort oben der Sonnengott,
Ob seiner Herrlichkeit
Angebetet und vielbesungen
Von stolzen, glückgehärteten Menschen.

Aber des Nachts
Am Himmel wandelt Luna,
Die arme Mutter,
Mit ihren verwaisten Sternenkindern,
Und sie glänzt in stiller Wehmuth,
Und liebende Mädchen und sanfte Dichter
Weihen ihr Thränen und Lieder.

Die weiche Luna! Weiblich gesinnt,
Liebt sie noch immer den schönen Gemahl.
Gegen Abend, zitternd und bleich,
Lauscht sie hervor aus leichtem Gewölk
Und schaut nach dem Scheidenden schmerzlich
Und möchte ihm ängstlich rufen: „Komm!
Komm! die Kinder verlangen nach dir —"
Aber der trotzige Sonnengott,
Bei dem Anblick der Gattin erglüht er
In doppeltem Purpur,
Vor Zorn und Schmerz,
Und unerbittlich eilt er hinab
In sein fluthenkaltes Wittwerbett.

* * *

Böse, zischelnde Zungen
Brachten also Schmerz und Verderben
Selbst über ewige Götter.
Und die armen Götter, oben am Himmel
Wandeln sie, qualvoll,
Trostlos unendliche Bahnen,
Und können nicht sterben,
Und schleppen mit sich
Ihr strahlendes Elend.

Ich aber, der Mensch,
Der Niedrig=gepflanzte, der Tod=beglückte,
Ich klage nicht länger.

Heine

CCXL.
Wie es geht.

Sie redeten ihr zu: Er liebt dich nicht,
Er spielt mit dir — Da neigte sie das Haupt,
Und Thränen perlten ihr vom Angesicht
Wie Thau von Rosen; o, daß sie's geglaubt!
Denn als er kam und zweifelnd fand die Braut,
Warb er voll Trotz: nicht trübe wollt' er scheinen,
Er sang und spielte, trank und lachte laut,
Um dann die Nacht hindurch zu weinen.

Wohl pocht' ein guter Engel an ihr Herz:
„Er ist doch treu, gieb ihm die Hand, o gieb!"
Wohl fühlt' auch er durch Bitterkeit und Schmerz:
„Sie liebt dich doch, sie ist ja doch dein Lieb.
Ein freundlich Wort nur sprich, ein Wort vernimm,
So ist der Zauber, der euch trennt, gebrochen."
Sie gingen — sahn sich — o, der Stolz ist schlimm!
Das Eine Wort blieb ungesprochen.

Da schieden sie. Und wie im Münsterchor
Verglimmt der Altarlampe rother Glanz —
Erst wird er matt; dann flackert er empor
Noch einmal hell, und dann verlischt er ganz —

So starb die Lieb' in ihnen, erst beweint,
Dann heiß zurückersehnt, und dann — vergessen,
Bis sie zuletzt, es sei ein Wahn, gemeint,
Daß sie sich je bereinst besessen.

Nur manchmal fuhren sie im Mondenlicht
Vom Kissen auf. Von Thränen war es naß,
Und naß von Thränen war noch ihr Gesicht,
Geträumet hatten sie — ich weiß nicht was.
Dann dachten sie der alten schönen Zeit,
Und an ihr nichtig Zweifeln, an ihr Scheiden
Und wie sie nun so weit, so ewig weit —
O Gott, vergieb, vergieb den Beiden!

Geibel

CCXLI.

O lieb', so lang du lieben kannst!

O lieb', so lang du lieben kannst!
O lieb', so lang du lieben magst!
Die Stunde kommt, die Stunde kommt,
Wo du an Gräbern stehst und klagst!

Und sorge, daß dein Herze glüht
Und Liebe hegt und Liebe trägt,
So lang ihm noch ein anders Herz
In Liebe warm entgegenschlägt!

Und wer dir seine Brust erschließt,
O thu' ihm, was du kannst, zu lieb!
Und mach' ihm jede Stunde froh,
Und mach' ihm keine Stunde trüb!

Und hüte deine Zunge wohl,
Bald ist ein böses Wort gesagt!
O Gott, es war nicht bös gemeint, —
Der Andre aber geht und klagt.

O lieb', so lang du lieben kannst!
O lieb', so lang du lieben magst!
Die Stunde kommt, die Stunde kommt,
Wo du an Gräbern stehst und klagst!

Dann kniest du nieder an der Gruft,
Und birgst die Augen, trüb und naß,
— Sie sehn den Andern nimmermehr —
Ins lange, feuchte Kirchhofsgras.

Und sprichst: O schau' auf mich herab,
Der hier an deinem Grabe weint!
Vergieb, daß ich gekränkt dich hab'!
O Gott, es war nicht bös gemeint!

Er aber sieht und hört dich nicht,
Kommt nicht, daß du ihn froh umfängst;
Der Mund, der oft dich küßte, spricht
Nie wieder· ich vergab dir längst!

Er that's, vergab dir lange schon,
Doch manche heiße Thräne fiel
Um dich und um dein herbes Wort —
Doch still — er ruht, er ist am Ziel!

O lieb', so lang du lieben kannst!
O lieb', so lang du lieben magst!
Die Stunde kommt, die Stunde kommt,
Wo du an Gräbern stehst und klagst.

Freiligrath.

CCXLII.

Wenn sich zwei Herzen scheiden.

Wenn sich zwei Herzen scheiden,
Die sich dereinst geliebt,
Das ist ein großes Leiden,
Wie's größres nimmer giebt.
Es klingt das Wort so traurig gar:
Fahr wohl, fahr wohl auf immerdar!
Wenn sich zwei Herzen scheiden,
Die sich dereinst geliebt.

Als ich zuerst empfunden,
Daß Liebe brechen mag,
Mir war's, als sei verschwunden
Die Sonn' am hellen Tag.
Mir klang's im Ohre wunderbar:
Fahr wohl, fahr wohl auf immerdar!
Da ich zuerst empfunden,
Daß Liebe brechen mag.

Mein Frühling ging zur Rüste,
Ich weiß es wohl warum;
Die Lippe, die mich küßte,
Ist worden kühl und stumm.

Das Eine Wort nur sprach sie klar:
Fahr wohl, fahr wohl auf immerdar!
Mein Frühling ging zur Rüste,
Ich weiß es wohl warum.

Geibel

CCXLIII.

Mein Herz, ich will dich fragen.

Mein Herz, ich will dich fragen:
Was ist denn Liebe, sag'!
„Zwei Seelen und ein Gedanke,
„Zwei Herzen und ein Schlag!"

Und sprich, woher kommt Liebe?
„Sie kommt und sie ist da!"
Und sprich, wie schwindet Liebe?
„Die war's nicht, der's geschah!"

Und was ist reine Liebe?
„Die ihrer selbst vergißt!"
Und wann ist Lieb' am tiefsten?
„Wenn sie am stillsten ist!"

Und wann ist Lieb' am reichsten?
„Das ist sie, wenn sie giebt!"
Und sprich, wie redet Liebe?
„Sie redet nicht, sie liebt!"

Halm.

CCXLIV.

Das Herz.

Zwei Kammern hat das Herz,
Drin wohnen
Die Freude und der Schmerz.

Wacht Freude in der einen,
So schlummert
Der Schmerz still in der seinen.

O Freude, habe Acht!
Sprich leise,
Daß nicht der Schmerz erwacht!

Herm. Neumann

CCXLV.

Der Brief, den du geschrieben.

Der Brief, den du geschrieben,
Er macht mich gar nicht bang;
Du willst mich nicht mehr lieben.
Aber dein Brief ist lang.

Zwölf Seiten, eng und zierlich!
Ein kleines Manuscript!
Man schreibt nicht so ausführlich
Wenn man den Abschied giebt.

Heine.

CCXLVI.

Wenn Zwei von einander scheiden.

Wenn Zwei von einander scheiden,
So geben sie sich die Händ',
Und fangen an zu weinen,
Und seufzen ohne End'.

Wir haben nicht geweinet,
Wir seufzten nicht „Weh" und „Ach"!
Die Thränen und die Seufzer,
Die kamen hintennach.

Heine.

CCXLVII.

Hör' ich das Liedchen klingen.

Hör' ich das Liedchen klingen,
Das einst die Liebste sang,
So will mir die Brust zerspringen
Vor wildem Schmerzendrang.

Es treibt mich ein dunkles Sehnen
Hinauf zur Waldeshöh',
Dort löst sich auf in Thränen
Mein übergroßes Weh.

Heine.

CCXLVIII.
Schilflieder.

1.

Drüben geht die Sonne scheiden,
Und der müde Tag entschlief.
Niederhangen hier die Weiden
In den Teich, so still, so tief.

Und ich muß mein Liebstes meiden.
Quill, o Thräne, quill hervor!
Traurig säuseln hier die Weiden,
Und im Winde bebt das Rohr.

In mein stilles, tiefes Leiden
Strahlst du, Ferne! hell und mild,
Wie durch Binsen hier und Weiden
Strahlt des Abendsternes Bild.

2.

Auf geheimem Waldespfade
Schleich' ich gern im Abendschein
An das öde Schilfgestade,
Mädchen, und gedenke dein!

Wenn sich dann der Busch verdüstert,
Rauscht das Rohr geheimnißvoll,
Und es klaget und es flüstert,
Daß ich weinen, weinen soll.

Und ich mein', ich höre wehen
Leise deiner Stimme Klang,
Und im Weiher untergehen
Deinen lieblichen Gesang.

3.

Auf dem Teich, dem regungslosen,
Weilt des Mondes holder Glanz,
Flechtend seine bleichen Rosen
In des Schilfes grünen Kranz.

Hirsche wandeln dort am Hügel,
Blicken in die Nacht empor;
Manchmal regt sich das Geflügel
Träumerisch im tiefen Rohr.

Weinend muß mein Blick sich senken;
Durch die tiefste Seele geht
Mir ein süßes Deingedenken,
Wie ein stilles Nachtgebet!

Lenau.

CCXLIX.
Sag an, o lieber Vogel mein.

„Sag an, o lieber Vogel mein,
Sag an, wohin die Reise dein?"
　　Weiß nicht, wohin,
　　Mich treibt der Sinn,
Drum muß der Pfad wohl richtig sein!

„Sag an, o liebster Vogel, mir,
Sag, was verspricht die Hoffnung dir?"
　　Ach, linde Luft
　　Und süßen Duft
Und neuen Lenz verspricht sie mir!

„Du hast die schöne Ferne nie
Gesehen, und du glaubst an sie?"
　　Du frägst mich viel,
　　Und das ist Spiel,
Die Antwort aber macht mir Müh'!

Nun zog in gläubig-frommem Sinn
Der Vogel über's Meer dahin,
　　Und linde Luft
　　Und süßer Duft
Sie wurden wirklich sein Gewinn.

Friedrich Hebbel

CCL.

Frisch auf zum Wandern!

Es ist der Ruhm ein edel Wild,
Du mußt erkämpfen ihn, erjagen;
Mußt steigen in das Thalgefild
Und dich auf Felsenspitzen wagen.
Wer immer an der Scholle klebt,
Sich über Andre nie erhebt.
Frisch auf, frisch auf zum Wandern!

Es ist das Glück ein Wandersmann,
Du triffst nur selten es zu Hause.
Auf offner Straße triffst du's an,
Zumeist im großen Weltgebrause.
Wer wandert ohne Rast und Ruh,
Der eilet bald dem Glücke zu.
Frisch auf, frisch auf zum Wandern!

Es ist die Liebe wie ein Kind,
Vom Neuen wird sie angezogen,
Darum in allen Landen sind
Dem Fremdling schöne Fraun gewogen.
Die Liebe ist ein Wandelstern,
Drum leuchtet sie dem Wandrer gern.
Frisch auf, frisch auf zum Wandern!

Adolf Buchheim.

CCLI.

Siehst du die Spitzen der Alpen erglänzen?

Siehst du die Spitzen der Alpen erglänzen,
Schimmernd umlagert von ewigem Schnee?
Siehst du die dunkelnden Tannen umkränzen
Dort in der Tiefe den ruhenden See?
Droben in nächtlicher Ferne
Ewige Sterne?

Ueber die Gletscher und über die Matten
Zogen wir hoch in der Wolken Gefild,
Sahen die Sonne den Nebel entblatten,
Kommen und gehen ihr purpurnes Bild,
Daß wir zu träumen gemeinet,
Selig vereinet!

Sahen die Bäche aus Himmelsräumen
Ueber die Felsen durch Gründe und Schlucht
Nieder zu Thal in die Seen entschäumen,
Stäubend und strahlend in donnernder Flucht,
Sahn die Lawinen im schnellen
Sturze zerschellen.

Kränzten mit Alpenrosen die Locken
Jugendlich, glücklich, mit schwellendem Sang,
Hörten aus hundert Kirchen die Glocken
Wenn uns der goldene Abend umschlang,
Hallend mit tausend süßen
Seligen Grüßen!

Ach, wer sich jener Firnen Gefilde
Tief in der Seele Verborgenstes schrieb,
Schimmernd als Rahmen zum glücklichsten Bilde,
Das ihm vor Allem das Heiligste blieb,
Dem ach, sind sie ein Bronnen
Ewiger Wonnen!

Denkst du der seligen Tage? Sie schwanden
Schnell, wie die Rosen der Alpen verblühn!
Doch wenn die Blicke in goldenen Landen
Still der Erinnerung Buchten durchziehn,
Schimmern sie her aus der Ferne:
Ewige Sterne!

Otto Roquette.

CCLII.
Sonntagsfrühe.

Aus den Thälern hör' ich schallen
Glockentöne, Festgesänge,
Helle Sonnenblicke fallen
Durch die dunkeln Buchengänge,
Himmel ist von Glanz umflossen,
Heilger Friede rings ergossen.

Durch die Felder still beglücket
Wallen Menschen allerwegen;
Frohen Kindern gleich geschmücket,
Gehn dem Vater sie entgegen,
Der auf goldner Saaten Wogen
Segnend kommt durchs Land gezogen.

Wie so still die Bäche gleiten,
Wie so licht die Blumen blinken!
Und aus längst entschwundnen Zeiten
Zieht ein Grüßen her, ein Winken, —
Wie ein Kindlein muß ich fühlen,
Wie ein Kindlein möcht' ich spielen!

Rob. Reinick.

CCLIII.
Sommerlied.

Ich sah des Sommers letzte Rose stehn,
Sie war, als ob sie bluten könne, roth;
Da sprach ich schauernd im Vorübergehn:
So weit im Leben ist zu nah am Tod!

Es regte sich kein Hauch am heißen Tag,
Nur leise strich ein weißer Schmetterling;
Doch ob auch kaum die Luft sein Flügelschlag
Bewegte, sie empfand es und verging.

Friedrich Hebbel

CCLIV.
Allnächtlich im Traume seh' ich dich.

Allnächtlich im Traume seh' ich dich,
Und sehe dich freundlich grüßen,
Und laut aufweinend stürz' ich mich
Zu deinen süßen Füßen.

Du siehst mich an wehmüthiglich,
Und schüttelst das blonde Köpfchen;
Aus deinen Augen schleichen sich
Die Perlenthränentröpfchen.

Du sagst mir heimlich ein leises Wort,
Und giebst mir den Strauß von Cypressen.
Ich wache auf, und der Strauß ist fort,
Und das Wort hab' ich vergessen.

Heine.

CCLV.

Ich hab' im Traum geweinet.

Ich hab' im Traum geweinet,
Mir träumte, du lägest im Grab.
Ich wachte auf, und die Thräne
Floß noch von der Wange herab.

Ich hab' im Traum geweinet,
Mir träumt', du verließest mich.
Ich wachte auf, und ich weinte
Noch lange bitterlich.

Ich hab' im Traum geweinet,
Mir träumte, du bliebest mir gut.
Ich wachte auf, und noch immer
Strömt meine Thränenfluth.

Heine.

CCLVI.
Seit sie gestorben.

Seit sie gestorben, ist mir Eins gewiß:
Daß es ein Ewiges muß geben;
Denn über meines Herzens Riß
Fühl' ich ein ew'ges Leiden schweben,
Seit sie gestorben.

Seit sie gestorben, bin ich stolz und kühn: —
Ich weiß es nun, was Herzen tragen;
Was sind mir fürder alle Mühn?
Was giebt es ferner noch zu wagen,
Seit sie gestorben?

Seit sie gestorben, lebt im Herzen mir
Ein Bild der seligsten Verklärung,
Bin ich ein Baum, den für und für
Die Heilge schützet vor Zerstörung,
Seit sie gestorben.

Seit sie gestorben, ist ein fester Wall
Der Einsamkeit um mich gezogen,
Vergebens ist der Ueberfall
Der Freuden, die mich rings umwogen,
Seit sie gestorben.

Seit sie gestorben, hat die tiefste Ruh
Sich heimisch in mein Herz gesenket,
Die Seele schließt die Augen zu
Und ahnt und träumt mehr, als sie denket,
Seit sie gestorben.

Moritz Hartmann.

CCLVII.

Frage.

O Menschenherz, was ist dein Glück?
Ein räthselhaft geborner,
Und, kaum gegrüßt, verlorner,
Unwiederholter Augenblick!

Lenau.

CCLVIII.

Ein Jüngling liebt ein Mädchen.

Ein Jüngling liebt ein Mädchen,
Die hat einen Andern erwählt;
Der Andre liebt eine Andre
Und hat sich mit Dieser vermählt.

Das Mädchen heirathet aus Aerger
Den ersten, besten Mann,
Der ihr in den Weg gelaufen;
Der Jüngling ist übel dran.

Es ist eine alte Geschichte,
Doch bleibt sie immer neu;
Und wem sie just passieret,
Dem bricht das Herz entzwei.

Heine.

CCLIX.

Muth.

O Herz, laß ab zu zagen,
Und von dir wirf das Joch!
Du hast so viel getragen,
Du trägst auch dieses noch.

Tritt auf in blanken Waffen,
Mein Geist, und werde frei!
Es gilt noch mehr zu schaffen,
Als einen Liebesmai.

Und ob die Brust auch blutet,
Nur vorwärts in die Bahn!
Du weißt, am vollsten fluthet
Gesang dem wunden Schwan.

Geibel.

CCLX.

Dulde, gedulde dich fein!

Dulde, gedulde dich fein!
Ueber ein Stündlein
Ist deine Kammer voll Sonne.

Ueber den First, wo die Glocken hangen,
Ist schon lange der Schein gegangen,
Ging in Thürmers Fenster ein;
Wer am nächsten dem Sturm der Glocken,
Einsam wohnt er, oft erschrocken,
Doch am frühsten tröstet ihn Sonnenschein.

Wer in tiefen Gaſſen gebaut,
Hütt' an Hüttlein lehnt ſich traut;
Glocken haben ihn nie erſchüttert,
Ueber ihm iſt's, wenn's gewittert,
Aber ſpät ſein Morgen graut.

Höh' und Tiefe hat Glück und Leid.
Du ſag' ab dem thörichten Neid!
Andrer Gram birgt andre Wonne.

Dulde, gedulde dich fein!
Ueber ein Stündlein
Iſt deine Kammer voll Wonne.

Paul Heyſe

CCLXI.

Am Strande.

Auf hochgeſtapelte Ballen blickt
Der Kaufherr mit Ergetzen;
Ein armer Fiſcher daneben flickt
Betrübt an zerriſſnen Netzen.

Manch rüſtig ſtolz bewimpelt Schiff!
Manch morſches Wrack im Sande!
Der Hafen hier, und dort das Riff,
Jetzt Fluth, jetzt Ebb' am Strande.

Hier Sonnenblick, Sturmwolken dort;
Hier Schweigen, dorten Lieder,
Und Heimkehr hier, dort Abſchiedswort;
Die Segel auf und nieder!

Zwei Jungfraun sitzen am Meeresstrand;
Die Eine weint in die Fluthen,
Die Andre, mit dem Kranz in der Hand,
Wirft Rosen in die Fluthen.

Die Eine, trüber Wehmuth Bild,
Stöhnt mit geheimem Beben:
„O Meer, o Meer, so trüb und wild,
Wie gleichst du so ganz dem Leben!"

Die Andre, lichter Freude Bild,
Kos't selig lächelnd daneben:
„O Meer, o Meer, so licht und mild,
Wie gleichst du so ganz dem Leben!"

Fortbraust das Meer und überklingt
Das Jauchzen wie das Stöhnen;
Fortwogt das Meer und, ach, verschlingt
Die Rosen wie die Thränen.
Anastasius Grün.

CCLXII.
Seemorgen.

Der Morgen frisch, die Winde gut,
Die Sonne glüht so helle,
Und brausend geht es durch die Fluth;
Wie wandern wir so schnelle!

Die Wogen stürzen sich heran;
Doch wie sie auch sich bäumen,
Dem Schiff sich werfen in die Bahn,
In toller Mühe schäumen:

Das Schiff, voll froher Wanderlust,
Zieht fort, unaufzuhalten,
Und mächtig wird von seiner Brust
Der Wogendrang gespalten;

Gewirkt von goldner Strahlenhand
Aus dem Gesprüh' der Wogen,
Kommt ihr zur Seit' ein Irisband
Hellflatternd nachgeflogen.

So weit nach Land mein Auge schweift,
Seh' ich die Fluth sich dehnen,
Die uferlose; mich ergreift
Ein ungeduldig Sehnen.

Daß ich so lang euch meiden muß
Berg, Wiese, Laub und Blüthe!
Da lächelt seinen Morgengruß
Ein Kind aus der Kajüte.

Wo fremd die Luft, das Himmelslicht,
Im kalten Wogenlärme,
Wie wohl thut Menschenangesicht
Mit seiner stillen Wärme!

Lenau.

CCLXIII.

Meerfahrt.

Wie so rein des Himmels Bläue
Ueber meinem Haupte glänzt,
Fest und licht wie ewge Treue,
Wandelles und unbegrenzt!

Gleich dem ewgen Frieden schimmert
Ruhig, klar und grün das Meer;
Wie die heilge Liebe flimmert
Hell die Sonne drüber her.

Frei und leicht auf freien Wogen,
Zog das Schiff die ebne Bahn,
Stolz die weißen Segel flogen
Wie der Freiheit Siegesfahn'.

Sonne, Meer und Himmelsbläue,
Nichts ums Schiff sonst ringsumher!
Liebe, Freiheit, Fried' und Treue!
Ei, was willst du denn noch mehr? —

Ach, wenn nur der Wind vom Lande
Mir ein grünes Blatt allein,
Eine Blüthe nur vom Strande
Wehte in das Schiff herein!

Anastasius Grün.

CCLXIV.

Thalatta! Thalatta!

Schön ist's auf dem Meer sich wiegen
In der linden Sommernacht,
Wenn der Mond emporgestiegen
Und die Wellen schlummernd liegen,
Uebersät von Sternenpracht.
O wie ruht die Welt verschwiegen!
O wie athemlos das Meer!
Nur die Abendlüfte fliegen
Grüße tragend hin und her,
Und der Stern der Liebe wacht —
Auf dem Meere sich zu wiegen
Schön ist's in der Sommernacht.

Schön ist's über Meer zu fliegen,
Wenn der Sturm herniederbricht!
Wenn die Möven ängstlich fliegen,
Krachend Bord und Mast sich biegen
Bei der Blitze falbem Licht!
Welch ein Kämpfen! welch ein Kriegen!
Meer und Himmel sind entbrannt!
Aber lächelnd und verschwiegen,
Fest das Steuer in der Hand,
Steht der Mann und zittert nicht —
Schön ist's über Meer zu fliegen,
Wenn der Sturm herniederbricht.

Robert Pruß.

CCLXV.
Du schönes Fischermädchen.

Du schönes Fischermädchen,
Treibe den Kahn ans Land;
Komm zu mir und setze dich nieder,
Wir kosen, Hand in Hand.

Leg an mein Herz dein Köpfchen,
Und fürchte dich nicht so sehr;
Vertraust du dich doch sorglos
Täglich dem wilden Meer!

Mein Herz gleicht ganz dem Meere,
Hat Sturm und Ebb' und Fluth,
Und manche schöne Perle
In seiner Tiefe ruht.

Heine.

CCLXVI.
Das Meer erglänzte weit hinaus.

Das Meer erglänzte weit hinaus
Im letzten Abendscheine;
Wir saßen am einsamen Fischerhaus,
Wir saßen stumm und alleine.

Der Nebel stieg, das Wasser schwoll,
Die Möve flog hin und wieder;
Aus deinen Augen liebevoll
Fielen die Thränen nieder.

19*

Ich sah sie fallen auf deine Hand,
Und bin aufs Knie gesunken;
Ich hab' von deiner weißen Hand
Die Thränen fortgetrunken.

Seit jener Stunde verzehrt sich mein Leib,
Die Seele stirbt vor Sehnen; —
Mich hat das unglückselge Weib
Vergiftet mit ihren Thränen.

Heine.

CCLXVII.
Du bist wie eine Blume.

Du bist wie eine Blume
So hold und schön und rein:
Ich schau' dich an, und Wehmuth
Schleicht mir ins Herz hinein.

Mir ist, als ob ich die Hände
Auf's Haupt dir legen sollt',
Betend, daß Gott dich erhalte
So rein und schön und hold.

Heine.

CCLXVIII.
Wenn ich an deinem Hause.

Wenn ich an deinem Hause
Des Morgens vorüber geh',
So freut's mich, du liebe Kleine,
Wenn ich dich am Fenster seh'.

Mit deinen schwarzbraunen Augen
Siehst du mich forschend an:
„Wer bist du, und was fehlt dir,
Du fremder, kranker Mann?" —

Ich bin ein deutscher Dichter,
Bekannt im deutschen Land;
Nennt man die besten Namen,
So wird auch der meine genannt.

Und was mir fehlt, du Kleine,
Fehlt Manchem im deutschen Land;
Nennt man die schlimmsten Schmerzen,
So wird auch der meine genannt.

Heine.

CCLXIX.

Sie haben mich gequälet.

Sie haben mich gequälet,
Geärgert blau und blaß,
Die Einen mit ihrer Liebe,
Die Andern mit ihrem Haß.

Sie haben das Brot mir vergiftet,
Sie gossen mir Gift ins Glas,
Die Einen mit ihrer Liebe,
Die Andern mit ihrem Haß.

Doch sie, die mich am meisten
Gequält, geärgert, betrübt,
Die hat mich nie gehasset,
Und hat mich nie geliebt.

Heine

CCLXX.
Ich liebe Dich!

Das Abendglöcklein hört' ich klingen,
Bald klang es leis, bald klang es laut, —
Galt's eines Herzens letztem Ringen?
Galt's einer myrthenschmucken Braut?
Im Klange sprach ein leises Mahnen:
So tönet voll beglückter Pein,
So muß das träumerische Ahnen
Der Liebe sein!

Es summte auf dem Blumengrunde,
Es trank aus einem Honigkrug
Das Bienchen mit dem süßen Munde,
Das heimlich doch den Stachel trug.
Im Summen sprach ein leises Mahnen:
So sticht voll Lust, so sticht voll Pein,
So muß das träumerische Ahnen
Der Liebe sein!

Die Nachtigall vernahm ich schlagen,
So freudiglich, so wehmuthsvoll,
Als ob ihr in des Liedes Klagen
Die Thräne aus dem Auge quoll!
Im Liede sprach ein leises Mahnen:
So tönt in Lust, so tönt in Pein,
So muß das träumerische Ahnen
Der Liebe sein!

Ach und des Abendglöckleins Klagen,
Das Bienensummen fern und nah,
Und dieses Nachtigallenschlagen
Vernahm ich, als ich dich ersah.
Erst rauschten wirr die Klänge alle,
So wehmuthsvoll, so freudiglich,
Und starben dann in Einem Halle:
Ich liebe dich!

Karl Beck.

CCLXXI.

Dein.

Wenn ich dir in die Augen sehe,
Die Augen seltsam scheu und mild,
Ist mir's wie in des Sees Nähe,
Der leis im Mondeslichte schwillt.

Ich weiß nicht, flüstern mir die Wellen:
„O komm, o komm zu uns herab!"
Ich weiß nicht, ob sie warnend schwellen:
„O bleibe fern, wir sind dein Grab!"

Seh' ich zu mir dich lächelnd neigen,
Preis' ich in Demuth mein Geschick;
Was meiner Seele eigenst eigen,
Du nimmst es hin mit einem Blick!

Was ich in Glück und Leid besessen,
Zieht wie ein Traumgebild von mir;
Was Leben war, hab' ich vergessen,
Seit ich lebendig bin in dir.

Und ist durch dich mir Tod gesendet,
Solch Sterben ist ein süßes Heil;
Der Schmerz, durch den mein Leben endet,
Ist meines Lebens bestes Theil.

Hammer.

CCLXXII.
Im Winter.

Der Winter steigt, ein Riesenschwan, hernieder,
Die weite Welt bedeckt sein Schneegefieder.
Er singt kein Lied, so sterbensmatt er liegt,
Und brütend auf die todte Saat sich schmiegt;
Der junge Lenz doch schläft in seinem Schooß,
Und saugt an seiner kalten Brust sich groß,
Und blüht wohl einst in tausend Blumen auf,
Und jubelt einst in tausend Liedern auf.

So steigt, ein bleicher Schwan, der Tod hernieder,
Senkt auf die Saat der Gräber sein Gefieder,
Und breitet weithin über stilles Land,
Selbst still und stumm, das starre Eisgewand;
Manch frischen Hügel, manch verwehrt Gebein,
Wohl theure Saaten, hüllt sein Busen ein; —
Wir aber stehn dabei und harren still,
Ob nicht der Frühling bald erblühen will? — —

Anastasius Grün.

CCLXXIII.

Erster Schnee.

Erster Schnee liegt auf den Bäumen,
Die noch jüngst so grün belaubt —
Erstes Weh liegt auf den Träumen,
Die noch jüngst an Glück geglaubt.

Erster Schnee ist bald verschwunden,
Wenn darauf die Sonne weilt —
Erstes Weh schlägt tiefre Wunden,
Die kein Freudenstrahl mehr heilt.

Moritz Hartmann.

CCLXXIV.

Winternacht.

Vor Kälte ist die Luft erstarrt,
Es kracht der Schnee von meinen Tritten,
Es dampft mein Hauch, es klirrt mein Bart;
Nur fort, nur immer fortgeschritten!

Wie feierlich die Gegend schweigt!
Der Mond bescheint die alten Fichten,
Die, sehnsuchtsvoll zum Tod geneigt,
Den Zweig zurück zur Erde richten.

Frost! friere mir ins Herz hinein,
Tief in das heißbewegte, wilde!
Daß einmal Ruh mag drinnen sein,
Wie hier im nächtlichen Gefilde!

Lenau.

CCLXXV.
Der Zigeunerbube im Norden.

Fern im Süd das schöne Spanien,
Spanien ist mein Heimathland,
Wo die schattigen Kastanien
Rauschen an des Ebro Strand,
Wo die Mandeln röthlich blühen,
Wo die heiße Traube winkt,
Und die Rosen schöner glühen,
Und das Mondlicht goldner blinkt.

Und nun wandr' ich mit der Laute
Traurig hier von Haus zu Haus,
Doch kein helles Auge schaute
Freundlich noch nach mir heraus.
Spärlich reicht man mir die Gaben,
Mürrisch heißet man mich gehn;
Ach, den armen braunen Knaben
Will kein Einziger verstehn.

Dieser Nebel drückt mich nieder,
Der die Sonne mir entfernt,
Und die alten lust'gen Lieder
Hab' ich alle fast verlernt.
Immer in die Melodien
Schleicht der Eine Klang sich ein:
In die Heimath möcht' ich ziehen,
In das Land voll Sonnenschein!

Als beim letzten Erntefeste
Man den großen Reigen hielt,
Hab' ich jüngst das allerbeste
Meiner Lieder aufgespielt.
Doch wie sich die Paare schwangen
In der Abendsonne Gold,
Sind auf meine dunkeln Wangen
Heiße Thränen hingerollt.

Ach, ich dachte bei dem Tanze
An des Vaterlandes Lust,
Wo im duft'gen Mondenglanze
Freier athmet jede Brust,
Wo sich bei der Cither Tönen
Jeder Fuß beflügelt schwingt,
Und der Knabe mit der Schönen
Glühend den Fandango schlingt.

Nein! des Herzens sehnend Schlagen
Länger halt' ich's nicht zurück!
Will ja jeder Lust entsagen,
Laßt mir nur der Heimath Glück!
Fort zum Süden! Fort nach Spanien!
In das Land voll Sonnenschein!
Unterm Schatten der Kastanien
Muß ich einst begraben sein.

Geibel.

CCLXXVI.

Ein Fichtenbaum steht einsam.

Ein Fichtenbaum steht einsam
Im Norden auf kahler Höh'.
Ihn schläfert; mit weißer Decke
Umhüllen ihn Eis und Schnee.

Er träumt von einer Palme,
Die fern im Morgenland
Einsam und schweigend trauert
Auf brennender Felsenwand.

Heine.

CCLXXVII.

Wär' ich im Bann von Mekka's Thoren.

Wär' ich im Bann von Mekka's Thoren,
Wär' ich auf Yemens glüh'ndem Sand,
Wär' ich am Sinai geboren,
Dann führt' ein Schwert wohl diese Hand;

Dann zög' ich wohl mit flücht'gen Pferden
Durch Jethro's flammendes Gebiet!
Dann hielt' ich wohl mit meinen Herden
Rast bei dem Busche, der geglüht;

Dann Abends wohl vor meinem Stamme,
In eines Zeltes luft'gem Haus,
Strömt' ich der Dichtung innre Flamme
In lobernden Gesängen aus;

Dann wohl an meinen Lippen hinge
Ein ganzes Volk, ein ganzes Land;
Gleichwie mit Salamonis Ringe
Herrscht' ich, ein Zauberer, im Sand.

Nomaden sind ja meine Hörer,
Zu deren Geist die Wildniß spricht;
Die vor dem Samum, dem Zerstörer,
Sich werfen auf das Angesicht;

Die allzeit auf den Rossen hängen,
Absitzend nur am Wüstenbronn;
Die mit verhängten Zügeln sprengen
Von Aden bis zum Libanon;

Die Nachts als nimmermüde Späher,
Bei ihrem Vieh ruhn auf der Trift,
Und, wie vor Zeiten die Chaldäer,
Anschau'n des Himmels goldne Schrift;

Die oft ein Murmeln noch vernehmen
Von Sina's gluthgeborstnen Höh'n;
Die oft des Wüstengeistes Schemen
In Säulen Rauches wandeln sehn;

Die durch den Riß oft des Gesteines
Erschau'n das Flammen seiner Stirn —
Ha, Männer, denen glüh'nd wie meines
In heißen Schädeln brennt das Hirn.

O Land der Zelte, der Geschosse!
O Volk der Wüste, kühn und schlicht!
Beduin, du selbst auf deinem Rosse
Bist ein phantastisches Gedicht! —

Ich irr' auf mitternächt'ger Küste;
Der Norden, ach! ist kalt und klug.
Ich wollt', ich säng' im Sand der Wüste,
Gelehnt an eines Hengstes Bug.

Freiligrath

.

CCLXXVIII.
Strophen aus der Fremde.

Ich möchte hingehn wie das Abendroth
Und wie der Tag mit seinen letzten Gluthen —
O leichter, sanfter, ungefühlter Tod! —
Sich in den Schooß des Ewigen verbluten.

Ich möchte hingehn wie der heitre Stern,
Im vollsten Glanz, in ungeschwächtem Blinken;
So stille und so schmerzlos möchte gern
Ich in des Himmels blauen Tiefen sinken.

Ich möchte hingehn wie der Blume Duft,
Der freudig sich dem schönen Kelch entringet,
Und auf dem Fittig blüthenschwangrer Luft
Als Weihrauch auf des Herrn Altar sich schwinget.

Ich möchte hingehn wie der Thau im Thal,
Wenn durstig ihm des Morgens Feuer winken;
O wollte Gott, wie ihn der Sonnenstrahl,
Auch meine lebensmüde Seele trinken!

Ich möchte hingehn wie der bange Ton,
Der aus den Saiten einer Harfe dringet,
Und, kaum dem irdischen Metall entflohn,
Ein Wohllaut in des Schöpfers Brust erklinget.

Du wirst nicht hingehn wie das Abendroth,
Du wirst nicht stille wie der Stern versinken,
Du stirbst nicht einer Blume leichten Tod,
Kein Morgenstrahl wird deine Seele trinken.

Wohl wirst du hingehn, hingehn ohne Spur,
Doch wird das Elend deine Kraft erst schwächen,
Sanft stirbt es einzig sich in der Natur,
Das arme Menschenherz muß stückweis brechen.

Herwegh.

CCLXXIX.

Asyl.

Hohe Klippen, rings geschlossen,
Wenig kümmerliche Föhren,
Trübe flüsternde Genossen,
Die hier keinen Vogel hören;

Nichts vom freudigen Gesange
In den schönen Frühlingszeiten;
Geiern wird es hier zu bange,
In so dunkeln Einsamkeiten.

Weiches Moos am Felsgesteine,
Schwellend scheint es zu begehren:
Komm, o Wolke, weine, weine
Mir zu die geheimen Zähren!

Winde hauchen hier so leise,
Räthselstimmen tiefer Trauer;
Hier und dort die Blumenwaise
Zittert still im Abendschauer.

Und kein Bach nach diesen Gründen
Darf mit seinem Rauschen kommen,
Darf der Welt verrathend künden,
Was er Stilles hier vernommen; ·

Denn die rauhen Felsen sorgen,
Daß noch Eine Stätte bliebe,
Wo ausweinen kann verborgen
Eine unglückliche Liebe.

CCLXXX.

Ins Meer.

Wo fern verhallt der Erde Schmerz,
Wo Sturm und Woge sich befehden,
Zu dir allein nur Sterne reden,
Hinaus zur See, mein stolzes Herz!

Sie ebbt und fluthet, hat nicht Ruh,
Sie treibt's wie Sehnsucht in die Ferne,
Sie trägt an ihrer Brust die Sterne,
Und stürmt dann wieder, so wie du.

Sie aber pulst und wogt nicht aus,
Und trägt an ihrer Brust nicht Spuren
Von Stürmen, die vorüberfuhren —
Das hast nur du, mein Herz, voraus!

L. A. Frankl.

CCLXXXI.

Wie des Mondes Abbild zittert.

Wie des Mondes Abbild zittert
In den wilden Meereswogen,
Und er selber still und sicher
Wandelt an dem Himmelsbogen:

Also wandelst du, Geliebte,
Still und sicher, und es zittert
Nur dein Abbild mir im Herzen,
Weil mein eignes Herz erschüttert.

Heine.

CCLXXXII.

Am Strande.

Was ſchreibt die Woge in den Sand?
Sie ſchreibt hinein ihr bittres Leiden,
Ihr ewig Kommen, ewig Scheiden,
Die kurze Raſt am theuern Strand.

Ich aber ſtarr' ins Meer hinaus!
Mein ſelig Hoffen, freudig Lieben,
Ich hab' es in den Sand geſchrieben;
Die nächſte Welle löſcht es aus.

R. Gottſchall

CCLXXXIII.

O Inſel, ſo waldgrün.

O Inſel, ſo waldgrün, wie lockſt du den Sinn!
Meiner Sehnſucht Gedanken, wie flattern ſie hin!
Fern grüßt er herüber mit ſelſigem Rand
Ueber ſchimmernde Wellen, dein blumiger Strand!
Sind's die Reben, die Roſen auf den ſonnigen Höhn,
Die Cypreſſen im Thalgrund, die ſo friedlich wehn,
Sind's die Büſche des Lorbeers ob der ſelſigen Kluft,
Was am lieblichſten lockend hinüber mich ruft?

Iſt's ſeliger zu wandeln bei den Roſen am Hang,
Oder Lorbeer zu pflücken unter ſüßem Geſang,
Oder ſterbend entſchlummert bei den Liedern des Schaums
An Cypreſſen geſchmiegt ruhn in den Armen des Traums?

Hamerling.

CCLXXXIV.

Lied vom Winde.

Sausewind! Brausewind!
Dort und hier!
Deine Heimath sage mir!

„Kindlein, wir fahren
Seit viel vielen Jahren
Durch die weit, weite Welt,
Und möchten's erfragen,
Die Antwort erjagen,
Bei den Bergen, den Meeren,
Bei des Himmels klingenden Heeren,
Die wissen es nie.
Bist du klüger als sie,
Magst du es sagen.
— Fort, wohlauf!
Halt uns nicht auf!
Kommen andre nach, unsre Brüder,
Da frag wieder."

Halt an! Gemach!
Eine kleine Frist!
Sagt, wo der Liebe Heimath ist,
Ihr Anfang, ihr Ende?

„Wer's nennen könnte!
Schelmisches Kind,
Lieb' ist wie Wind,
Rasch und lebendig,
Ruhet nie,
Ewig ist sie,
Aber nicht immer beständig.
— Fort! Wohlauf! auf!
Halt uns nicht auf!
Fort über Stoppel und Wälder und Wiesen!
Wenn ich dein Schätzchen seh,
Will ich es grüßen.
Kindlein, Ade."

Mörike.

CCLXXXV.

Schlimmer Trost.

Ich seh' in die düstre Nacht hinaus,
Den freundlich stillen Mond ich frage:
Wann schwindet der Schmerz und wann die Pein,
Die ich im tiefsten Herzen trage? —

Doch ach, es seufzt der Mond und spricht:
Mein Freund, ich kann dir Trost nicht spenden,
Es wandern die Wolken und wissen viel,
Mußt dich um Rath an diese wenden.

Nun wend' ich an die Wolken mich,
Doch hastig rufen sie mir zu:
Uns mangelt Zeit — frag nur den Wind —
Der uns hinjagt — ohn' Rast und Ruh.

Und als ich drauf dem Wind geklagt
Den Schmerz, der mich so tief ergriffen,
Da blies er Staub mir ins Gesicht
Und hat dazu mich ausgepfiffen.

Adolf Buchheim

CCLXXXVI.

Und wüßten's die Blumen, die kleinen.

Und wüßten's die Blumen, die kleinen,
Wie tief verwundet mein Herz,
Sie würden mit mir weinen,
Zu heilen meinen Schmerz.

Und wüßten's die Nachtigallen,
Wie ich so traurig und krank,
Sie ließen fröhlich erschallen
Erquickenden Gesang.

Und wüßten sie mein Wehe
Die goldnen Sternelein,
Sie kämen aus ihrer Höhe,
Und sprächen Trost mir ein.

Die alle können's nicht wissen,
Nur Eine kennt meinen Schmerz:
Sie hat ja selbst zerrissen,
Zerrissen mir das Herz.

Heine.

CCLXXXVII.

Daheim.

Ich habe dein Bild am Himmel fern
Gesucht beim bleichen Morgenstern,
Ich schwebte dir nach mit dem Schwalbenzug,
Der gen Mittag nimmt den geschwinden Flug,
Die Arme hob ich nach deiner Gestalt,
Wenn die Berge des Abends Gold umwallt.
An aller hohen Dinge Glanz
Hab' ich dein Bild gebunden,
Und habe dich nirgend so rein und ganz,
Als bei dir selbst gefunden.

J. G. Fischer.

CCLXXXVIII.

Frauenliebe.

Frauenliebe ist die Quell' im Thale,
Die, ob Eis sie noch so fest umschließt,
Bei dem ersten warmen Sonnenstrahle
Wieder reicher wallend sich ergießt.

Frauenlieb' ist gleich dem Rosenstrauche,
Ob ihm Nord und Sturm die Blüthen raubt,
Bei dem ersten warmen Frühlingshauche
Hebt, aufs neu erblühend, er das Haupt.

Frauenlieb ist gleich dem Abendsterne,
Scheint vergebens er auch tausendmal,
Ruhig harrt er in der blauen Ferne,
Bis ein liebend Aug erkennt den Strahl.

Frauenliebe ist die Philomele,
Die verwundet auch im Käfig singt;
Frauenliebe ist die Frauenseele,
Die unsterblich über's Grab sich schwingt.

Louise von Ploennies.

CCLXXXIX.

Rühret nicht daran.

Wo still ein Herz von Liebe glüht,
O rühret, rühret nicht daran!
Den Gottesfunken löscht nicht aus!
Fürwahr, es ist nicht wohlgethan.

Wenn's irgend auf dem Erdenrund
Ein unentweihtes Plätzchen giebt,
So ist's ein junges Menschenherz,
Das fromm zum erstenmale liebt.

O gönnet ihm den Frühlingstraum,
In dem's voll ros'ger Blüthen steht!
Ihr wißt nicht, welch ein Paradies
Mit diesem Traum verloren geht.

Es brach schon manch ein starkes Herz,
Da man sein Lieben ihm entriß,
Und manches duldend wandte sich
Und ward voll Haß und Finsterniß;

Und manches, das sich blutend schloß,
Schrie laut nach Lust in seiner Noth,
Und warf sich in den Staub der Welt;
Der schöne Gott in ihm war todt.

Dann weint ihr wohl und klagt euch an;
Doch keine Thräne heißer Reu
Macht eine welke Rose blühn,
Erweckt ein todtes Herz aufs neu.

                                                  Geibel.

CCXC.
Schöne Wiege meiner Leiden.

Schöne Wiege meiner Leiden,
Schönes Grabmal meiner Ruh,
Schöne Stadt, wir müssen scheiden —
Lebe wohl! ruf' ich dir zu.

Lebe wohl, du heilge Schwelle,
Wo da wandelt Liebchen traut;
Lebe wohl, du heilge Stelle,
Wo ich sie zuerst geschaut.

Hätt' ich dich doch nie gesehen,
Schöne Herzenskönigin!
Nimmer wär' es dann geschehen,
Daß ich jetzt so elend bin.

Nie wollt' ich dein Herze rühren,
Liebe hab' ich nie erfleht;
Nur ein stilles Leben führen
Wollt' ich, wo dein Otem weht.

Doch du drängst mich selbst von hinnen,
Bittre Worte spricht dein Mund;
Wahnsinn wühlt in meinen Sinnen,
Und mein Herz ist krank und wund.

Und die Glieder matt und träge
Schlepp' ich fort am Wanderstab,
Bis mein müdes Haupt ich lege
Ferne in ein kühles Grab.

Heine.

CCXCI.
Am fernen Horizonte.

Am fernen Horizonte
Erscheint, wie ein Nebelbild,
Die Stadt mit ihren Thürmen,
In Abenddämmrung gehüllt.

Ein feuchter Windzug kräuselt
Die graue Wasserbahn;
Mit traurigem Takte rudert
Der Schiffer in meinem Kahn.

Die Sonne hebt sich noch einmal
Leuchtend vom Boden empor,
Und zeigt mir jene Stelle,
Wo ich das Liebste verlor.

Heine.

CCXCII.
An die Wolke.

Zieh nicht ſo ſchnell vorüber
An dieſer ſtillen Haide,
Zieh nicht ſo ſchen vorüber
An meinem tiefen Leide,
Du Wolke in der Höh,
Steh' ſtill bei meinem Weh!

O nimm anf deine Schwingen
Und trag zu ihr die Kunde,
Wie Schmerz und Groll noch ringen,
Und bluten aus der Wunde,
Die mir mit ihrem Trug
Die Ungetreue ſchlug.

Und kommſt auf deinen Wegen
Du an vor ihrem Hauſe,
So ſtürze dich als Regen
Herunter mit Gebrauſe,
Daß ſie bei dunkler Nacht
Aus ihrem Traum erwacht.

Schlag an die Fenſterſcheibe,
Und ſchlag an ihre Thüre,
Und ſei dem falſchen Weibe
Ein Mahner an die Schwüre,
Die ſie mir weinend ſprach,
Und die ſie lächelnd brach.

Und will sie das nicht hören,
So magst von deinem Sitze
Du, Donner, dich empören,
Dann rüttelt, all ihr Blitze,
Wenn ihr vorüberzieht,
An ihrem Augenlid.

Lenau.

CCXCIII.

O du, vor dem die Stürme schweigen.

O du, vor dem die Stürme schweigen,
Vor dem das Meer versinkt in Ruh,
Dies wilde Herz nimm hin zu eigen
Und führ es deinem Frieden zu;
Dies Herz, das ewig umgetrieben
Entlodert allzurasch entfacht,
Und ach, mit seinem irren Lieben
Sich selbst und andre elend macht.

Entreiß es, Herr, dem Sturm der Sinne,
Der Wünsche treulos schwankem Spiel,
Dem dunkeln Drange seiner Minne,
Gieb ihm ein unvergänglich Ziel;
Auf daß es, los vom Augenblicke,
Von Zweifel, Angst und Reue frei,
Sich einmal ganz und voll erquicke
Und endlich, endlich stille sei.

Geibel.

CCXCIV.

Reiterlied.

Die bange Nacht ist nun herum,
Wir reiten still, wir reiten stumm,
Und reiten ins Verderben.
Wie weht so scharf der Morgenwind!
Frau Wirthin, noch ein Glas geschwind
Vorm Sterben, vorm Sterben.

Du junges Gras, was stehst so grün?
Mußt bald wie lauter Röslein blühn,
Mein Blut ja soll dich färben.
Den ersten Schluck, ans Schwert die Hand,
Den trink' ich für das Vaterland
Zu sterben, zu sterben!

Und schnell den zweiten hinterdrein,
Und der soll für die Freiheit sein,
Der zweite Schluck vom Herben!
Dies Restchen — nun wem bring' ich's gleich!
Dies Restchen dir, o römisch Reich,
Zum Sterben, zum Sterben.

Dem Liebchen — doch das Glas ist leer,
Die Kugel saust, es blitzt der Speer;
Bringt meinem Kind die Scherben!
Auf, in den Feind, wie Wetterschlag!
O Reiterlust, am frühen Tag
Zu sterben, zu sterben.

                                        Herwegh.

CCXCV.
In der Frühe.

Andächtig neigen sich rings die Wipfel,
Die Lerchen sind wach und die Bergesgipfel,
Es naht sich der Tag so frisch und jung.
Mich faßt ein ahnungsvoll' Behagen,
Mir ist's, als müßt' es endlich tagen
Auch in des Busens Dämmerung.

R. Gottschall.

CCXCVI.
Auch der Schmerz ist Gottes Bote.

Auch der Schmerz ist Gottes Bote; ernster Mahnung heilge
Worte
Bringt er uns und öffnet leise tiefgeheimer Weisheit Pforte.

Aber unser irrend Auge, vielgetrübt vom Staub der
Mängel,
Nicht erkennt es in der dunkeln Schattentracht sogleich
den Engel.

Daß sein bittrer Kelch uns fromme, ach, es dünkt uns
eitles Wähnen,
Und das eigne Heil mißachtend, grüßen wir's mit heißen
Thränen.

Erst wenn scheidend der Verhüllte wiederum sich von
                               uns wendet,
Sehn wir plötzlich überm Haupt ihm eine Glorie, die
                               uns blendet.

Durch die dunkeln Schleier brechen Silberflügel klar ge-
                               theilet,
Und die Seele ahnt es schauernd, welch ein Gast bei
                               ihr geweilet.
                               Geibel.

CCXCVII.
Stimme des Kindes.

Ein schlafend Kind! o still! in diesen Zügen
Könnt ihr das Paradies zurückbeschwören;
Es lächelt süß, als lauscht' es Engelchören,
Den Mund umsäuselt himmlisches Vergnügen.

O schweige, Welt, mit deinen lauten Lügen,
Die Wahrheit dieses Traumes nicht zu stören!
Laß mich das Kind im Traume sprechen hören,
Und mich, vergessend, in die Unschuld fügen!

Das Kind, nicht ahnend mein bewegtes Lauschen,
Mit dunkeln Lauten hat mein Herz gesegnet,
Mehr als im stillen Wald des Baumes Rauschen;

Ein tiefres Heimweh hat mich überfallen,
Als wenn es auf die stille Haide regnet,
Wenn im Gebirg die fernen Glocken hallen.
                               Lenau.

CCXCVIII.

Das Kind.

1.

Was eine Kindesseele
Aus jedem Blick verspricht!
So reich ist doch an Hoffnung
Ein ganzer Frühling nicht.

Wie uns den Frühling künde
Ein Veilchen schon im März,
So ward dein Kind ein Frühling
Für dich, o Mutterherz!

Es wird zur Rose werden
In Zucht und Sittsamkeit
Und dir erneu'n auf Erden
Die eigne Frühlingszeit.

2.

Schön wie's Lied der Nachtigallen,
Schön wie eines Sternes Licht
Ist des Kindes süßes Lallen,
Ist sein lächelnd Angesicht.

Aus den blauen Augen schauen
Himmelsfried und sel'ge Ruh;
Heiter, wie voll Gottvertrauen,
Lächelt es uns allen zu.

So in Reden und Geberden
Sei auch du den Kindern gleich;
Ihnen gab schon hier auf Erden
Gott der Herr das Himmelreich.

Hoffmann von Fallersleben.

CCXCIX.
Kinderfreude.

Den Kindern mache ihre Jugend schön!
Versäume auch die kleinste Freude nicht!
Du machst sie jetzo wie zu kleinen Göttern,
Du gründest ihnen auf des Lebens Zeit
Ein froh Gemüth, ein immer heitres Herz.
Die Freuden ihrer Jugend dauern nicht,
Sie wissen einst nichts mehr von diesem Tag —
Von jenem; von den reifen Nüssen nichts,
Die sie vom Baume klopften, von der Stange;
Sie wissen nichts vom Lächeln ihrer Mutter
Wenn sie die traubenvollen Körbe brachten —
Doch alle Freude schlug in ihren Sinn,
Sie hoffen immer Holdes von der Welt!
Die einst so schön war, kann auch trübe sein!
Und froher Muth erträgt auch einst das Herbe
Mit erster Kraft, zu Dankbarkeit sogar
Bei erstem hellem Sonnenblick bereit.

Doch schwerverlebte saure Kinderzeit
Macht ernste, finstere Gesichter, macht
Ein düstres Auge. Dein bedrücktes Kind,
Das einstens an der Puppe Mangel litt,
Dem selbst der Ball im neuen Frühling fehlte...
Das arme groß gewachsne Kind, es lächelt
Kaum wieder sein Kind an, das zu ihm lächelt!
Die Kinderfreude trägt die höchsten Zinsen;
Der Mensch bedarf sie einst, getrost zu leben,
Der Geist des Alls bedarf sie, um sich himmlisch,
In seinem schönen Himmel auch zu fühlen.

L. Schefer.

CCC.
Fürbitte.

Gedenke daß du Schuldner bist
Der Armen, die nichts haben,
Und deren Recht gleich deinem ist
An allen Erdengaben.
Wenn jemals noch zu dir des Lebens
Gesegnet goldne Ströme gehn,
Laß nicht auf deinen Tisch vergebens
Den Hungrigen durchs Fenster sehn;
Verscheuche nicht die wilde Taube,
Laß hinter dir noch Aehren stehn,
Und nimm dem Weinstock nicht die letzte Traube.

Hermann Lingg

CCCI.
Heitere Geister.

In den Flaschen sind gebunden
Märchengeister mancherlei,
Und wenn's glückt, in guten Stunden
Werden sie geschwätzig frei.
Von vergangnen schönen Tagen
Wissen sie da viel zu sagen,
Und manch' Räthsel lösen sie.

Durch die Köpfe wackrer Zecher
Spukt die kleine Zauberschaar;
Mancher wird beredter Sprecher,
Der erst still und schweigsam war,
Lustig mancher Grillenfänger,
Und die Zunft der Minnesänger
Spart die süßen Lieder nicht.

Jedes Herz liegt klar und offen,
Wie ein aufgeschlagnes Blatt,
Drauf Erinnrung sich und Hoffen,
Lust und Leid geschrieben hat.
Alle Zweifel sind gehoben,
Und die Sterne selber droben
Beugen lächelnd sich herab.

Becher laßt an Becher klingen,
Weckt die guten Geister schnell,
Die mit ros'gen Aetherschwingen
Tauchen aus dem duft'gen Quell.
Klingklang ringsum! Um die Wette
Fügt sich Ton an Ton zur Kette,
Die die Herzen traut umschlingt.

Julius Hammer

CCCII.

Frau Musica, o habet Dank.

Frau Musica, o habet Dank
Und seid mir hoch gepriesen,
Daß ihr in Sang und Spielmannskunst
Mich löblich unterwiesen.

Die Sprache ist ein edel Ding,
Doch hat sie ihre Schranken;
Ich glaub', noch immer fehlt's am Wort
Für die feinsten und tiefsten Gedanken.

Schad't nichts, wenn auch ob dem und dem
Die Reden all' verstummen,
Es hebt sich dann im Herzensgrund
Ein wunderbares Summen.

Es summt und brummt, es tönt und weht —
Schier wird's dem Herz zu enge,
Bis daß vollendet draus entschwebt
Der Geisterschwarm der Klänge.

21*

Und vor der Liebsten ständ' ich oft
Als wie der dümmste Geselle,
Hätt' ich nicht gleich ein frisches Lied
Und die Trompet' zur Stelle.

Drum habet Dank, Frau Musica,
Und seid mir hoch gepriesen,
Daß ihr in Sang und Spielmannskunst
Mich löblich unterwiesen.

Scheffel.

CCCIII.
Ermunterung.

Die Lerche steigt, ein verkörpertes Lied,
H.Uklingend gen Himmel, dahin es sie zieht,
Und selig wirbelt sie in den Höhn:
„Die Welt ist schön!"

Der Strahl des Morgens erweckt die Blum',
Auf schließt sie ihr duftendes Heiligthum,
Aus offenem Kelche die Düfte wehn:
„Die Welt ist schön!"

Im flüssigen Silber, im schimmernden Bach
Eilt flüchtig die Welle der Welle nach,
Sie netzen das Ufer mit sanftem Getön:
„Die Welt ist schön!"

Was stehst du, Mensch, mit finsterem Blick
Und schaust in die finstere Brust zurück,
O wolle den Jubel doch ringsum sehn,
Die Welt ist so schön!

K. E. Ebert.

CCCIV.
Mein Kind, wir waren Kinder.

Mein Kind, wir waren Kinder,
Zwei Kinder, klein und froh;
Wir krochen ins Hühnerhäuschen,
Versteckten uns unter das Stroh.

Wir krähten wie die Hähne,
Und kamen Leute vorbei —
„Kikereküh!" sie glaubten,
Es wäre Hahnengeschrei.

Die Kisten auf unserem Hofe
Die tapezierten wir aus,
Und wohnten drin beisammen,
Und machten ein vornehmes Haus.

Des Nachbars alte Katze
Kam öfters zum Besuch;
Wir machten ihr Bückling' und Knixe
Und Komplimente genug.

Wir haben nach ihrem Befinden
Besorglich und freundlich gefragt:
Wir haben seitdem Dasselbe
Mancher alten Katze gesagt.

Wir saßen auch oft und sprachen
Vernünftig, wie alte Leut',
Und klagten, wie Alles besser
Gewesen zu unserer Zeit;

Wie Lieb und Treu und Glauben
Verschwunden aus der Welt,
Und wie so theuer der Kaffee,
Und wie so rar das Geld! — — —

Vorbei sind die Kinderspiele,
Und Alles rollt vorbei —
Das Geld und die Welt und die Zeiten,
Und Glauben und Lieb und Treu.

Heine.

CCCV.

Abschied.

Es ist nun einmal so gekommen,
Ich bleib' allein — du gehst von hier;
Halb wird das Leben mir genommen,
Doch leben werd' ich, glaube mir!

Ein dünner Faden ist das Leben,
Doch aber zäh', unendlich zäh';
Er überdauert Lust und Beben,
Er überdauert Wonn' und Weh.

Darum entschlage dich des Bangens.
Zieh' ruhig — sorge nicht um mich,
Trotz alles Hangens und Verlangens
Werd' ich auch leben ohne — dich!

Sieh jenen Vogel dort im Bauer,
Man grub ihm beide Augen aus,
Und dennoch lebt er, lebt in Trauer,
Und horch! er singt in seinem Haus.

Tritt hin, vermehre seinen Jammer,
Schlag ihm die Flügel auch entzwei:
Er lebt noch, hüpft in finstrer Kammer,
Und singt ein Schmerzenslied dabei.

Und so gedenk' auch ich zu leben,
Beraubt zwar meines Augenlichts,
Zu schwach, die Schwingen mehr zu heben,
Doch leben werd' ich — fürchte nichts!

Und so gedenk' auch ich zu singen
Ein Schmerzenslied, ein Lied von dir,
Das mir ersetze Licht und Schwingen —
Ich werde leben — glaube mir! —

J. G. Seidl.

CCCVI.
Der Rosenstrauch.

Das Kind schläft unter dem Rosenstrauch,
Die Knospen schwellen im Maienhauch;
Es ruht so selig, es träumt so süß,
Und spielt mit den Engeln im Paradies.
Die Jahre vergehen. —

Die Jungfrau steht vor dem Rosenstrauch,
Umspielt von der Blüthen duftigem Hauch.
Sie preßt die Hand auf die schwellende Brust,
Erglühend in wunderseliger Lust.
Die Jahre vergehen. —

Die Mutter kniet vor dem Rosenstrauch,
Die Blätter säuseln im Abendhauch.
Sie denkt an vergangene Tage zurück,
Es schwimmet in Thränen ihr trüber Blick.
          Die Jahre vergehen. —

Entblättert trauert der Rosenstrauch,
Die Blätter verwehten im Herbsteshauch.
Die Blätter welkten und fielen ab
Und deckten flüsternd ein stilles Grab.
          Die Jahre vergehen!

                                   Ferrand.

CCCVII.
Zuflucht.

Thut man Kindern was zu Leide,
Fliehn zur Mutter sie voll Schrecken,
Sich in ihrem Faltenkleide
Vor dem Quäler zu verstecken.

Weiche Herzen bleiben Kinder
All ihr Leben, und es falle
Ihnen auch das Loos gelinder
Als den Herzen von Metalle.

Jagt sie Unglück, wie zum Fluche,
Fliehn sie bang und immer bänger,
Bis sie hinter'm Leichentuche
Sich verbergen ihrem Dränger.

                                   Lenau.

CCCVIII.

Feinde.

Wenn du's so weit bringst, daß du Feinde hast,
Dann lob' ich dich, weil Alle noch nicht gut sind.
Wenn du es auch verschweigst, doch schäme dich
Nicht, daß du Feinde hast — wer Feinde nicht
Ertragen kann, ist keines Freundes werth.
Dir müssen Feind sein: die die Knechtschaft wollen!
Dir müssen Feind sein: die die Wahrheit fürchten!
Dir müssen Feind sein: die das Recht verdrehen!
Dir müssen Feind sein: die von Ehre weichen!
Dir müssen Feind sein: die nicht Freunde haben,
Nur Mitgenossen ihrer irren Frevel;
Dir müssen Feind sein: die nicht Feinde haben,
Weil — um für sich Verzeihung zu gewinnen,
Die Welt zu leicht verzeiht. Dir müssen Feind sein:
Für welche du nicht Freund bist. Stark ertrage
Der Schlechten Feindschaft! Sie ist schwach und nichtig
Und stehst du da als warmer reiner Strahl
Des Himmelsfeuers, dann erwärmest du
Die Guten, und sie schließen sich an dich.
Du aber sei der Feinde wahrster Freund
Und lasse nicht von ihnen ab mit Worten
Und Blicken, Beispiel, selbst mit langem Schweigen,
Zurückgezogenheit, dir schwerem Tadel!
Der Gute ist des höchsten Lobes werth,
Der Thoren zu gewinnen weiß zum Guten.

Und sich — es bitten für die Unglückfel'gen
Ihr Vater... ihre Mutter aus der Gruft!
Es bitten ihre Lieben — ihre Kinder!
Es bittet dich ihr eigner scheuer Blick!
Es bittet dich ein Gott in deiner Brust:
„Laß nicht von deinen Brüdern ab, mein Kind!"

L. Schefer.

CCCIX.
An Wolfgang im Felde.

Daß bald dies Blatt dich finde,
Wohl wünsch' ich's, lieber Sohn!
Drum werf' ich's in die Winde,
Die bringen es dir schon.
Die werden es zu dir tragen,
Wo immer auch du weilst;
Wo, wenn die Schlacht sie schlagen,
Du treu zur Wahlstatt eilst.

Du wolltest im heilgen Kampfe
Mitkämpfen, Deutschlands werth;
Nun stehst du im Pulverdampfe,
Doch ziehst du nicht das Schwert.
Nun übst du im Gefilde,
Statt mitzuhaun im Streit,
Ein Amt der Lieb und Milde,
Ein Amt der Menschlichkeit.

Dich trieb dein Herz, das warme;
Aus England trieb's dich her;
Das rothe Kreuz am Arme
Bist du gefolgt dem Heer.
Die bleich und unverbunden
Am blut'gen Boden ruhn,
Die Sterbenden, die Wunden
Erquickst du freundlich nun;

Träufst Labung auf die Lippe,
Die dürr und brennend lechzt;
Legst weicher ins Gesträppe
Die Brust, die fliegend ächzt;
Hörst manches letzte Flehen
Im Nachtwind leis verwehn;
Der Mond lugt über die Höhen —
Und du wirst sterben sehn.

Sei stark, mein Wolf! nicht beben!
Schwerernst ist deine Pflicht;
So grimm sahn Tod und Leben
Dir nie noch ins Gesicht;
Im Frieden still befriedet,
Blieb weich dein gutes Herz —
Des Krieges Erzzeit schmiedet
Und hämmert es zu Erz!

Das sei dir unverloren!
Fest, tapfer allezeit,
Verdien' dir deine Sporen
Im Dienst der Menschlichkeit!

Ringsum der Kampf aufs Messer: —
Lern du zu dieser Frist,
Daß Wunden heilen besser
Als Wunden schlagen ist!

Durch Sterbende und Todte
Geh deines Weges treu;
Halt hoch das Kreuz, das rothe,
Ob Blut und Barbarei;
Laß Freund und Feind es scheinen
Auf deinem ernsten Gang —
Und fluche nur dem Einen,
Der uns zum Schlagen zwang!

Fahr wohl, fahr wohl, mein Knabe!
Gott mit dir für und für!
Verbinde, tröste, labe —
Mein Segen ruht auf dir!
Und kehrst du mit im Schwarme
Der Sieger — Knabe, dann
Fliegst du in unsre Arme,
Kein Knabe mehr: ein Mann.

Freiligrath.

CCCX.
Männerwaffen.

Nie ohne Waffe sei der Mann!
Ich meine nicht das Schwert,
So sehr es ihn auch ehren kann,
Wenn er es selber ehrt.
Doch andre Waffen gibt es noch,
Von Gott ihm umgeschnallt,
Die leihn ihm selbst im Sclavenjoch
Beherrschende Gewalt.

Solch eine Waff' — es ist sein Geist,
Der ruhig klare Sinn,
Der alles Niedre von sich weis't,
Gekehrt zum Höchsten hin;
Der, wenn des Schicksals Druck ihn preßt,
Ein Fels entgegenstarrt,
Nicht haarbreit von dem Rechten läßt
Und treu sich selbst beharrt.

Solch eine Waff' — ist sein Gefühl,
Sein volles, warmes Herz,
Verschlossen eitlem Thränenspiel,
Geöffnet wahrem Schmerz;
Das echter Freude gern sich freut
Und echte Liebe liebt,
Und selbst für alle Herrlichkeit
Nicht einen Gran vergiebt.

Solch eine Waff' — es ist sein Wort,
Das Echo seines Sinns,
Ein festes Schloß, ein sichrer Hort,
Kein Spielball des Gewinns.
Zur rechten Stund, am rechten Platz,
Da hält es ehern Stand,
In armer Zeit ein reicher Schatz,
Und bester Zukunft Pfand.

Das sind die Waffen, die der Mann
Zu führen wissen soll,
Mit diesen kämpf' er furchtlos an,
Gerechten Stolzes voll.
Die leg' er im Gefecht der Welt
Nie eingeschüchtert ab,
Die nehm' er als ein rechter Held
Einst mit sich in das Grab.

J. G Seidl.

CCCXI.
Erkenntniß.

Willst du, o Herz, ein heitres Ziel erreichen,
Mußt du in eigner Angel schwebend ruhn;
Ein Thor versucht zu gehn in fremden Schuhn,
Nur mit sich selbst kann sich der Mann vergleichen.

Ein Thor, der aus des Nachbars Bubenstreichen
Sich Trost nimmt für das eigne schwache Thun,
Der immer um sich späht und lauscht, und nun
Sich seinen Werth bestimmt nach falschen Zeichen!

Thu frei und offen, was du nicht kannst lassen,
Doch wandle streng auf selbstbeschränkten Wegen
Und lerne früh nur deine Fehler hassen!

Dann gehe mild den Anderen entgegen;
Kannst du dich selbst nur fest zusammenfassen,
So hängt an deine Schritte sich der Segen.

Gottfried Keller

CCCXII.

Die reinen Frauen.

Die reinen Frauen stehn im Leben
Wie Rosen in dem dunkeln Laub;
Auf ihren Wünschen, ihrem Streben,
Liegt noch der feinste Blüthenstaub.

In ihrer Welt ist keine Fehle,
Ist Alles ruhig, voll und weich;
Der Blick in eine Frauenseele
Ist wie ein Blick ins Himmelreich.

Wohl sollst du hören hohe Geister,
Verehren sollst du Manneskraft;
Dich sollen lehren deine Meister,
Was Kunst vermag und Wissenschaft.

Doch was das Höchste bleibt hinieden,
Des Ew'gen nur geahnte Spur,
Was Schönheit, Poesie und Frieden,
Das lehren dich die Frauen nur!

Julius Rodenberg.

CCCXIII.
Der letzte Dichter.

„Wann werdet ihr Poeten
Des Singens einmal müd?
Wann wird einst ausgesungen
Das alte, ew'ge Lied?

   Ist nicht schon längst zur Neige
Des Ueberflusses Horn?
Gepflückt nicht jede Blume,
Erschöpft nicht jeder Born?" —

   So lang der Sonnenwagen
Im Azurgleis noch zieht,
Und nur Ein Menschenantlitz
Zu ihm empor noch sieht;

   So lang der Himmel Stürme
Und Donnerkeile hegt,
Und bang vor ihrem Grimme
Ein Herz noch zitternd schlägt;

   So lang nach Ungewittern
Ein Regenbogen sprüht,
Ein Busen noch dem Frieden,
Noch der Versöhnung glüht;

   So lang die Nacht den Aether
Mit Sternensaat besät,
Und noch Ein Mensch die Züge
Der goldnen Schrift versteht;

So lang der Mond noch leuchtet,
Ein Herz noch sehnt und fühlt!
So lang der Wald noch rauschet
Und einen Müden kühlt;

So lang noch Lenze grünen
Und Rosenlauben blühn,
So lang' noch Augen lächeln
Und hell von Freude sprühn;

So lang noch Gräber trauern
Und die Cypressen dran,
So lang Ein Aug' noch weinen,
Ein Herz noch brechen kann:

So lange wallt auf Erden
Die Göttin Poesie,
Und mit ihr wandelt jubelnd,
Wem sie die Weihe lieh.

Und singend einst und jubelnd
Durchs alte Erdenhaus,
Zieht als der letzte Dichter
Der letzte Mensch hinaus!

Noch hält der Herr in Händen
Die Schöpfung ungeknickt,
Wie eine frische Blume,
Auf die er lächelnd blickt.

Wenn diese Riesenblume
Dereinstens abgeblüht
Und Erden, Sonnenbälle
Als Blüthenstaub versprüht:

Erst dann fragt, wenn zu fragen
Die Lust euch noch nicht mied,
Ob endlich ausgesungen
Das alte, ew'ge Lied.

Anastasius Grün.

CCCXIV.
Gebet.

Herr, den ich tief im Herzen trage, sei du mit mir,
Du Gnadenhort in Glück und Plage, sei du mit mir;
Im Brand des Sommers, der dem Manne die Wange bräunt,
Wie in der Jugend Rosenhage, sei du mit mir;
Behüte mich am Born der Freude vor Uebermuth,
Und wenn ich an mir selbst verzage, sei du mit mir.
Gieb deinen Geist zu meinem Liede, daß rein es sei,
Und daß kein Wort mich einst verklage, sei du mit mir.
Dein Segen ist wie Thau den Reben; nichts kann ich selbst
Doch daß ich kühn das Höchste wage, sei du mit mir,
O du mein Trost, du meine Stärke, mein Sonnenlicht
Bis an das Ende meiner Tage sei du mit mir!

Geibel.

NOTES.

FIRST PERIOD.

P. 1, No. 1. Martin Luther celebrates in these vigorous verses the charm and power of music and song. They are given as a kind of poetical prelude to the collection of Songs: 𝕷𝖔𝖇 𝖚𝖓𝖇 𝕻𝖗𝖊𝖎𝖘 𝖙𝖊𝖗 𝖑𝖎𝖊𝖇𝖑𝖎𝖈𝖍𝖊𝖓 𝕱𝖗𝖆𝖚 𝕸𝖚𝖋𝖎𝖈𝖆, issued by the Saxon *Capellmeister*, H. Johann Walter, at Wittemberg, in 1538. The first general title of the Poem is 𝕰𝖔𝖗𝖗𝖊𝖙𝖊 𝖆𝖚𝖋 𝖆𝖑𝖑𝖊 𝖌𝖚𝖙𝖊 𝕲𝖊𝖋𝖆𝖓𝖌𝖇𝖚́𝖈𝖍𝖊𝖗, which designation still holds good; for we hardly know of any other verses which might, with equal propriety, be described as a preface to 'all good books of songs.' The second special title of the Poem is 𝕱𝖗𝖆𝖚 𝕸𝖚𝖋𝖎𝖈𝖆, which title we have also adopted here.

The author introduces the *art of music*—the quaint designation 𝕱𝖗𝖆𝖚 𝕸𝖚𝖋𝖎𝖈𝖆 would hardly admit of an adequate English rendering—as speaking in the first person, and proclaiming the magic power possessed by her, and the beneficial influence she exercises on man.

𝕱𝖚́𝖗—𝖜𝖊𝖗𝖙𝖊𝖓, *of all joys upon earth none can be more exquisite.*

The contraction mei'm, in the third line, for meinem, was formerly frequently used in poetry.

𝕳𝖎𝖊, the abbreviated and now rather obsolete form of 𝖍𝖎𝖊𝖗, is to be rendered in this line by *there*, and 𝕸𝖚𝖙𝖍 is to be taken in the old general sense of 𝕲𝖊𝖒𝖚́𝖙𝖍, *mind;* corresponding somewhat to the English 'mood.'

𝕲𝖊𝖋𝖊𝖑𝖑𝖊𝖓 𝖌𝖚𝖙 is a poetical inversion for 𝖌𝖚𝖙𝖊 𝕲𝖊𝖋𝖊𝖑𝖑𝖊𝖓. We do not think it too far-fetched to assume that the idea expressed in the lines 𝕳𝖎𝖊—𝖌𝖚𝖙 has suggested to Seume the verse:

𝕸𝖔 𝖒𝖆𝖓 𝖋𝖎𝖓𝖌𝖊𝖙, 𝖑𝖆𝖘 𝖙𝖎𝖈𝖍 𝖗𝖚𝖍𝖎𝖌 𝖓𝖎𝖊𝖙𝖊𝖗,
𝕺𝖍𝖓𝖊 𝕱𝖚𝖗𝖈𝖍𝖙 𝖜𝖆𝖘 𝖒𝖆𝖓 𝖎𝖒 𝕷𝖆𝖓𝖙𝖊 𝖌𝖑𝖆𝖚𝖇𝖙.
𝕸𝖔 𝖒𝖆𝖓 𝖋𝖎𝖓𝖌𝖊𝖙 𝖜𝖎𝖗𝖇 𝖐𝖊𝖎𝖓 𝕸𝖊𝖓𝖋𝖈𝖍 𝖇𝖊𝖗𝖆𝖚𝖇𝖙,
𝕭𝖔́𝖋𝖊𝖜𝖎𝖈𝖍𝖙𝖊𝖗 𝖍𝖆𝖇𝖊𝖓 𝖐𝖊𝖎𝖓𝖊 𝕷𝖎𝖊𝖙𝖊𝖗—

which has become so very popular as a quotation in the garbled but convenient form of—

> Wo man singt, da laß dich ruhig nieder,
> Böse Menschen haben keine Lieder.

Was—*anleit, everything else which oppresses (us).* Anleit is the obsolete form for anliegt.

Auch—*frei, and everybody may be at his ease about this.* The adjective frei, which was formerly also used with the genitive, denotes here 'unburdened,' 'unoppressed.'

Baß is an old comparative form denoting *better.*—tenn for als after comparatives occurs chiefly in poetry.

Und verhindert viel böser Mord, *prevents many a foul murder.* The verb verhindern was formerly also used with the genitive case, and the plural form Mörre was sometimes employed instead of Morte.

P. 2, No.—Gewehret hat . . . nicht fiel. The negative adverb is sometimes pleonastically used after wehren in the sense of 'to prevent,' and after other similar expressions.

Das hat Elisens bekannt, &c. 'But now bring me a minstrel' (said the prophet Elisha). And it came to pass, when the minstrel played, that the hand of the Lord came upon him.' (2 Kings iii. 15.) The author alludes here to the fact stated in this verse, that the prophet was inspired by the strains of music to utter his divine prophecies.

Ist der voll, *is full of them.* Der is here the abbreviated form for derer.

Der Musicen ein' Meisterin, *excelling in music.* The author uses here the Latin form *musice*, 'music,' with the weak termination n, in accordance with the former usage of declining feminine nouns also in the singular number.

Dem singt und springt sie, *to his honour she sings and flutters.* Den (ehrt), *Him, i.e.* God.

P. 3, No. II. Ein' feste Burg, &c. This most celebrated of all German sacred songs may be considered as the religious national hymn of Protestant Germany. Luther composed this hymn in order to inspire the adherents of the Gospel with courage in the struggle against their enemies, and to comfort them with the assurance, based on unshakable faith, that their just cause will finally be crowned with victory. It also expresses a martyr's readiness to sacrifice every worldly good for spiritual welfare. The composition is, in part, a free paraphrase of the first verses (2—6) of Psalm xlvi., and of some verses in other Psalms. It was first published in the *Wittemberger Gesangbuch* of 1529, of which, however, no copy is to be found. The text (of which we have given the usually adopted modern High German version) has been preserved in the *Form und Ordnung Gaystlicher Gesang und Psalmen*, published at Augsburg in the above-mentioned year.

P. 4, No. — 𝕾𝖎𝖊 𝖋𝖆𝖚𝖊𝖗 𝖊𝖗 𝖋𝖎𝖈𝖍 𝖋𝖙𝖊𝖑𝖑𝖙, *however grim he may be.* 𝕯𝖆𝖘 𝖂𝖔𝖗𝖙, &c., *i.e.* the word of God. 𝕾𝖙𝖆𝖍𝖓 (M.H.G. stân) is the now obsolete form for 𝖋𝖙𝖊𝖍𝖊𝖓. 𝕯𝖆𝖟𝖚, *for it; therefore.* 𝕰𝖗—𝕻𝖑𝖆𝖓, *He* (*i.e.* God), *sides with us on the field of battle.* 𝕹𝖊𝖍𝖒𝖊𝖓 𝖋𝖎𝖊, *if they take.* 𝕷𝖆𝖘 𝖋𝖆𝖍𝖗𝖊𝖓 𝖙𝖆𝖍𝖎𝖓, *let it be gone.* 𝕾𝖎𝖊 𝖍𝖆𝖇𝖊𝖓'𝖘 𝖋𝖊𝖎𝖓 𝕲𝖊𝖜𝖎𝖓𝖓, *it will be no gain for them.* 𝕽𝖊𝖎𝖈𝖍, in the next line, denotes *kingdom.*

P. 4, No. III. There are several passages in Ovid which bear some resemblance to the Latin saying : *Perstet amicitia*, &c., more particularly the following :

Illud amicitiæ quondam venerabile numen
Prostat. (*Ex Ponto* II. 3, 19.)

That saying originally formed the title of the present poem, which is pervaded by a spirit of most tender feeling and humane sentiment. It is to be met with under various titles, and for convenience sake we have adopted the simple one of 𝕱𝖗𝖊𝖚𝖓𝖙𝖋𝖈𝖍𝖆𝖋𝖙, which seemed to us the most suitable, retaining, however, the original title as a motto.

𝕯𝖊𝖗—𝖊𝖎𝖌𝖊𝖓, *nothing is so peculiar to man.* 𝕾𝖔𝖑𝖑—𝕭𝖆𝖓𝖙, *is about to form an union.* 𝕸𝖎𝖙 𝕳𝖊𝖗𝖟𝖊𝖓, is here the dative singular, say : *with his heart.*

P. 5, No. — 𝖀𝖓𝖘 𝖇𝖊𝖋𝖗𝖆𝖌𝖊𝖓, *consult each other.* 𝕾𝖊𝖍𝖓 𝖆𝖚𝖋, *listen to.* 𝕾𝖔—𝖍𝖆𝖙, *which has befallen us.*

𝖂𝖆𝖘—𝖛𝖊𝖗𝖍𝖊𝖍𝖑𝖙, *how can that joy benefit us, which is hidden by solitude?* 𝕯𝖊𝖗 𝖊𝖘 𝖛𝖔𝖓 𝕳𝖊𝖗𝖟𝖊𝖓 𝖋𝖆𝖌𝖙, *who disburthens himself.* 𝕯𝖊𝖗 𝖒𝖚𝖘, &c., *he must consume himself, who grieves in silence.* For the rather crude expression, 𝖋𝖎𝖈𝖍 𝖆𝖚𝖋𝖋𝖗𝖊𝖋𝖋𝖊𝖓, we should now use 𝖋𝖎𝖈𝖍 𝖛𝖊𝖗𝖟𝖊𝖍𝖗𝖊𝖓.

The idea contained in this strophe has been happily expressed by Tiedge in the following lines, which are frequently used as a quotation by Germans :

𝕲𝖊𝖙𝖍𝖊𝖎𝖑𝖙𝖊 𝕱𝖗𝖊𝖚𝖇' 𝖎𝖋𝖙 𝖉𝖔𝖕𝖕𝖊𝖑𝖙 𝕱𝖗𝖊𝖚𝖇𝖊,
𝕲𝖊𝖙𝖍𝖊𝖎𝖑𝖙𝖊𝖗 𝕾𝖈𝖍𝖒𝖊𝖗𝖟 𝖎𝖋𝖙 𝖍𝖆𝖑𝖇𝖊𝖗 𝕾𝖈𝖍𝖒𝖊𝖗𝖟.
(𝖀𝖗𝖆𝖓𝖎𝖆, 𝕲𝖊𝖋𝖆𝖓𝖌 IV. 𝕭. 223, &c.)

Herzlich, *heartily; with all his heart.* Bundsgesellen, (for Bundesgenossen), *ally.*

Wie gebührt, for wie sich gebührt, *as they should be.* Die—berührt, *who are never bent upon dissembling and trifling.*

P. 6, No. IV. Der—grimmiglich, *first winter made us grimly feel his fury.* Der ganzen Welt Revier, *all the regions of the world.* The term hart refers here to the state of torpor into which all nature is thrown by the hardness of the frost.

For herausserbricht we should now use herausbricht, *breaks forth.*

The mention of *Favonius* in the celebration of Spring is a somewhat classical reminiscence. The Romans used to reckon the beginning of Spring from the seventh day of February, when *Favonius*—the 'gentle west wind'—began to blow. Cf. the Horatian :

Solvitur acris hiems grata vice veris et Favoni.

P. 7, No. — The forms Saate and Grase are here used for the sake of the rhythm. Machen sich heraus, *come out; bud forth.*

The Adverb inniglich, in the first line of the last strophe but one, refers to freuet sich in the subsequent line.

This poem was first published in 1624.

P. 7, No. V. Hat—Preis, *is the highest treasure;* zu begrüssen, *to be called.* Mir ist wohl, *I feel comforted.*

P. 8, No. —Steht alleine, *consists merely.*

Eins—geschieden, *it is the same thing being present and being separated.* A similar sentiment has been expressed by Goethe in his "Egmont" in the beautiful saying: Die Menschen sind nicht nur zusammen, wenn sie beisammen sind; auch der Entfernte, der Abgeschiedne lebt uns.

Hält, *holds fast.*

Zwei Treue (for Getreue), *two faithful hearts.* Und—drein, *and she is of accord with me.*

P. 9, No. VI. I have given this poem in the modern version, in which it is generally current, but I have not been able to compare it with the original, which is contained in the poet's *Fröliche Neue Teutsche Lieder*, published in 1599.

Sehr—fährt, *happy is he* (lit. very well fares) *on this earth.*

Sich eignen, stands here for sich aneignen, *to acquire.*

P. 9, No. VII. Herzchen mein Schätzchen, *my darling, my sweetheart.* Kein'n (for Keinen)—nicht. The use of a double negative instead of a simple one, which is not foreign to English poetry, is of rather frequent occurrence in the older German poems.

FIRST PERIOD. 343

P. 10, No. — Lieberl, *lovers*, is used in the South German dialect for Liebente. For ſtahn see Note to the last strophe of No. II. Gluth may here be rendered by *flame.* Weiß in the next line is employed in the senso of kennt ; or rather, the phrase stands here for von der Niemand nichts weiß.

Hier is in this line to be rendered by *there.*

Und ſchreiben die Nacht, *and would write the whole night.* Sie ſchreiben, &c., *they could not finish* (writing) *the story of love.*

P. 10, No. VIII. This poem, which has a playful but somewhat didactic stamp about it, occurs in the *Philosophische Ehezuchtbüchlein* by the great humorist J. Fischart. This quaint work is, in the main, founded on Plutarch's ' Marriage Precepts' in his *Moralia,* and was first published in 1578. Our toxt has been taken, with some slight alterations to suit the usages of modern German, from the Second Edition, printed at Strasburg in 1591.

The word Hausſchneck, *house-snail,* is one of the numerous expressions which have been coined by Fischart.

Han is the M.H.G. contraction from haben.

Henken = hängen.

Und—denken, *and heaven knows, how long, not think of home.*

Werben was formerly used like tho present erwerben for ' to acquire by working ;' *to be active.*

Bienkorb is here used for Bienenkorb. The masculine form Immenkönig was used by Fischart and his contemporary Rollenhagen, for Immenkönigin, which is the poetical and familiar term for Bienenkönigin.

Schal for Schale, in the last strophe on P. 11, here *shell.*

P. 11, No. IX. Wer—träget, *he whose senses remain unmoved.*

Weil—träget, *because those who are endowed with their senses are always moved* (by tho charm of music).

Sie refers here to Luſt. The expression Gifer is here employed in the signification of Zorn, *anger, wrath.*

P. 12, No. X. Mit Schmelz, *with enamel.* "The designation Schmelz (cp. the late Latin ' smaltum,' and tho French ' email ') is used with reference to the glossy and brilliant colours of fresh flowers." (From my notes to Schiller's ' Wilhelm Tell.' Clarendon Press Series).

Seiner Rechten, *of his (i.e.* spring's) *right hand ;* or simply : *of his hand.*

P. 13, No.— Güſtner is now used in poetry only for geſtner. Der Henker, say : *the destroyer.*

Geſicht, here : *vision.*

The import of this poem is, that whilst all nature awakens

in the bright days of spring to renewed joy, man alone embitters his fleeting life by self-torture. He thus becomes the destroyer of his own life, for which crime he will be called to judgment.

P. 13, No. XI. Truß-Nachtigall is a coined expression which the author has put at the head of his religious poems, and which he thus explains in his preface : *Trutz-Nachtigal wird disz Büchlein genannt, weil es 'trutz' allen 'Nachtigallen'* (in defiance of all nightingales) *süsz und lieblich singet, und zwar aufrichtig poetisch, &c.* He then goes on to describe fully the object of his poems, which was to show practically that the German language was quite capable of producing as beautiful songs as the Latin or any other language. The same idea is partially expressed in the present poem which bears the superscription of *Eingang zu diesem Büchlein Trutz-Nachtigall gennant.*

The *Trutz-Nachtigall* by Friedr. Spee was published in 1649 —full fourteen years after his death—and in our own times it was issued in a modernized form. · His religious poems bear a marked lyrical stamp, and are pervaded by a deep, almost passionate, fervour, and hence it is that we find in him the rare, almost unique, combination of a sentimental *Minnesänger* and a pious hymnologist—witness, the present beautiful spring-song which, but for a few verses, might pass for a purely lyrical poem.

Der nächtlich Sternentanz, *the nocturnal dance of the stars.* Cp. the well-known phrase the 'mazy dance of the planets.' Gleich lüstet mich, *I feel at once a desire.*

Flügelreiche, *winged.* Das Federbürschlein zart, *the gentle feathered host.* The expression Bursch was formerly used for 'crowd,' 'multitude.' In süßem Schlag, *in sweet tunes.* The 'singing' of several birds, as of the lark, the nightingale, &c., is called in German Schlag. Nech ... noch, *neither, nor.* Erklingens wunderfrei, *they sing most beautifully.* Frisch, *briskly.*

P. 14, No. — Ob ihrem kraußen Sang, *from their varied singing.* Angefochten, *impeded.* Gar—trein, *murmur quite sweetly.*

Un—Gemach, *softly move all their delicate wings.* (Lit. 'also their delicate wings on their hands, feet, and hips they softly move'). Zur—Streich, *they do not tarry to chime in with the music ; how beautiful are the sweet notes!* The contraction nit from nicht was formerly used even in higher style ; it is now done in familiar language only.

Senters, for besenters, *particular.* So stands here for welches, *which.* The omission of the letter b in Mend is not sanctioned by the usages of modern German. Und vielen, &c., *and although it is still unknown, it will outstrip many wild and tame* (birds).

P. 15, No. — $\mathfrak{Verspott}$ is here used for $\mathfrak{verspottet}$, *despises.* $\mathfrak{Ihn}$ $\mathfrak{achtets}$, &c., *and considers them only as a burden,* i.e. the pleasures and splendours of this world.

$\mathfrak{Mit} - \mathfrak{ob}$, *I will rise high with it and soar above many others.* The poet asserts that with his *Trutz-Nachtigall*—under which he understands the German muse— he will take a higher flight than other poets have done in other tongues, and he will obtain the laurel-wreath by singing in German the praise of God. $\mathfrak{Den\ Leser}$, &c., *the reader should not become tired of the time and the long hours.* $\mathfrak{Hoff\ ihm}$, &c., *I hope that it will inspire him to similar songs.*

P. 15, No. XII. $\mathfrak{La\beta} - \mathfrak{Trauern}$, *do not mourn in sadness.* $\mathfrak{Steht\ allem\ für}$, *provides for all.* $\mathfrak{Das\ reine}$, *thy share,* i.e. what is good for you.

P. 16, $\mathfrak{Handel}$, *transaction,* or simply *action.* $\mathfrak{Beschlu\beta t}$, obsolete for $\mathfrak{beschlie\beta t}$. $\mathfrak{Hei\beta t}$, lit. 'is called' may here be rendered by *remains.*

This graceful 'religious song' was first published in 1642.

P. 16, No. XIII. To understand fully the import of this remarkable and grand poem, it is necessary to bear in mind the achievements and the fate of the author. Ulrich von Hutten, who was one of the greatest champions of Church Reform and one of the bitterest antagonists to the pope, was obliged to save himself by flight to the small island of Ufnau on the lake of Zürich. It was there that he wrote in 1521 the following verses, which breathe a spirit of manly heroism. In order to facilitate the proper understanding of this poem, which is considered rather difficult for Germans even, I have thought it advisable to subjoin an explanatory prose version of the difficult passages in English.

In the first strophe, the author declares ' that he has ventured on his step after mature consideration, and is not sorry for it ; that although it may not benefit him, he must still persevere in his faithful attachment, not only to a single person, but to the welfare of the whole country, although he be called an enemy of the priests.'

The author proceeds to state in the next strophe ' that he does not heed what people say ; had he not spoken the truth many would have befriended him far more. Now he has spoken the truth, he has been driven away, of which he complains to all good people ; although he does not flee further and will perhaps return again.'

'But he will not'—as he declares in the third strophe—'ask for pardon, he being innocent. He would have submitted to justice, but the impetuosity of his enemies had prevented his being tried according to old custom,' &c.

Hutten's hope in his final victory is modestly but firmly expressed in the fourth strophe, 'for it has often occurred before, that the great ones have lost their well-concerted game. Frequently a large flame has arisen from a small spark, and so it may be that he will be an avenger still. It is now in its course and he will stick to it,' &c.

The great Reformer feels himself comforted—as he expresses it in the fifth strophe—by the idea 'that he has a good conscience, that none of the most depraved even can brand him with dishonour, nor could they say that he had acted otherwise than honourably, and that he had not become involved in the cause with good intentions.'

The poet does not wish, however, as he asserts in the sixth strophe, 'that the nation should recover from her injury by the (violent) way which he had advised before. He grieves for it, and will, with this, take leave. Another time he will shuffle the cards far better—*he has risked it*, and will now await the end.'

'Even if he should be troubled by the cunning of courtiers'— Hutten confidently exclaims in the last strophe—'his heart, which is right minded, cannot be injured. He knows many more who wish to embrace his cause, even should they perish.' "Up then," the noble exile concludes his poetical profession of faith, "ye brave Landsknecht and courageous troopers ! Let not Hutten perish !"

Santsknecht was formerly the name for foot-soldiers.

P. 18, No. XIV. The verses which I have given under the title Der Krieg form the end of a longer poem by Hans Sachs, called *Lands Knecht Spiegel*. It is to be found in the third Part of the Nürnberg folio edition of 1589. The poem which bears the motto :

> *Des Kriegs Art, Frucht und Lohn*
> *Magst du hierinn verstohn,*

describes a vision of the poet. One night *der gross Gott, der Natur Genius* appeared to him and led him, who was anxious to know what war was, through regions which had been devastated by the furies of war. The 'Spirit' then asked him, how he liked war? and on his replying that 'he considers it only as a punishment and calamity,' the 'Spirit' addressed to him a patriotic admonition.

The words G'ſell, g'fållt, are contracted from Geſell, gefållt.

P. 19, No. — Derhalb (M.H.G. *derhalp*) was formerly used for teßhalb.

Des—Unterthan, *with which neither rulers nor subjects should have anything to do.* The verb gan stands here for geßen and the expression Oberthan was coined by Hans Sachs in analogy of the form Unterthan.

Bekümmert, *distresses; puts to hardship.* Allta mit theurer Hant, *then with a brave hand.* The expression theuer was primarily used for tapfer, *brave.* The word ſellt stands here for ſollſt, tei'm for teinem, and Beiſtahn for Beiſtehn. Als is here used in the sense of wie.

P. 20, No. XV. This spirited and patriotic *Ode* was written by the poet during the troubles of the Thirty Years' War, and was first published in 1641 at Amsterdam in his *Geistliche und weltliche Gedichte.* It was, in all probability, written by Weckherlin at London, where he acted (from 1620 to 1651) as Secretary to the German 'Legation' which had been established there after the defeat of the Count Palatino Frederic, son-in-law to James I., in order to keep up the official connection between England and Protestant Germany.

Supply the word ſeib after belebet.

Drauſſchlagen is here used for treinſchlagen, *to strike a blow.*

Der—geboren, *he is a true born German.* Einige (Gefahr) should here be taken in the sense of *any.*

P. 21, No. — For terhalb, see above line 2. Peitſchen, *scourges.* Mit ſchlechter Müh, *with futile* (or 'useless') *trouble.*

Fahnen is here used for 'companies of soldiers;' say : *lines.* Groß iſt ihr Heer, &c. The antithesis contained in this and the following line is conceived in the style and spirit of Luther. Zeug, *armour.* Ausreißen for fliehen is not considered now a dignified poetical expression ; but, after all, the action which the two terms denote is not a dignified one either.

P. 22, No. XVI. In the clause es gehet alles an, the verb angehen is used in the sense of *to succeed.* Supply the word *even* before ſterbent.

Was wankelmüthig, *those who waver.*

So geſtalter (for geſtalteter) Hoffnung gleichen, *(may) be compared to hope which is thus constituted.* Wohl unb Weh is an alliterative expression to denote two opposite objects. Compare the Miltonian verse ;

The *weal* or *woe* in thee is placed.

Sdjeint tas Glüde turd) fein Spiel, *if fortune seems by her doings.*
Gnung for genug is still used sometimes in modern German poetry.

The above poem is, with its pleasing simplicity, one of the most impressive of the numerous poetical exhortations never to lose hope—of which, it would seem, not too many can be addressed to suffering mankind. A few more poems written in the same spirit will be found in this volume.

P. 23, No. XVII. This poem, which is one of the best known by Opitz, was first published in 1637 in his *Deutscher Poematum Anderer Theil.* It contains an exhortation to man not to confine himself to the musty atmosphere of the study, but to give himself up to the enjoyment of nature and of convivial gatherings. Opitz, who was both a poet and a scholar, represents here the Grecian philosopher Plato as the embodiment of studies which require great mental exertion.

Wo ter beste Trunk mag fein, *where one can get the best drink.* Clotho, the principal of the Moiræ (the Roman 'Parcœ') or Fates, is represented as spinning the thread of life, and breaking it off when it is at an end.

P. 24, No. — Melons used formerly to be considered a greater delicacy than is now the case. Telle—pflegt, *madly consumes himself in grief.*

Nichts—baß, *nothing harmonizes better, methinks.*

P. 24, No. XVIII. Paul Gerhardt's Sommerlieb or Sommergejang—which is now generally given under the title of Zur Sommerszcit—was first published in 1659.

Mir unt tir, *for my delight and thine.*

P. 25, No. — Grtreidj stands here for Grbe. Some Editions of P. Gerhardt's Poems have Narzissen instead of Narzissus, which form was, however, originally used by the Poet. In the same way he used the poetical, but now obsolete, form of Tulipan(e) for Tulpe. Die ziehen sich, &c. These lines contain a biblical allusion : "Consider the lilies how they grow : they toil not, they spin not, and yet I say unto you, that Solomon in all his glory was not arrayed like one of these.' Luke xii. 27, and Matt. vi. 28. *Salomonis* is the Latin genitive of *Salomo.*

The form fleucht (or fleugt) for flicht is now used in Poetry only. Hochbegabte, lit. '*highly-gifted,*' say : *delicious.*

Glucke, (domestic) *hen.* Das Schwälblein speist ihr, &c. The Poet uses here the feminine pronoun ihr and not fein, because it refers to a noun the primary form of which is feminine, viz. : tie Schwalbe.

P. 26, Unvertros'ne, *indefatigable.* Zeucht is the poetical, and now obsolete form for zieht. Reis, here : *twig.*

P. 26, No. XIX. This exquisite Poem, which is one of the most favourite popular songs in Germany, was written by Simon Dach—a learned Professor and a Poet withal—in 1648. It was originally composed in the Prussian Low German dialect, and bore the title of—

> *Treue Lieb ist jederzeit*
> *Zu gehorsamen bereit.*

It is still frequently sung in Germany to a very touching and simple air, which is probably the original one of which the Editor who first published the song—in 1652—remarks, *Aria incerti Autoris.* The current modern High German version is by Herder, who published it in his collection of *Volkslieder* in 1778. The original contains some more strophes, which have been translated by Wilhelm Müller. Longfellow's translation —"Annie of Tharaw"—will probably be known to most English readers.

Käm'—flahn, *should all the storms burst down upon us, we are still resolved to keep together.* Schlahn and flahn are the obsolete forms for schlagen, stehen. Berfnetigung, *the fastening; rivets.* Schließ ich, &c., *I entwine round thine.* The last two lines occur in the original at the end of the fourth strophe only, but Herder has placed them also here, probably in order to restore the metrical symmetry of six lines to each strophe.

P. 27, No. —. Ueber sich steigt, *rises high;* erst in the next line may be rendered by *after.*

P. 27, No. XX. Gar im Schoß, &c., *he truly sits in the lap of happiness.* Stücke, here: *things.* Gütig stands in this line for gütiger, in the same way as selig in the last line for seliger. Frischer is here used in the sense of *sound, healthy.*

P. 28, No. XXI. Ein verkehrter Rath, *a perverse device.* Ist schändlicher Beginn, *is a disgraceful action.* The compound Christen=Mann stands here for Christ.

P. 28, No. XXII. Paul Fleming's life, though short, was very eventful, and if we remember, besides, that he lived in the calamitous period of the Thirty Years' War (1609—1640), and that he led, for some time, the life of a courtier, it will be easily understood that he was impelled to write such deep-felt lines of comfort as an encouragement to bear up under adversity. Sei dennoch, &c., *be courageous for all that!* Consider nothing as lost! Glücke stands here for *fate.* The legitimate use of a double negative in poetry has been explained before.

Halt Alles für erkoren, *consider everything as ordained.* Laß

ᾹΙΙεϑ unbereut, *do not regret anything.* Gebeut stands here for gebietet. Daϑ wird, &c., *is sure yet to come.*
Flagt is here used for beflagt, and ihm in the next line for fich. Sein Unglüd, &c. This saying is founded on the well-known proverb: Jeder ift feineϑ Glüdeϑ Schmitt, *Every one is the artificer of his own fortune,* the origin of which may be traced to the verse quoted by Cornelius Nepos (Atticus xi 6), from an unknown author, viz., *Sui cuique mores fingunt fortunam (hominibus);* and more immediately to the saying · (Appius ait) *fabrum esse suæ quemque fortunæ,* which is to be found in the *Duæ Epistolæ,* &c., attributed, rightly or wrongly, to Sallust.
So geh',&c., *look into yourself.*
P. 29, No. XXIII. This is a pleasant specimen of the light muse of Hoffmannswaldau, and is to be found in the second volume of a collection of poems, published in 1697, under the title of : ' *Herrn von Hoffmannswaldau und anderer Deutschen Gedichte',* in seven volumes.
The form fein occurs here, and likewise in the second and third strophe, for find. Stärfe machen stands here for Stärfe geben. Die Mörfer &c., *mortars and cannon roar.*
Heißt, *dost bid, i.e. causest.* In löblicher, &c., in *proper sociable pleasure.* Wem dir, &c., *to him who is troubled with melancholy.* The usual form is now Melancholie. Verliebten, *loving, amorous.*
P. 30, No. XXIV. The following 'high-souled strains' contain an impassioned appeal to the poets not to restrict themselves to worldly subjects only, and not to draw their inspiration solely from heathenish mythology, but to choose for their subjects the Sacred Scriptures with their sublime imagery, and the Almighty Spirit as revealed by the wonders of Nature. The vigour of the truly grand and majestic senarii verses is quite in harmony with the lofty flight of the young poet—he died at the age of twenty-eight—and with the nobleness of the sentiments which they express.
Gieb thätigen Beweiϑ, &c., *give effective proofs, that we should believe in thy native country, i.e.* in the divine origin of poetry. Nachtem (Geschmad), *according as.* Nachtem erfährt man auch, *one can find out.*
Du — aufgefpielt, *thou hast so slavishly fawned upon vanity.* Viel Feuer angeftedt. *aroused many a passion.* Die Arbeit heilig machen, *sanctify (i.e. amend) the work.* Dein Saitenchor . . . . jiehn, *tune thy strings.*

𝕾ein 𝔐are, &c. The poet uses here the prænomen of Virgil on account of the rhythm, and the Latin form *Pindarus* instead of *Pindar* for the sake of the rhyme. The name *Homer* is in German an iambic. 𝔘unter, lit. ' tinder '; fig. *fuel.* 𝔚oſern, *in case.* 𝔖ulamith is the German form for *Shulamite,* and 𝔘ſaph for *Asaph.* The Biblical allusions explain themselves.

P. 31, No.—𝔖iegt 𝔈lims, &c. ' And they came to Elim where were . . . threescore and ten palm-trees.' Exod. xv. 27. 𝔖ermon's 𝔗hau, &c. ' As the *dew of Hermon* . . . that descended on Zion.' Psalm cxxxiii. 3. That part of the lofty range of mountains in Northern Greece which separated Thessaly from Epirus was called *Pindus,* and was, like Parnassus and the Helicon, devoted to Apollo and the Muses. *Aurora* in Greek (*Eos*) was regarded as the goddess of the ' morning red.' 𝔘ls wenn ſich 𝔇avit, &c. ' If I take the wings of the morning and dwell,' &c. Psalm cxxxix. 9. *Elysium* was with the ancients a fabulous ' happy land' placed by some (Homer) on the surface of the earth as a residence for favoured heroes ; and by others (Virgil) it is spoken of as a part of the lower world and the abode of the shades of the blessed. 𝔙erlegen, *deceitful.* 𝔎omm, laß tir, &c. This is an allusion to well-known passages in the ' Revelation of St. John.'

𝔖chärſt tu, &c., lit. *doest thou already sharpen the quill to sketch this splendour?* 𝔚as tort, &c. This is an allusion to the blood of Christ shed at Golgotha, which the poet compares to the ' Red Sea' leading to ' that promised land which has been conquered for us on the Cross by Jesus (𝔍oſua) after a hard struggle.'

𝔚as ſoll, *what is the use* (of). 𝔑imm was, &c. The poet wishes to see his head adorned with a ' crown of thorns' as borne by our Saviour instead of by a ' laurel-wreath,' the symbol of worldly glory.

SECOND PERIOD.

P. 32, No. XXV. Schubart's beautiful Ode gives in melodious stanzas, which are at once suggestive of music, a general poetical outline of the various stages through which the art of music and song has gone. First, the goddess of music descended to man, as it were, by divine inspiration ; then she assumed a 'worldly garb' by singing the joys of love

and the delights of tender passion (𝔐innᴉᶜſᶜligᴉᶜiten). She gave
expression to silent grief, and the oppressed heart was relieved
by tears. Man being thus comforted, music then gave expression to the cheerful tunes of the merry dance. Finally, however, the goddess of music soared on high, joining the choir of
the devout in the house of God, the waves of music and song
resounding like the roaring sea. It should be remembered
that the unfortunate poet Schubart was himself a musician.

The first strophe is written in flowing dactylic verse, the
others in iambics, with the exception of the fourth which as-
sumes an amphibrachic rhythm.

P. 33, No. XXVI. This is a fine specimen of the many
religious songs and hymns which have been composed by
Gellert. It bears, like nearly all his 𝔊eiſtliᴄɥe Sieᴄer, the stamp
of Biblical simplicity and piety, and is at the same time distinguished by a touch of deep human feeling, the rare combination of which two qualities made his religious songs so
acceptable both to the sternly devout and the rationalistic
moralists. The present poem, which was first published in
Gellert's 𝔊eiſtliᴄɥe Dᴄen unᴄ Sieᴄer in 1757, is the most generally
known of his religious songs.

P. 34, No. —. Die niᴄɥt ᴄen Serrn, &c. The repetition of
the expression Serrn produces here a singularly powerful effect.

P. 35, No. XXVII. Hagedorn has here chosen, as Schiller
did later, the more grave trochaic measure for his genial
Ode to Joy. The poem gains, however, a considerable degree
of light and graceful movement by the shortness of every
second line in each strophe. The present poem occurs in
Vol. iii. (page 42) of Hagedorn's 𝔓oetiſᴄɥe 𝔚erfe published at
Hamburg in 1760.

𝔊ieb ᴄen 𝔎ennern, &c., *grant to the intelligent,* &c.

𝔄ller—Seucɥſerzunſt, *of all gloomy revilers and the whole guild of
hypocrites.* The characteristic expression Splitterriᴄɥter has a
Biblical origin, being derived from the saying: 'And why
beholdest thou the *mote* (Splitter) that is in thy brother's
eye,' &c. (Matt. vii. 3.)

P. 36, No. XXVIII. These tender verses are the most
popular of Gleim's lyrical productions. They occur in a cycle of
poems called Das Süttᴄɥen (published in 1794), which designation was to be symbolical of the repose and retirement
enjoyed by the poet after the troubles of the Seven Years'
War. There are almost as many different readings current of
this little poem, as there are reprints of it. I have selected

that which was adopted by Gustav Schwab; it being, according to my opinion, the most poetical and concise in form. Gleim first published this poem with the superscription: An Selly, but now it is generally given under the title of : Das Hüttchen.

P. 37, No. XXIX. The poem An ten Schlaf contains a delicate sentiment delicately expressed. It is one of the Kinterlieter published by Weisze in 1772, and a true child's song it is, in simplicity of language and purity of feeling.

P. 37, No. XXX. The flowing rhythm of the Amphibrachic measure is well adapted to this lively spring-song, which is one of the most popular of Hagedorn's cheerful muse. It occurs in the third volume of his Poetische Werke, published at Hamburg in 1760.

Der Nachtigall, &c. The idea that the delicious song of the nightingale *attracts the most cheerful hours within the circle of time* (leden schon wieter die fröhlichsten Stunten in's Jahr), is highly poetical, and the expressions describing the performances of the birds, and the epithets qualifying the latter are extremely felicitous. The 'soaring lark is singing,' the 'wandering storks are clacking,' and the 'fluttering starlings chatter.'

P. 38, No. — Wie buhlerisch, &c. The latter term is here used in the now obsolete sense of *jondly, wantonly.* Reizung is the now obsolete term for Reiz, here : *charm ; allurement.*

P. 38, No. XXXI. The admonition addressed to man in these pleasant verses 'to enjoy life and to make most of one's time,' has often been expressed by poets—of almost all ages and nations—in various forms. The fictitious name to which Gleim addressed his admonition will at once remind the classical reader of the Horatian *Ad Leuconoen*, which is, however, the name of a female. Altogether the whole import of the present lines reminds us of the end of the ode alluded to (Liber I. Carmen xi.), viz.—

'Carpe diem, quam minimum credula postero.'

Compare also Herrick's well-known 'Counsel to Girls' (Palgrave's "Golden Treasury of English Songs," p. 70: "Gather ye rose-buds while ye may," &c.)

P. 39, No. XXXIII. This exquisite little poem is one of the finest specimens of lyrical effusions. It breathes a delicacy of feeling which in itself affects us like the fragrance of a rose, and is worthy of any great poet.

Cythere, *Cytherea* or *Cythereis* was a Greek surname of Aphrodite or Venus. The fine poetical conception of the roses as the 'lovely daughters of Venus,' is of classical origin.

2 A

P. 40, No. XXXIV. The author represents in this poem the persons who are endowed with a sincere love of humanity, as 'Pilgrims to the Temple of Love,' the way to which is beset with many a difficulty.'

P. 41, No. XXXV. Glaubet nur, &c., *one thinks to drink wine only, and one drinks in—nothing but delight.*

Auszug is here used in the sense of *extract, essence,* which signification this word does not seem to have had at the time when Joh. Albert Ebert wrote the present poem (his Vermischte Gerichte were published in 1789), for he actually explains in a foot-note the meaning in which he wishes that expression to be taken. Genenßt is the old form for genießt.

P. 41, No. XXXVI. I have taken this popular song, which possesses all the charm of simplicity and feeling by which the German Volkslied is particularly distinguished, from the above-mentioned Volkslieder (p. 67) publ. by Herder at Leipzig in 1778. It is well-known throughout Germany, and 'is often given under the title of Flug der Liebe; but as anonymous popular songs have generally no authentic title, I preferred designating it by the first line ; more particularly as the title Flug der Liebe—*flight of love*—sounds far too affected for such simple lines. Goethe, who immortalized this poem in his *Faust* (Part I. Wald und Höhle) declared that it is einzig schön und wahr, and Herder describes the melody to which it is sung, as dem Inhalt angemessen, leicht und sehnend.

P. 42, No. XXXVII. There are few poems which depict the brightness and freshness of a 'Summer Morning' in such lively colours as has been done by Hagedorn in these light strains. It is true there is still a somewhat pastoral stamp upon these verses, but not to such a degree as to make the description of the 'Summer morning' appear to us stilted and unreal.

In's Land, &c., *sounds forth into the country.*

Beblümt, *adorns.* For Schmelz, cf. the note to the second strophe of No. X.

Der Mann der Heerde is a rather fastidious expression for Bock.

Den Buhler spielt, *cajoles and woos.*

Macht schon rege, *is already stirring.*

P. 44, No. XXXVIII. It is rather strange—although similar instances often occur in the realm of poetry—that such a *Dythirambic* or 'enthusiastic strain in honour of Bacchus' should have been written by a poet whose character was distinguished for earnestness and gravity. The author of the present poem must, however, not be mistaken for the dramatist Heinrich von Kleist. E. C. von Kleist was the author of the descriptive poem Der Frühling, the friend of Lessing, and one of the bravest soldiers of the Seven Years' War.

The contracted forms laurt and vertraurt for lauert and ver. trauert are now not usual.

The poetical expression Sorgenbrecher (lit. 'care-breaker,' 'care-dispeller') for *wine* has been coined after the Greek Λύαιος (Lyāios) *i.e.* the 'looser' or 'deliverer from care,' which was the epithet of Bacchus. Lyäen in the last strophe is the accusative case.

The accusative form Amer'n was formerly often used. Now the name Amer is left unchanged in the accusative case.

P. 45, No. XXXIX. This playful poem was first published by the famous Berlin bookseller Nicolai— the friend of Lessing— in his curious publication *Eyn feyner kleyner Almanach, &c.,* which he issued under the name of 'Daniel Seyberlich' in 1777. It was a literary mystification, and consisted of reprints of old popular songs, most of which, being rather ludicrous, were selected in order to cast ridicule on that branch of poetry, so much favoured in those days by Herder and Goethe.

The poem itself will be well known to English readers from Longfellow's translation of it, given in his ' Hyperion ' under the title of ' Beware.' The fourth strophe sounds in the original rather crudely—perhaps Nicolai selected the poem for that very reason—and has therefore been omitted here.

Mir'n is abbreviated from mir ein, in the same way as further-on tir'n from tir ein.

Ueberzwerch anschau'n, *to look askance.* Longfellow renders this line by

"She gives a side glance and looks down."

THIRD PERIOD.

P. 47, No. XLI. Goethe placed these lines addressed to his *propitious* readers, as a kind of motto or device, before the first edition of his collected Poems in 1799. They fully characterize his poems, more especially his lyrical verses, nearly all of them having originated in feelings which actually moved his heart. His poems must therefore be considered—as has been pointed out in the introduction to this volume—as the ex

2 A 2

ponents of his inner life. It is true Goethe *confessed* also in prose—witness his 𝔚𝔞𝔥𝔯𝔥𝔢𝔦𝔱 𝔲𝔫𝔡 𝔇𝔦𝔠𝔥𝔱𝔲𝔫𝔤—but his poems afford us a far more accurate insight into the state of his feelings at the various phases of his life.

The first lines

𝔇𝔦𝔠𝔥𝔱𝔢𝔯 𝔩𝔦𝔢𝔟𝔢𝔫 𝔫𝔦𝔠𝔥𝔱 𝔷𝔲 𝔰𝔠𝔥𝔴𝔢𝔦𝔤𝔢𝔫,

𝔚𝔬𝔩𝔩𝔢𝔫 𝔰𝔦𝔠𝔥 𝔡𝔢𝔯 𝔐𝔢𝔫𝔤𝔢 𝔷𝔢𝔦𝔤𝔢𝔫

must be taken as a mere formal, or conventional introduction to his poems ; for Goethe originally entertained such a reluctance 'to appear in print,' as is rarely to be found with great poets, and hardly ever with small ones. 𝔇𝔬𝔠𝔥 𝔳𝔢𝔯𝔱𝔯𝔞𝔲𝔫 𝔴𝔦𝔯, &c., *but we make our confidences under the rose, i.e.* under the seal of secrecy. The *rose* has, of old, been considered as the emblem of 'secrecy and discretion ;' hence the expression *sub rosa* for 'in confidence.' The epigram beginning *Est rosa flos Veneris*, &c., alluding to this subject, will be well known to classical scholars.

P. 48, No. XLII. This is one of the minor original poems by Herder, which afford ample testimony that he was not only an acute and learned critic and masterly translator, but also a true, deep-feeling poet. In tender and sympathetic language he describes that unfathomed mystery : the human heart, the sensations of which are so closely interwoven and mingled together, that it is impossible to say where joy and sorrow begin and end. The divine gift of love has been bestowed upon it as a soothing comfort. It constitutes the true life of the heart, and changes the unquenchable striving and painful longing into joy.

P. 49, No. XLIII. These stanzas were probably written by Schiller in 1801. In a letter to Körner of April 20th, 1802, the poet modestly says : 𝔇𝔞𝔰 𝔨𝔩𝔢𝔦𝔫𝔢 𝔖𝔱ü𝔠𝔨, 𝔡𝔦𝔢 𝔖𝔢𝔥𝔫𝔰𝔲𝔠𝔥𝔱, 𝔥𝔞𝔱 𝔢𝔱𝔴𝔞𝔰 𝔊𝔢𝔣ü𝔥𝔩𝔱𝔢𝔰, 𝔓𝔬𝔢𝔱𝔦𝔰𝔠𝔥𝔢𝔰. It certainly contains deep-felt sentiments and a highly poetical idea. The trochaic verses are pervaded by that elegiac tone, and are distinguished by that melodious flow, so peculiar to those of Schiller's poems in which he does not give way to philosophical reflections. The 𝔖𝔢𝔥𝔫𝔰𝔲𝔠𝔥𝔱 gives expression to the longing of a poetical mind after the *ideal* world, so full of 'bliss and beauty.' The approach to this ethereal realm, which is the creation and property of a poetical imagination, is barred by the obstacles offered by the *real* world. The poetical mind, however, raises itself above the stern realities of the material world, and confidingly believing in the *ideal* regions of poetry which sheds a halo of beauty round all objects, safely reaches the shores of the blissful 'wonderland. Some analogy to the present poem will be found in Schiller's Das Ideal und das Leben, which is, however, of too philosophical a character for this collection.

P. 50, No. — The last strophe expresses the idea that no foreign, external power can help us in reaching the *ideal* goal, or rather the goal of an *ideal world;* for *"the Gods give us no pledge beforehand ; and only a wonder* (or *miracle*) *can carry us to the beautiful wonderland."* I cannot refrain from remarking here that nearly all the translators of this poem entirely missed the right meaning of the last line but two—

Denn die Götter leih'n kein Pfand.

Bulwer alone seems to have had the right idea of the meaning, to judge from his rendering :

" Guarantees no gods concede thee."

P. 50, No. XLIV. The poem *Light and Warmth,* which was written in 1797, and first published in the Musen Almanach for 1798, seems to be a suitable *pendant* to the preceding one, expressing as it does the warning not to trust, after all, too much to our ideal conceptions, to our *feelings.* The 'nobler man' is ready to embrace humanity, as it were with brotherly affection (strophe 1), but on coming in contact with the outer world, he is disappointed at the littleness and narrowmindedness of men, and retiring within himself in proud seclusion, he closes his heart altogether against affection (strophe 2). This fact shows that sometimes 'ignorance is bliss,' for ' the bright rays of truth do not always impart warmth ;' and that those only are really happy who do not purchase the treasures of knowledge (des Wissens Gut) at the price of their *heart.* Finally the poet utters the admonition that 'in order to secure the greatest happiness one should combine the zeal of the enthusiast with the insight of the man of the world' (strophe 3), i e. not to expect that men will entirely turn out according to our ideal conceptions, but to take them as they are, and not to withhold from them our affection on discovering that they are not quite worthy of it.

P. 51, No. XLV. These verses were first published in the Deutsches Museum of 1776. They are of all Stolberg's poems the most popular in Germany, on account of the fascinating charm of simplicity with which a sincere attachment to nature (strophe 1) and the firm belief of the continuity of life (strophe 2) are expressed. It may not be uninteresting to English readers to know that the two first lines form a favourite quotation with the Germans.

P. 51, No. XLVI. This poetical profession of faith dates from the year 1797. The 'three words of mighty import' represent three cardinal truths, which, though spoken from mouth to mouth, do not come 'from any outward source, but are innate in man's heart,' (strophe 1).

The first great truth is, that *man is a free being*, i.e. every man, though he were 'born in fetters' or a slave from birth, shares in the inalienable heirloom of freedom. We should not doubt this divine right, and 'not be misled in our judgment by the clamour of the rabble and the nonsense of frantic madmen!' The free man is by nature a good man, but not so the slave who frees himself by violence; we should, therefore, 'not tremble before the free man, but before the slave who breaks his chains' (strophe 2). The last four lines of this strophe, which is generally misunderstood, contain an evident allusion to the great French Revolution and the Reign of Terror attending it. Schiller never renounced—as has been erroneously supposed by some compilers of biographical notices, who have never read or understood his works—his liberal opinions on account of the excesses committed by the French Terrorists; and here he distinctly warns his fellow-creatures not to disbelieve in freedom on account of the abuses committed in her name.

The second great truth is that *virtue* is a reality and no 'mere empty sound.' Man 'can actually practise it in life,' in spite of the errors he may commit in his strivings; for *virtue* is not the privilege of a chosen few, but is common to all, and 'that which the wisdom of the wise—or the intellect of the intelligent—cannot find out, is actually practised by the child-like mind in its simplicity,' (strophe 3). The idea expressed in the third strophe, that the innate quality of virtue is a far safer guide than the theoretical principles of virtue founded on reasoning, seems also to form the basis of the well-known verse in Schiller's poem Thekla, eine Geisterstimme

Höher Sinn liegt oft im kind'schen Spiel.

Similar sentiments have also been expressed by Goethe in his Faust (Prolog im Himmel) ·

Ein guter Mensch in seinem dunkeln Drange
Ist sich des rechten Weges wohl bewußt.

And still more distinctly in his Iphigenie auf Tauris (Act v. Sc. 3), where Thoas says:

Du glaubst, es höre
Der rohe Scythe, der Barbar, die Stimme
Der Wahrheit und der Menschlichkeit, die Atreus,
Der Grieche nicht vernahm?

and Iphigenie answers :

> Es hört sie jeder,
> Geboren unter jedem Himmel, dem
> Des Lebens Quelle durch den Busen rein
> Und ungehindert fließt.

The fourth strophe gives expression to the cardinal truth of the existence of God and an immutable divine will ; and the last strophe is, with some slight variations, an effective recapitulation of the first strophe.

The Worte des Glaubens is so popular in Germany that, short as the poem is, it has furnished two ' familiar words,' consisting of the first two lines of the second strophe and of the last two lines of the third. One ' good man,'—I cannot call him ' critic '—possessing more piety than poetry, thought it even advisable to insert a ' fourth word ' referring to the immortality of the soul.

P. 53, No. XLVII. This idyllic elegy is distinguished by that gentle sadness which formed one of the chief characteristics of Hölty's muse. The gifted poet who died, scarcely twenty-eight years old, gave the key-note to that sentimental lyrical school which flourished during his times. The present elegy, which was written in 1774, is perhaps the most popular of Hölty's poems, and few readers, still capable of being moved, will read it without deep emotion.

P. 55, No. XLVIII. The Wanderers Nachtlied expresses in a few lines most effectively the deep longing of a restless heart for peaceful calm. The weary ' wanderer' yearns for rest—for the cessation of both delight and grief. A hundred stanzas could not depict the intensity of that heartfelt longing with greater pathos. Like most lyrical poems of Goethe the present song was the expression of his real feelings, having been composed about the time when he had conceived his ardent affection for Frau von Stein. The poem was written on 12th Feb. 1776.

The next poem, which has been placed by Goethe himself after the preceding one—as a suitable pendant—under the title of Ein Gleiches, was written by the poet in the year 1783. He wrote it, according to his own statement to Zelter, on the 23rd September of that year auf einem einsamen Bretterhäuschen des höchsten Gipfels der Tannenwälder bei Ilmenau. (Briefwechsel zwischen Goethe und Zelter, Band 6, Seite 218.) Curiously enough the last two lines—

> Warte nur, balde
> Ruhest du auch

—have been interpreted by some critics to mean that his ' stormy
poetical mind will be calmed.' Those commentators have
probably never been overcome by the feeling of sadness which
steals over man's mind in the silent loneliness of an evening
spent in romantic scenery.

P. 56, No. XLIX.   Die Lerche is one of the finest specimens
of German blank verse in which Herder—witness his *Cid*—so
greatly excelled.

The poetical expression Himmelsschwinge, *heavenly wing*, for
the lark, who ' at heaven's gates sings,' was first used by
Herder.

Des Frühlings Bote, &c.   The lark is one of the first harbin-
gers of coming spring.

Der Morgenröthe, &c., *i.e. being the friend of the morning-dawn
and diligence.*

P. 57, No.—Sie üben zweifelnd, &c.   Birds during winter and
breeding time usually cease singing, and the tremulous modu-
lations which they utter when recommencing their song are
here admirably denoted by the expression zweifelnd, *doubtingly,
tremblingly.*

> Hoch über Beifall und Neid erheben,
> Dem Aug' entflogen, doch stets im Ohre.

Because the lark often sings in soaring beyond the reach of our
sight, the poet represents her as being ' above applause and
envy.'   Some analogy with the last line, Dem Aug' entflogen, &c.,
will be found in the following verse of Shelley's celebrated
poem *To a Skylark :*

> "Thou art unseen, but yet I hear thy shrill delight."

Du über Beifall und Stolz erhebne, &c.   'The acquired skill of
the lark,' says the naturalist Cetti, 'does not make her con-
ceited ; she, the artist, sings from morning till evening.'

Das Lied des Fleißes hat langen Frühling.   It is well known that
the lark remains with us till late in the autumn.

P. 58, No. L.   Though an 'Admonition to Joy,' these
verses have a tinge of melancholy about them, like nearly all
the productions of Hölty, even if written for a cheerful purpose.
Noch tönt, &c. *i.e. the copse full of nightingales still sends
forth blissful delight to the youth.*

P. 59, No. LI.   Schiller's Punschlied dates from the year 1803,
and is supposed to have been written for Goethe's Mittwochs-
tränzchen, as his social Wednesday evening gatherings were
called.   The verses are remarkable for their terseness and

flowing rhythm, Schiller having employed most successfully the following choriambic metre:

— ⏑ ⏑, — ⏑
— ⏑ ⏑, —
— ⏑ ⏑, — ⏑
— ⏑ ⏑, —

Considering the poem, as we do, as a mere convivial *jeu d'esprit*, it would be absurd to subject it to a profound critical analysis; and if Schiller has interwoven some serious reflections, this has only been done in accordance with the bent of his genius, which impressed the stamp of earnestness upon nearly everything which he wrote. By way of a literary curiosity we may mention the fact, that some critics actually censured the poet for having assumed four ingredients in the composition of the mysterious beverage called 'Punch'—because in some parts of the Continent tea is added to the mixture of sugar, water, spirits, and lemon.

P. 60, No. LII. This idyllic ode, which is one of the most celebrated poems of Hölty, was written in 1776, and bears the motto: *Flumina amem silvasque inglorius* (Virgil). It describes the charms of country life and the beneficial influence which the contemplation of nature exercises on the mind of man. A spirit of piety and gentle sadness pervades these strains, for which the poet has used, with some slight deviations, the following metre:

— ⏑, — ⏑ ⏑, — | — ⏑ ⏑, — ⏑, —
— ⏑, — ⏑ ⏑, — | — ⏑ ⏑, — ⏑, —
— ⏑, — ⏑ ⏑, — ⏑
— ⏑, — ⏑ ⏑, — ⏑

I have given the text (and likewise the interpunctuation) in accordance with the carefully revised edition of Hölty's poems by Karl Halm (Leipzig, 1869).

Wunderseliger Mann, &c. Classical scholars will here at once be reminded of the analogy of this line with the Horatian:

Beatus ille, qui procul negotiis, &c.

Der strömt den Quell, &c. This is a poetical paraphrase for the simple performance of watering the flowers. Bestrohetes, *straw-covered*.

P. 61,— Gurrt was used by Hölty for the now more current expression, girrt, *is cooing*. The words aus der Hand refer also to the third line: Pickt ihm Erbsen, &c.

P. 61, No. LIII. This poem occurring in Schiller's *Wilhelm Tell*, has become a favourite popular song in Germany under the name of *Schützenlied ;* Schiller himself called it Jägerliedchen. (Hunter's ditty). The lines are trochaic,

Früh am Morgenstrahl, *with the first ray of morning.*

König ist der Weih. The word Weih denotes properly a 'vulture or 'falcon'; but the name is, in popular language, applied in a general way to any bird of prey ; here it stands for *eagle.*

P. 62, — Weite, here *free space, expanse.*

Was da freucht, &c. The diphthong eu, corresponding to the Middle High German iu, is still used with some verbs in poetry, instead of the modern ie, as here, freucht, fleugt, (in which word the g is pronounced like the soft *ch*) for kriecht, fliegt.[*]

P. 62, No. LIV. Goethe's Heidenröslein is generally described as an 'improvement' only of an older version, given by Herder in his above-mentioned *Volkslieder* with the statement, that the latter got it: ' aus der mündlichen Sage.' Some critics, however, conjecture that Goethe really wrote both versions, and that the present one actually dates from the year 1771, whilst Herder did not publish the *Volkslied* before 1773. The literary historian Vilmar quotes in his *Handbüchlein für Freunde des deutschen Volksliedes* a longer popular poem, whose chief point of resemblance with Goethe's Heidenröslein consists in the repetition of the verse :

Röslein auf der Heiden

at the end of several strophes, and it is not improbable that that single line suggested to Goethe—both versions.

P. 63, No. LV. This poem forms the beginning of the second Act of Goethe's *Singspiel* ' Erwin und Elmire,' written in 1775. On placing it among his collected poems Goethe entitled it Wehmuth, for which expression it seems hardly possible to find an exact English equivalent. Goethe quotes the verses in full towards the end of the 19th book of his Autobiography (Aus meinem Leben), saying that they properly express ' the sweetness of that wretchedness' (die Anmuth jenes Unglücks) which he felt after the cancelling of his engagement to ' Lili.' Some over-shrewd critics have been at pains to prove chronologically the incorrectness of that statement ; for the composition of the poem, they say, had preceded his rupture with ' the beautiful

---

[*] The above notes to the *Schützenlied* are from my edition of Schiller's *Wilhelm Tell.*

banker's daughter of Frankfort.' But as far as I know, Goethe does not distinctly declare that the poem was prompted by his feelings of unhappiness in consequence of that rupture, but merely that it adequately describes them.

𝔐eine 𝔏iebe, *my beloved*. 𝔇em ter 𝔊ram, &c., *whose heart is broken by grief*. (Lit., whose soul is shattered by grief.)

P. 63, No. LVI. The 𝔊rwartung, which Bulwer calls a 'charming love-poem,' is one of the finest lyrical productions of Schiller. It is assumed to have been written in 1796, although it was not published before the year 1800. Being the mere expression of an individual sentiment, it requires no further critical analysis, and I will merely confine myself to calling attention to the remarkable peculiarity of the metre, which has been employed here in a unique masterly manner. The first two lines of the short strophes consist of dactyls, and express by their quick movement the rapidity of expression of the expectant lover. His feeling of sadness at being disappointed in his expectation is indicated by the trochaic measure of the two succeeding lines. Then follow the longer stanzas in expressive iambic verse, containing the sentiments and reflections to which the expectant lover gives utterance. Thus not only the contents of the verses, but also their metrical form, impart a dramatic character to this lyrical soliloquy, which in its external arrangement resembles somewhat the poet's 𝔏ieb ven ter 𝔊lode.

The following tabular view will facilitate the appreciation of the variety of the metre :

— ∪ ∪⸜ — ∪ ∪⸜ — ∪	∪ —, ∪ —, ∪ —, ∪ —, ∪ —
— ∪ ∪⸜ — ∪ ∪⸜ —	∪ —, ∪ —, ∪ —, ∪ —, ∪ —, ∪
— ∪⸜ — ∪⸜ — ∪⸜ — ∪	∪ —, ∪ —, ∪ —, ∪ —, ∪ —
— ∪⸜ — ∪⸜ — ∪⸜ —	∪ —, ∪ —, ∪ —, ∪ —, ∪ —, ∪

𝔒efen, in the present sense, *to open*, and flirren, *to clink*.

𝔅elaubtes, *leafy*. 𝔇ie 𝔄nmutbſtrahlente emfangen, *receive her who beams with grace*. 𝔖eimlich, *in secrecy*.

P. 64, No. —. 𝔖chmeichellüfte, *gentle zephyrs*. The words ter zarte 𝔉uß are in the translation to be placed after 𝔚enn.

𝔊eiſtige, *spiritual*, which epithet seems admirably adapted to night. 𝔘mſpinn, uns, *shroud us in; weave round us*. 𝔘nbeſcheiten, *indiscreet*.

𝔑ief es, &c., *was there not a gentle voice calling in the distance?*

𝔇er tie 𝔎reiſe, &c., *who weaves the circles in the silvery lake* (pond).

Mein Ohr, &c., *a flood of harmony sounds round mine ears.*
Die Traube winkt, &c., *the grape and the peach, luxuriantly swelling beneath leaves, invite to enjoyment.*

P. 65, No. —. Rauſcht's nicht, &c, *is there not a rustling through the alley?*

Von ter eigenen, &c., *with its own richness laden.* (Bulwer.)

Des Tages, &c., *even the fiery eye of day closes;* blaſſen, here for erblaſſen, *to grow pale; to wane.*

Die Welt, &c., *the world is dissolved in vast silent masses.*

Der Gürtel, &c., *the zone is removed from every charm, and everything beautiful is seen by me unveiled.*

Saß' ich nichts Weißes, &c. As long as it was daylight the expectant lover was deluded by misleading sounds only; but now in the evening dusk he is also deceived by an optical illusions. The word Säule stands here for Bildſäule, *statue,* and does not mean a 'column,' as has wrongly been assumed by most translators.

The expression weſenlos may be rendered by *fictitiously;* or by the word *phantom-like,* and placed before Bildern, *images.*

Schattenglück, *shadowy bliss; phantom bliss.*

Und in das Leben, &c., *and my airy dream would be realized.* This line has proved a stumbling-block to several critics and translators, who entirely missed the meaning which, after all, is so simple.

> Und leis wie aus himmliſchen Höhen
> Die Stunde des Glückes erſcheint, &c.

The fulfilment of the 'expectation' being described in the last lines, the poet abandons the mingled dactylic and trochaic metre, and employs the amphibrachic rhythm, viz.—

$$\cup - \cup, \cup - \cup, \cup - \cup$$
$$\cup - \cup, \cup - \cup, \cup -$$

Aus himmliſchen Höhen, *from the heavens above.* Pure happiness is described as a divine gift, which descends upon man 'unsought and unimplored.'

Und weckte, &c., *and aroused with kisses the friend;* of course, from his reveries only. The latter explanation will probably not be deemed superfluous, if I add that the last verse has been interpreted to express that the 'Beloved' had actually fallen asleep, and had to be awakened.

P. 66, No. LVII. These verses were first published in Bürger's Gedichte, 1778.

𝔚o tu ſo, &c., *where thou so affectionately dost flatter.* The expression ḥeucḥeln for ſcḥmeicḥeln is now obsolete even in poetical diction.

Erſcḥmeicḥeln, *to obtain by coaxing,* or *flattering.* The verb lauſcḥen, in the second strophe, is here used in the sense of *to repose in half-slumber ; to doze.*

P. 66, No. LVIII. The poetical idea which forms the import of this magnificent Ode—that stormy freedom is better than calm slavery—has, since the times of Stolberg, often been expressed by poets of various tongues, but I do not remember that it has ever been done so effectively as by the Holstein Count who was, in his youth, really imbued with noble sentiments of freedom.

P. 67, No. —. Tir zittert, &c., *the pine trembles before thee.*

Ter ſtäubenten Fluth, *of the foaming spray.*

Iſt tir nicht wohl, *doest thou not feel happy ?*

Im ḥangenten Eicḥengebüſcḥ, *amidst the overhanging young oak-trees.*

Ruḥente is here used poetically for rubig.

Die wallente Bebung, *the waving emotion.*

P. 68, No. —. 𝔚as iſt, *of what use is.*

Gebeut, in the next strophe, poetical for gebietet.

Im tienſtbaren, &c., *in the servile lake,* i.e. the lake is not its own master, but is subject to the movement of the winds.

P. 68, No. LIX. Matthisson (Gericḥte, 1787) was almost unsurpassed in his poetical descriptions of romantic scenery, and the present poem is a fine specimen of his art. He was greatly eulogized by Schiller (in his critical essay: Ueber Matthiſſon's Gericḥte) for his mastery in word-painting and the melody of his verse, and in quoting the Abentlantſcḥaft—of which I have omitted those strophes which have been left out by Schiller—the latter remarks : "Equally well Matthisson understands how to produce those musical effects which are brought about by a happy choice of harmonious pictures, and by an artistic eurythmy in their arrangement. Who, for instance, does not experience in reading the following short song, something of the effect which a beautiful sonata would produce upon him ?"

P. 69, No. —. Rauſcḥent kränzt, &c., the *waving reeds with the golden lustre, rustling crown the forelands hill, round which the water-fowl are swarming.*

Geiſterliſpel, &c., *the whisperings of spirits breathe in the valley, round the sunken monuments of heroes.*

P. 69, No. LX. Meeresſtille unt Glückliche Faḥrt, which properly form one poem, were first published in Schiller's Muſenalmanacḥ for 1796. These verses, though merely describing a common natural phenomenon, have greatly puzzled Goethe's commentators, who want to see a deeper hidden meaning in every one of his lines, however simple they may be. Because Goethe once declared that he had no peculiar bent for descriptive poetry, they consider it absolutely impossible that he merely wished to describe a common natural phenomenon. A number of passages might be cited from Goethe's works containing magnificent descriptions of scenery; but here I will merely confine myself to express my opinion that the present verses were probably written by Goethe during his travels in 1787, or, if later, were prompted by a reminiscence of a special occurrence during those travels. Under date of 16th May, 1787, he gives in his *Italienische Reise* an account of a calm at sea, when sailing from Messina to Naples. His vessel was then in danger of being driven by a peculiar current of the sea towards a rock. Nicht tie geringſte Bewegung, says Goethe, war in ter Luft zu bemerfen. At last a slight breeze arose, the sails were hoisted, and the vessel was removed from the rock.* I consider it, therefore, rather probable that that occurrence suggested to Goethe the present verses.

P. 70, No. LXI. This elegiac Ode will be found in Hölderlin's Gebichte (p. 68) publ. in 1843. It is written in alcaic metre, which we will illustrate by the following tabular view :

$$\bar{\cup}\ \underline{\cup}\ \cup\ -\ \bar{\cup}\ \ \underline{\cup}\ \cup\ \cup\ -\ \cup\ \underline{\smile}$$

$$\bar{\cup}\ \underline{\cup}\ \cup\ -\ \bar{\cup}\ \ \underline{\cup}\ \cup\ \cup\ -\ \cup\ \underline{\smile}$$

$$\bar{\cup}\ \underline{\cup}\ \cup\ -\ \dot{\cup}\ \ \underline{\cup}\ \cup\ -\ \dot{\cup}$$

$$\underline{\cup}\ \cup\ \cup\ -\ \cup\ \cup\ \underline{\cup}\ \cup\ \ -\ \cup$$

The expression geerntet, *reaped*, is here taken in a general sense for *to acquire goods*.

Stillt ihr, *will you calm ?* In order fully to understand the import of this poem, it is necessary to remember that Hölderlin was in an eminent degree a 'subjective' poet, and that his life was overclouded by an incurable despondency which was the

---

* Those readers who may possess a copy of my edition of Goethe's *Italienische Reise* (published by F. Norgate) will find the remarkable description of that voyage on page 92.

consequence of his unhappy passion for a lady—to whom he stood somewhat in the relation of Petrarca to Laura--whom he has immortalized under the name of 'Diotima.'

Am Strome, &c. Hölderlin was born at Lauffen, situated on the right bank of the Neckar. In 1802 he returned, after the death of 'Diotima,' in a desponding state to his mother, at Nürtingen, likewise situated on the banks of that beautiful stream.

P. 71, No. LXII. This 'Triolet' is based on the verses which form the conclusion of the third Act of the fragmentary *Singspiel: Die ungleichen Hausgenossen*, written by Goethe in 1789. The original poem consisted of twelve lines, the first four of which have been retained by the poet.

P. 72, No. LXIII. Klopstock's *Ode*, Die frühen Gräber, dates from the year 1764. The poet gives himself the metre in which he wrote it and which he had first invented. It is chiefly choriambic, viz.—

$$\smile - \smile \smile - \smile \smile -$$
$$- \smile - \smile \smile - \smile -$$
$$\smile \smile -, - \smile -, - \smile - \smile -$$
$$- \smile \smile - \smile \smile -, - \smile \smile -$$

The beautiful expression Gedankenfreund -*friend of thoughts,* or *reflection*—owes its origin to Klopstock.

Wallte nur hin, *merely moved* (across it); *i.e.* did not hide lastingly the moon.

Des Maies Erwachen, &c. *The awakening of May (i.e.* Spring) *is like the summer night, only the more beautiful, when dew flows, bright as light, from his* (i.e. des Montes) *locks.*

Ihr Erleren, &c. The poet having been deeply moved by the calm beauty of the moonlit night, discovers the *early graves* of the noble beings who preceded him in death, and whose graves (Male, tombstones, monuments) are already covered by 'sombre moss.' This circumstance awakens in him feelings of sadness, and he bewails the times when he admired with them the glaring lustre of the day and the calm brightness of the night. Compare with the present Ode, Klopstock's Sommernacht, p. 105.

P. 72, No. LXIV. These verses occur at the beginning of the thirteenth chapter of Book. II. in Wilhelm Meister's Lehrjahre (publ. 1782). They are sung by the *Harfenspieler*, and Wilhelm

Meister overhears them at the door of the harp-player's miserable dwelling. The poet says : ' Die wehmüthige, herzliche Klage drang tief in die Seele des Hörers '; and it will probably have the same effect upon the ' reader ' which it had upon the ' listener.'

P. 73, No. LXV. These popular verses of Schiller were written in 1797, in the same year in which he wrote : Die Worte des Glaubens (p. 51), which poem it resembles in the metre —anapests intermingled with amphibrachs. Im Herzen, &c. Cf. the fourth line of the first strophe in the above-mentioned poem : Das Herz nur giebt davon Kunde.

P. 74, No. LXVI. Tagt may here be rendered by *dawns,* and Wechselleben by *changeable life.* Gleich, *even-temperedly.*

Trübt sich, &c., *is misfortune brooding?* The line Nichts ist tadellos must be understood to refer to the beginning of the strophe, viz.—' in good fortune we should not exult too much, but quietly enjoy our happiness, for nothing being blameless or perfect, that happiness may engender some evil.' The two concluding lines : Auch das Schlimmste, &c., refer, on the other hand, to the third and fourth line : Trübt sich, &c.

Unsern Geist, &c. Happiness brightens man and makes him good, whilst adversity strengthens his character, and makes it *manly;* and thus it is the combination of the two antagonistic fates, which elevates man above earthly things.

It would seem that the present poem contains some classical, more particularly, Horatian reminiscences, which I consider very natural in the—let it be said by the way—matchless translator of Horace. Cf., for instance, the beginning of the ' Carmen ad Dellium.' (B. ii. 3.)

> *Aequam memento rebus in arduis*
> *Servare mentem, non secus in bonis*
> *Ab insolenti temperatam*
> *Laetitia, &c.*

and likewise the saying :

> *Nihil est ab omni*
> *Parte beatum.*

in the ' Carmen' *Ad Grosphum.* (B. ii. 17.)

P. 75, No. LXVII. This poem (written in 1775) is, like nearly all lyrical productions of Goethe, part and parcel of his own life. He furnishes himself the commentary to it, in quoting it in the account (Aus meinem Leben. Vierter Theil, Buch 17), of his love to the above-mentioned banker's daughter of Frankfort, whom he has immortalised as 'Lili,' (Cp. the notes to the poem 𝔚𝔢𝔥𝔪𝔲𝔱𝔥, p. 63).

Irresistibly attracted by the graceful blonde of sixteen— who was half child, half woman—he soon forgot all those who had before filled his heart with a passionate affection and the separation from whom had filled him with grief. Hence he exclaims, half in self-reproach :

𝔚𝔢𝔤 𝔦𝔰𝔱 𝔄𝔩𝔩𝔢𝔰, 𝔴𝔞𝔰 𝔱𝔲 𝔩𝔦𝔢𝔟𝔱𝔢𝔰𝔱, &c.

But his new attachment also disturbed him in his labours and in his constant endeavour to promote and elevate his culture :

𝔚𝔢𝔤 𝔨𝔢𝔦𝔫 𝔉𝔩𝔢𝔦ß, &c.

All his resolutions to flee from her for ever proved futile :

𝔚𝔦𝔩𝔩 𝔦𝔠𝔥 𝔯𝔞𝔰𝔠𝔥 𝔪𝔦𝔠𝔥 𝔦𝔥𝔯 𝔢𝔫𝔱𝔷𝔦𝔢𝔥𝔢𝔫, &c.;

but if he would satisfy the craving of his heart to see *Lili*, he was obliged to join the gay social circles in which the only daughter of a wealthy family moved, and 'this was the source,' the poet declares in his Autobiography, of much pain to him ; which statement fully explains the import of the last strophe.

P. **76**, No. LXVIII. In these exquisite lyrical strains the poet gives expression to the mingled feelings of calm joy and gentle sorrow, inspired by a walk, in a moonlit night, on the banks of a river. The verses were written in 1778—the first version ran somewhat differently—but were published several years later.

𝔍𝔢𝔡𝔢𝔫 𝔑𝔞𝔠𝔥𝔨𝔩𝔞𝔫𝔤, &c., *every reminiscence of cheerful and gloomy times thrills through my heart.* The pronoun 𝔦𝔠𝔥 is to be supplied before 𝔚𝔞𝔫𝔨𝔩𝔢. The expression 𝔳𝔢𝔯𝔯𝔞𝔲𝔰𝔠𝔥𝔱𝔢 in the fourth strophe may be rendered by *flowed away*, and 𝔯𝔞𝔲𝔰𝔠𝔢 in the sixth strophe by *rush on.*

The lines 𝔈𝔦𝔫𝔢𝔫 𝔉𝔯𝔢𝔲𝔫𝔡—in 𝔡𝔢𝔯 𝔑𝔞𝔠𝔥𝔱 mean : *Presses a friend to his heart and enjoys with him that sentiment, which is unknown to men, or is not heeded by them, and which glides through the labyrinth of the heart at night time.*

P. **77**, No. LXIX. The exact date of the composition of 𝔚𝔬𝔫𝔫𝔢 𝔡𝔢𝔯 𝔚𝔢𝔥𝔪𝔲𝔱𝔥 is unknown. Some critics conjecture that it has reference to Goethe's separation from *Lili*. It was first published in 1789. Compare the last strophe of 𝔇𝔢𝔰 𝔐𝔞̈𝔡𝔠𝔥𝔢𝔫𝔰 𝔎𝔩𝔞𝔤𝔢 by Schiller. (p. 104).

P. **78**, No. LXX. This poem, which Vilmar designates as one of the finest lyrical productions in any language, was first published in the *Taschenbuch* for 1804, edited by Goethe and Wieland. The first verses are partly founded on a *Volkslied*, current in Germany in various versions, one of which is to be found in Nicolai's *Feyner kleyner Almanach*, mentioned in the Notes to No XXXIX.

𝔙𝔢𝔯𝔱𝔯𝔞𝔲𝔢, &c. Some editions have 𝔙𝔢𝔯𝔱𝔯𝔞𝔲𝔯𝔢, but both Dr. Strehlke's and the Weimar edition have 𝔙𝔢𝔯𝔱𝔯𝔞𝔲𝔢, which version is founded on Goethe's own MS., and harmonises, besides, far better with the tenor of the subsequent strophe.

P. 79. — 𝔙𝔢𝔯𝔴𝔢𝔦𝔫𝔢𝔫, &c., *let me pass the nights in weeping.*

P. 79, No. LXXI. *Naenia* or *Nenia* (𝔑ä𝔫𝔦𝔢) was called by the Romans the 'funeral dirge' sung by the mourning women, who were hired to lament and to praise the deceased. The word is also used to denote in a general sense a 'lament.' Schiller wrote this elegy, which is classical both in form and contents, in 1799. It expresses in majestic strains a lament that everything beautiful on earth must perish. A similar idea was expressed by the poet in his celebrated verse in the twelfth scene of the fourth Act of *Wallenstein's Tod* (written in the same year as the *Nänie*):

𝔇𝔞𝔰 𝔦𝔰𝔱 𝔱𝔞𝔰 𝔏𝔬𝔬𝔰 𝔱𝔢𝔰 𝔖𝔠𝔥ö𝔫𝔢𝔫 𝔞𝔲𝔣 𝔱𝔢𝔯 𝔈𝔯𝔱𝔢.

Schiller, who was imbued with the spirit which pervades the poetry of the ancients, has chosen in the present instance a classical basis for the illustration of his idea, and in order fully to understand all the mythological allusions, it will be necessary to remember the following: Pluto was called with the Greeks the 'Infernal Zeus' (Ζεὺς καταχθόνιος), and with the Romans 'Jupiter Stygius,' on account of his being the supreme 'God of the Nether World.' Of these two designations the poet has formed the expression 𝔰𝔱𝔶𝔤𝔦𝔰𝔠𝔥𝔢𝔯 𝔝𝔢𝔲𝔰. But Pluto is also called ' the king of the shades' (ἄναξ ἐνέρων); hence the expression 𝔖𝔠𝔥𝔞𝔱𝔱𝔢𝔫𝔟𝔢𝔥𝔢𝔯𝔯𝔰𝔠𝔥𝔢𝔯.

The allusion contained in the third and fourth line refers to the well-known mythological tale of Orpheus and Eurydice. The former had won back by the charm of his lyre his much beloved wife from the abode of Hades; but having, contrary to the condition imposed upon him, looked round to see whether Eurydice followed him into the upper regions, she was again snatched from him for ever.

In the fifth and sixth line the poet alludes to the story of Venus, or Aphrodite, and Adonis, who died from a wound, which he had received during a chase, from a boar.

The remaining verses allude to the death of Achilles who, according to a passage in Homer fell in open battle at the *Scaean Gate* (am ſkäiſchen Ʃhɛr), which was situated towards the west of Troy (cf. Iliad xxii. 358.) The incidents which occurred on his death becoming known are related in the Odyssey (xxiv. 42, &c.) The Nereid Thetis, the 'immortal mother' of the 'god-like hero'—as Achilles is also called by Homer—came, on hearing the news of the death of her 'glorious son,' from the sea with all the sacred nymphs—or Nereids—and their lamentations spread over the sea. Homer further relates, that all the Nine Muses sang the 'dirge' and wept for the hero, who is represented not only as the bravest, but also the handsomest of the Greeks, and who may thus be considered as a type of the 'beautiful' (Daß taś Schöne vergeht)

In the last two lines the poet gives expression to the comforting thought, that after all it is glorious to be lamented by those who loved us, for the base descend to the Orcus— the lower regions—without a voice being raised to bewail them.

P. 80, No. LXXII. Zelter mentions this pastoral lyric poem, which he set to music, in a letter of 7th April 1802. It was, however, not published before the year 1804 in the above-mentioned *Taschenbuch* by Goethe and Wieland.

P. 82, No. LXXIV. This poem was first published in 1789. The first strophe expresses the poet's resolve to burst forth into the world amidst storm, rain and snow. In the second he gives the reason for his restlessness, which consists in the abundance of happiness and the emotions of love. In the last strophe, however, the futility of his saving himself by flight is expressed, for he carries the restlessness within himself.

P. 83, No. LXXV. In this melodious song (publ. in 1803), which is at once suggestive of music, Goethe has, in part, adopted the external form of an Italian popular song, and entirely adopted the burden of the same : *Dormi, che vuoi di più.* Further the resemblance does not go ; the ideas or rather sentiments prevailing in the two songs differing widely from each other. The Italian ditty consists, besides, of four strophes only, and the first and third lines do not rhyme. The corresponding rhyme for *più* is throughout the same, viz., *tu ;* whilst in German there is in all the strophes a different rhyme to *mehr.*

A very pretty translation of Goethe's song, is to be found in Mr. Richard Garnett's ' Poems from the German.' The ac-

2 B 2

complished translator has with **exquisite tact**, rendered the title Nachtgesang by '*Serenade.*' It may also be interesting to know, that Zelter mentioned the present song, in a letter of 30th January 1800, under the corresponding title of Ständchen.

P. 84, No. LXXVI. Compare the biographical note on the poet to No. LXI. The expression Abentrhantasie may be rendered by *Evening Reverie.*

P. 85, No. LXXVII. These tender and touching strains were first published in the January Number of Wieland's *Merkur* for 1775, under the title of Jägers Nachtgesang. Their tenor is so heartfelt and sincere, that Vichoff's supposition is probably correct, that they have special reference to the poet's separation from *Lili.*

P. 85, No. LXXVIII. These lines, expressive of deep longing for undisturbed peace and eternal rest, form the final verses of Canto I. of Tiedge's *Urania*, which is a didactic lyrical poem on the '*Immortality of the Soul.*' The title Ruhe has been chosen in accordance with the leading idea of the poem.

P. 86-87, No. LXXIX—LXXX. The following three poems stand, according to the leading idea expressed in them, in close connection. There is a slight touch of the didactic element in them, but as they give at the same time expression to an individual sentiment, their place in a collection of lyrics, seems quite appropriate.

The poem Beherzigung or *Advice* was first published in 1789. The idea contained in the last verses has been repeatedly expressed by Goethe. Compare, for instance, Egmont's saying: Laßt jeden seines Pfades gehen; er mag sich wahren; (See the note to this passage, page 44 in my edition of Goethe's 'Egmont,') and the statement in Eckermann's *Gespräche mit Goethe* (Theil i. p. 81); Das Vernünftigste ist immer, daß jeder sein Metier treibe, wozu er geboren ist und was er gelernt hat, und daß er den andern nicht hindere das Seinige zu thun.

The verses given under the title of Ein Gleiches were written in 1777. They occur in the *Singspiel* 'Lila,' in the second version of which the words are put in the mouth of the physician *Verazio*, who endeavours to cure the desponding *Lila* under the disguise of a *Magus.* After having admonished her with the words : Ermanne dich und es wird Alles gelingen, &c. &c, he sings the encouraging verses, which are a fine paraphrase of the well-known Virgilian saying: *Audentes fortuna juvat* (Aen. x. 284. (Cf. Schiller's pithy saying: Dem Muthigen hilft Gott, (Wilbeim Tell, Act 1. Sc. 2), and the French adage—adopted in most languages :—*Aide-toi et le ciel t'aidera.*

The lines entitled Erinnerung, were first published in 1789 and placed by the poet immediately after Beherzigung. They may be considered as a motto or prelude to the following inspiriting Ode by Salis.

P. 87, No. LXXXI. Salis' Ermunterung or 'Admonition to be of good cheer,' was first published in the Musenalmanach by Vosz for 1790. It is one of the finest specimens of German dactylic verse. The rhymes consist of trochees, or merely of one long syllable, the dactylic measure not being suitable for rhymes.

Klag' ift, &c., *lament is a discord in the chorus of the world.* The expression Sphären is here taken in the sense of the 'universe' or 'world.' All nature, according to the poet, breathes joy, and man should not disturb that harmony by the discordant sounds of his lamentations.

P. 90, No. LXXXII. It has been conjectured that Novalis or—as his real name was—Friedr. von Hardenberg, addressed these verses to Tieck. They express the irresistible force of sympathy, which overcomes all obstacles, and is the basis of love and friendship. The poet concludes with the fervent declaration of a friend's devotion, which is mingled with a touch of religious feeling.

P. 90, No. LXXXIII. This is a poet's advice—put in the mouth of the great Chinese philosopher, who lived about 550 B. C. — on the right use of Time. It is distinguished from other similar exhortations, of which I have given several in this volume, by a rather sober, somewhat didactic character.

The present Spruch des Confucius was written by Schiller in 1795. About five years later he wrote another Spruch des Confucius—on Space—and the two are now placed together in his collected poems under the title of Sprüche des Confucius.

Zögernd kommt, &c. Each of the following three lines is further illustrated by a couple of verses in the next strophe.

P. 91, No. LXXXIV. The 'Hymn to Joy' was first published in the second number of the *Thalia* in 1786. There is a pretty—traditional—story connected with the composition of this poem, which breathes, perhaps more than any other lyrical production, a noble spirit of humanity. Schiller is said to have saved a starving student of theology from self-destruction, by assisting him at once with the contents of his own scanty

purse, and later, with the proceeds of a collection made amidst
the conviviality of a marriage feast. Made happy himself by
the success of his noble action, Schiller is said to have been
prompted to give expression to his own emotions in a poetical
tribute to humanity. Thus much is certain, that Schiller wrote
this lyrical hymn in the latter part of 1785 in the little house,
which is still standing at Gholis in the charming Rosenthal near
Leipzig.

𝔚𝔦𝔯 𝔟𝔢𝔱𝔯𝔢𝔱𝔢𝔫 𝔣𝔢𝔲𝔢𝔯𝔱𝔯𝔲𝔫𝔨𝔢𝔫. The brothers Grimm explain the
last expression by 'lætitia exultans,' *exulting with joy.* Mr. J.
H. Merivale renders it very poetically by, *with ardent rapture
glowing.* 𝔚𝔞𝔰 𝔱𝔦𝔢 𝔐𝔬𝔯𝔢, &c., *what fashion,* (*i.e.* the 'world' or
' society ') *has sharply severed.*

𝔖𝔢𝔦𝔟 𝔲𝔪𝔰𝔠𝔥𝔩𝔲𝔫𝔤𝔢𝔫, &c., *we embrace ye, millions,* i e. all mankind. It has been noticed as a peculiarity in this poem, that
the chorus contains throughout some mention of, or allusion to,
the stars, and to a supreme divine power.

𝔚𝔢𝔪 𝔱𝔢𝔯 𝔤𝔯𝔬𝔢, &c., *he who has won the great prize.*
𝔚𝔞𝔰—𝔟𝔢𝔴𝔬𝔥𝔫𝔢𝔱, *all who inhabit the vast earth.* Schiller used
here the expression 𝔑𝔦𝔫𝔤 figuratively for the 'world' or rather
(𝔢𝔯𝔱𝔯𝔢𝔦𝔰, *globe.* In the same way he employs that expression in
his satirical poem : 𝔇𝔦𝔢 𝔚𝔢𝔩𝔱𝔴𝔢𝔦𝔰𝔢𝔫, viz., 𝔱𝔢𝔯 𝔎𝔩𝔬𝔟𝔢𝔫, 𝔴𝔬𝔯𝔞𝔫 𝔷𝔢𝔲𝔰
𝔱𝔢𝔫 𝔑𝔦𝔫𝔤 𝔱𝔢𝔯 𝔚𝔢𝔩𝔱 .... 𝔞𝔲𝔣𝔤𝔢𝔥𝔞𝔫𝔤𝔢𝔫.

P. 92, No. — 𝔉𝔯𝔢𝔲𝔱𝔢 𝔱𝔯𝔦𝔫𝔨𝔢𝔫, &c. All beings imbibe joy from
nature ; but not all are blessed with the same kind of joy. The
bliss of man differs from that of irrational creatures, and also
from that of the ethereal ' cherub.'

𝔉𝔯𝔢𝔲𝔱𝔢 𝔥𝔢𝔦𝔱, &c., *joy is the mainspring.* This strophe glorifies
the omnipotence and the universal influence of *joy,* which the
poet uses here synonymously with *love.* 𝔑𝔞𝔲𝔪𝔢𝔫 may be
rendered by *space.* 𝔇𝔦𝔢 𝔱𝔢𝔰 𝔖𝔢𝔥𝔢𝔯𝔰, &c. This line means liter-
ally : *which is unknown to the astronomer's glass.* 𝔑𝔬𝔥𝔯 stands
here for 𝔉𝔢𝔯𝔫𝔯𝔬𝔥𝔯, *telescope.* 𝔓𝔩𝔞𝔫, in the second line of the next
choral strophe : *space.*

P. 93, No.—𝔄𝔲𝔰 𝔱𝔢𝔯 𝔚𝔞𝔥𝔯𝔥𝔢𝔦𝔱,&c. The import of this strophe,
which is a fuller illustration of the preceding one, is that joy in-
spires and enlivens all with her divine spirit ; from the lucid glass
(𝔉𝔢𝔲𝔢𝔯𝔰𝔭𝔦𝔢𝔤𝔢𝔩) of truth, she smiles on the philosopher—she leads
the patient pilgrim up the steep hill of virtue—she waves her
banner on the sunny heights of belief, and she stands amidst
the chorus of the angels across the grave (lit. through the
fissures of burst-open coffins).

𝔊𝔬𝔱𝔱𝔢𝔯𝔫 𝔨𝔞𝔫𝔫 𝔪𝔞𝔫, &c. Schiller uses here, as in many other
instances, the plural, which is a formal reminiscence of mytho-

logy. The rest of this strophe contains an appeal to humanity conceived in the most noble spirit.

P. 94, No. — Unſer Sſchuſtbuch, &c. *Our delt-book be cancelled,* *i.e.,* we should forget all the wrong done to us by others. This choral strophe takes up the leading idea of the preceding verses, and contains, besides, a biblical reminiscence, viz., 'For with what judgment ye judge, ye shall be judged.' (Matt. vii. 7.)

Freuve ſpruteſt, &c. This strophe describes the exhilarating, appeasing, and animating influence of wine, and concludes with a summons to the assembled friends 'to start from their seats when the goblet (Rémer) is going round, to let the wine foam to the skies and to drink it *to the Good Spirit.*

In the next choral strophe there is a poetical inversion; the last two lines Ticſes—eben, should come first in the translation, and then the first two lines: ten tev Sterne, &c., *him whom the whirling stars are praising.*

The last strophe contains partly an epitome of some of the preceding strophes, and at the same time a solemn vow, or rather a spirited and humane 'profession of faith.'

Gált eß, &c., *even if life and property be at stake.* Tem Ver-tienſte, &c., *may merit earn its glory, and the lying race meet with perdition.*

P. 95, No.— The *Hymn to Joy* ends with a fitting conclusion, by admonishing to swear by the *golden wine* to keep the vow just uttered and—still more solemnly—by the *Judge above the stars,* or rather by the celestial or *divine Judge.* Compare the lines in the last choral strophe but one:

> Brüter—überm Sternenzelt
> Nichtet Gott, wie wir gerichtet.*

The last strophes, which are given, for the sake of complete-ness in a foot-note, have judiciously been cancelled by Schiller. He probably found that they disturbed, in an uncomfortable manner, the pleasant effect of his blitheful ode.

As a proof of the great popularity of Schiller's Ode An tie Freute—which is still frequently sung on festive occasions—I

---

* I should hardly have thought it necessary to give the above special explanation of the word Sternenrichter, if some translator—not Bulwer—had not made the curious translation-blunder, which was confidingly repeated by others, to render that expression by 'star-disposer.'

cannot help mentioning that it has furnished not less than seven 'familiar words,' viz. :—

> „ Freute, schöner Götterfunken "—
> „ Seid umschlungen, Millionen "—
> „ Wenn der große Wurf gelungen "—
> „ Wer ein holdes Weib errungen,
>   Mische seinen Jubel ein "—*
> Unser Schulbuch sei vernichtet "—
> „ Männerstolz vor Königsthronen " —
> „ Dem Verdienste seine Kronen. "

P. 95, No. LXXXV. The latter part of this poem is not strictly in accordance with the rules of the form of sonnets.

The expression Olymp, *Olympus* is, in poetry, metonymically used for *the heavens, the sky.*

P. 96, No.— Grauer Tithon, *&c.* The ancient fable relates that the goddess *Aurora* (the 'Eos' of the Greeks) accompanies the sun throughout the day, and repairs in the evening to her spouse Tithonus or Tithon. The poet uses the epithet Grauer, *grey*, with regard to Tithon, because moved by the prayers of Aurora the gods had bestowed upon him immortality, but not eternal youth. His external form changed, therefore, with old age.

Als sich Molly, &c. Bürger's second wife, who was immortalized by him under the name of *Molly*, died at the beginning of 1786. The present sonnet, like Trauerstille, No. LXXXVIII., was not published before 1789.

P. 97, No. LXXXVII. Goethe designates the ideas and sentiments which were suggested to him by the contemplation of a gushing brook as the *song of the spirits over the waters.* It was chiefly the *Staubbach* at Lauterbrunnen which prompted him to write this truly classical Ode; and special mention of this poem is made by Goethe in a letter to Frau von Stein, of October 14th, 1779, where he says: Von dem Gesange der Geister habe ich noch wunderfame Strophen gehört, kann mich aber kaum

---

* These two lines have been adopted, with some slight altera·tion, in the *finale* of Beethoven's ' Fidelio,' viz.,

> Wer ein solches Weib errungen,
> Stimm' in unfern Jubel ein.

beiliegenber erinnern. As regards the import of this poem, which was not published before the year 1789, I fully agree with the opinion of the literary historian Heinrich Kurz 'that with all the loftiness of conception and depth of thought, this Ode is so clear and lucid, that any comment upon the same could, in fact, be nothing else but a tedious and long-spun paraphrase.'

P. 101, No. XC. The distinction between man and all other beings in the world which is founded on the ennobling element in him, has nowhere been so forcibly and beautifully, and we should add so *sincerely* expressed, as in these verses. Man alone has, as it were, the privilege of being *noble, benevolent and good*, and of being so by his own free will. And it is this superior moral quality in man, which the poet designates as the godlike—𝔱𝔞𝔰 𝔊öttliche—it being the only feature which elevates him above the general animal world and makes him approach the *Divine*.

The present poem was first published without any superscription, in 1782, in No. 40 of the Periodical, called: 𝔇𝔞𝔰 𝔍ournal von 𝔗iefurth, which was issued weekly and in MS. only. Three years later the poem was published by the philosopher Jacobi in his letters on the *Lehre des Spinoza* under the title: 𝔇er 𝔐ensch, but Goethe himself chose for it subsequently the far more poetical designation: 𝔇𝔞𝔰 𝔊öttliche.

𝔇ie wir ahnen, *whose existence we* (instinctively) *feel*. 𝔖ein 𝔅eispiel, &c., *i.e.* man's actions should be such as to reflect the godlike element, for the rest of the created world does not afford—as the poet explains in the following strophes—the same moral manifestations.

P. 103, No. — 𝔖ei uns ein 𝔅orbild, &c., *be to us a symbol of those divine beings.* Goethe employs here and in other instances, the plural number in speaking of a Supreme Being, in accordance with a usage not uncommon in poetical diction, which is a kind of mythological reminiscence.

P. 103, No. XCII. The 'Maiden's Lament' was first published in the *Musenalmanach* for 1799. In 1798 Schiller wrote to Goethe: 𝔈in klein 𝔏iedchen leg' ich hier bei. 𝔊efällt es 𝔍hnen, so können wir's auch trucken lassen, and the reply by the latter was: 𝔇as kleine 𝔏ied, das ich zurückschicke, ist allerliebst, und hat vollkommen den 𝔗on der 𝔎lage. From these passages it is inferred that 𝔇es 𝔐ärchens 𝔎lage had been written in the last-named year. The first two stanzas occur in the seventh scene of Act iv. of the *Piccolomini*, where Thekla sings them, 'after having for a while played a melancholy prelude on a guitar (or zither)'

The poem seems to contain some external reminiscences of older German and English popular songs.

No translator has, as yet, succeeded in producing a successful version of the present poem, and Coleridge declared with the candour of a truly eminent man 'that he did not find it in his power to translate the song with *literal* fidelity, preserving at the same time the Alcaic movement,' for which reason he added to his own rendering the original with a literal prose translation. (Cf. my edition of Schiller's 'Wallenstein' p. 203.)

Du Heilige, &c. In order to heighten the romantic character of the song, the poet makes the maiden address her 'Lament' to the Holy Virgin.

P. 104, No. — Das süßeste Glück, &c. Compare Goethe's Wonne der Wehmuth, No. LXIX, p. 77.

P. 104, No. XCIII. This song is sung by Clärchen in Goethe's 'Egmont.' Act ii. It is so popular in Germany, that it may almost be reckoned among the German quotations. Mr. A. D. Coleridge has given in his excellent translation of 'Egmont' a very 'singable' version of Clärchen's song.

P. 105, No. XCIV. This sonnet has reference, like Auf die Morgenröthe (p. 95) and Trauerstille (p. 99), to the death of 'Molly.' Cf. the notes to the former poem.

Dem ich ... nachgerungen, *for which I have struggled.* The plural form Menten of Mend, is frequently used, when this expression is employed poetically for Menat.

P. 105, No. XCV. The connection—as regards the sentiments expressed—of this Ode with the poet's Die frühen Gräber (p. 72) has been pointed out before. It was composed in 1766 and Klopstock states himself that it was written in the following metre :

P. 106, No. XCVI. The feeling of a painful longing expressed in these verses is more of a subjective kind, and differs, therefore, entirely from that expressed in Schiller's poem bearing the same name. (See p. 49). The present song occurs at the end of the twelfth chapter of Book iv. of Wilhelm Meister's Lehrjahre, where it is introduced by Goethe with the following words : „ Er (Wilhelm Meister) verfiel in eine träumente Sehnsucht, und wie einstimmend mit seinen Empfindungen war das Lied, das eben in tiefer Stunte Mignon unt ter Harfner als ein unregelmäßiges Duett mit tem herzlichsten Ausdrucke sangen." The portion of the 'Romance' in which these words occur was not published before 1795, but the song had been sent by Goethe to Frau von Stein as far back as June 20th, 1785.

Es brennt, &c., say : *my heart is burning.* The expression Eingeweite is used in German figuratively for *heart* or *the seat of the feelings.* Classical scholars will find a parallel in the use of the Greek expression : σπλάγχνα.

P. 106, No. XCVII. Goethe placed this celebrated song at the beginning of the third book of Wilhelm Meister's Lehrjahre, written in 1782. There has been a good deal written on the question, wnether Goethe wrote it before or after his journey to Italy ; which is rather surprising, considering that Goethe himself alludes to the present poem in his 'Travels in Italy.' After having described, under date of February 24th 1787, how he drove in the morning along a road at the two sides of which he was greeted by oranges hanging over the walls, he adds : „Die Bäume, hängen so voll als man sich's nur tenfen kann. Obenher ist das junge Laub gelblich, unten aber unt in ter Mitte ven tem saftigsten Grün. Mignon hatte wohl Recht sich tahin zu sehnen." A more conclusive proof that this song was written before his travels in Italy will hardly be required.

As regards the import of the present song, the first strophe describes, in general, the beauties of nature in Italy, and the longing to go there with the 'beloved.' The second strophe has special reference to *Mignon* herself and contains a reminiscence of her early childhood. "Her wild rambles used to lead her,"— as is related in the ninth chapter of the last book in the *Lehrjahre*—"to distant places, and on her return she would sit down under the columns of the portal before a country house in the neighbourhood . . . . . There she seemed to rest on the steps ; then she ran into the great hall, looked at the statues," &c. There she was fully conscious of her forlorn condition, and to that place she would now proceed with her protector. The third strophe depicts, in general traits, the romantic scenery—with all its grandeur and the horrors it possesses for the excited imagination of a lively child—where she passed her dreamy childhood. That place is described as a "rocky landscape with a lake into which there rushed a torrent," and there she would now retire with her *father.*

Mignon is of all the lyric productions of Goethe--for a lyric song it certainly is, although the poet himself gave it a place among his ballads—perhaps the most popular song both at home and abroad. It is well-known that it has given the key-note to the beginning stanzas of Byron's ' Bride of Abydos.' It was set to music by Reichardt, Romberg, and Beethoven, and has been translated into most European languages. Among the various English translations the most commendable seems to me to be the one furnished by Mr. Richard Garnett in his above-mentioned volume ' Poems from the German.'

P. 107, No. XCVIII. This is the first of the Römische Elegien (publ. in the *Horen* for 1795)—that matchless cycle of poems, of which Schiller says in one of his letters to Goethe (28th Oct. 1794): „es herrscht darin eine Wärme, eine Zartheit und ein echter körnichter Dichtergeist, der einem herrlich wohl thut unter den Geburten der jetzigen Dichterwelt. Es ist eine wahre Geistererscheinung des guten poetischen Genius;" and in another of his letters (Feb. 1802) he writes, after having once more read the *Roman Elegies* : „Ich weiß nichts darüber, selbst unter Ihren eignen Werken; reiner und voller haben Sie Ihr Individuum und die Welt nicht ausgesprochen." It is supposed that Goethe conceived the first vague idea of the Römische Elegien during his second sojourn at Rome, and that it · ripened and assumed shape after his return to Germany under the influence of domestic felicity.*

P. 108, No. XCIX. No higher tribute of praise has ever been paid to woman, than has been done by Schiller in these strains, which are remarkable both for their noble import and highly artistic finish. Schiller was quite sincere in his enthusiastic admiration for woman, and in order to bring her dignity and worth into greater relief, he contrasted her nature with that of *man ;* in doing which he was fully conscious of the fact, that the colours which he used for the portraiture of the male character were far too sombre. The contrast alluded to has been indicated by the poet also by means of the metrical form ; which cannot but produce a most pleasing effect upon the reader who is able fully to appreciate the import of the poem and who has an ear for musical rhythm. The strophes containing the praise of women consist of the lively dactylic metre, whilst the strophes, depicting the less bright side

---

* See, on the composition of the Römische Elegien and their biographical significance, the ' Life and Works of Goethe ' (2nd ed. p. 319) by Mr. G. H. Lewes.

of human nature, are composed in the grave trochaic metre.

Schiller wrote the Würte ter Frauen in Aug. 1795 and there is no doubt that the noble sentiments expressed in the poem were prompted by the felicity he enjoyed in his 'home circle.' He sent it to *Wilhelm von Humboldt* and *Körner*, the father, who expressed their high admiration both of the contents and the form of the verses. Later Schiller emended the poem considerably and struck out several strophes.

Ehret tie Frauen, &c. The first two lines of this strophe, which is introductory to the whole poem, form a very popular quotation in German.

Aber mit zauberisch, &c. It is a noteworthy peculiarity in this poem that each of the dactylic strophes begins with Aber, in order to point out more forcibly the antithesis.

Winten—zurücke, *women lure back the fugitive.*

P. 109, No. — Reicher, als er, &c. The poet did not mean to express here that woman's knowledge is more extensive than that of man, and that she is superior to him in the realm of poetry ; but that in the same way as she is freer—because more contented—in her limited sphere, than man in the boundless arena of his activity, so she may also be said to call entirely her own her acquisitions in the region of science, and the poetical sentiments by which she is imbued. For that which she knows and feels fills out entirely her being, and therefore she may be said to be *richer* than man who, as has been said in the preceding strophe, is constantly striving onward—ohne Rast und Aufenthalt—and who is never free from the 'struggle of wishes.'

P. 110, No. — Mit tem Schwert, &c., *the Scythians prove by means of their sword and the Persians are turned into slaves.* The Scythians were one of the wildest nations of antiquity, and are here mentioned as the 'emblem of rude force.' They did not 'wield the sceptre of civilisation with gently persuading prayer,' but used the *argumentum baculinum* or the 'club-law.' The Persians are a negative proof of the influence of rude force, they having been subjected by the employment of despotic means.

Eris is the 'goddess of discord' and Charis the 'goddess of grace and beauty.'

P. 110, No. C. Schiller's Tithrrambe was first published in the *Musenalmanach* for 1797, where it appeared under the title of Der Besuch. This poem, which is perhaps the best of the kind in any language, has been paraphrased by Coleridge.

Schiller has here again been very successful with the rhythm and metre of the verses. The first five lines consist of dactylic and the last two of amphibrachic verses. The contents require no special comment. Compare the Dithyrambe by Kleist (p. 44), and the Notes thereon.

Himmlischen Chor, &c., *the heavenly host.*

The last strophe (p.111.) represents a 'voice from above,' which calls upon Hebe to fill the cup of the poet with nectar, so that, inspired by divine poetry, he should become godlike, and worthy to receive the 'celestials' in his heart.

P. 111, No. CI. This lyrical epigram—if we may use this expression—was first published in the *Musenalmanach* of 1773.

Wirerspitzen, *barbs.* Wen er traf, &c., *he who has been hit by it should leave it alone.*

P. 111, No. CII. Goethe himself has given the clue to the origin of this poem in a letter of his (of 1796) to Frau Unger. After relating how he had first become acquainted with the 'excellent musical compositions' of Zelter, he adds: Seine Melodie des Liedes Ich tenke tein hatte einen unglaublichen Reiz für mich, und ich fonnte nicht unterlassen, selbst das Lied dazu zu dichten, das im Musenalmanach 1795 steht." The song here alluded to as having suggested to Goethe the present poem is by Frau Friederike Brun (1765—1835) who was the authoress of a number of poems and of several books of travel. The first strophe runs thus:

> Ich denke tein, wenn sich im Blüthenregen
> Der Frühling malt
> Und wenn des Sommers mildgereifter Segen
> In Aehren strahlt.

Goethe's poem is, of course, with the exception of the general idea suggested by the song of Frau Brun, quite original, and in the poet's happiest style.

P. 112, No. CIII. Viehoff truly says of this poem: Das Gedicht ist einer von Goethe's schönsten lyrischen Klängen, aus freudetrunkner Seele emporgestiegen, wie jauchzenter Lerchenjubel schallent. The present Mailier—Goethe has another poem bearing the same title—was first published in the *Iris* for 1775. It is supposed to have been prompted to the poet by his relation to Friederike Brion.

P. 114, No. CV. This 'lyrical romance' which bears a slight resemblance to Des Mädchens Klage (p. 103) was first published in a cycle of songs „mit Begleitung ter Ghitarra von B. Ehlers," in 1803. In the same year Schiller inserted it in his German version of Picard's *Parasite* (Act iv. Sc. 4) and all will agree with the opinion expressed by the lady who is made to sing the present song that it is „aus einem Herzen geflossen, das die Liebe kennt.'

The first line: An ter Quelle saß der Knabe forms a familiar quotation in German and likewise the two last lines : Raum ist in ter kleinsten Hütte, &c.

P. 116, No. CVI. The *Maiden from afar*, which Körner aptly characterized as " ein liebliches Räthsel," was first published in the *Musenalmanach* for 1797. Some critics assume that Schiller actually described 'spring time,' but the opinion that the poet allegorised poetry in these graceful verses seems to be more generally adopted.

P. 117, No. CVII. In these stanzas the poet pays a just tribute of admiration to the *German Muse* who is a child of the people, as it were, and not a *protégée* of royal and princely courts. On this account she is not fettered by the constraint of conventionalism, and is able to follow the free course of nature. She never enjoyed the Mæcenian patronage which called forth the flourishing state of Roman literature during the *Augustan Age*, nor was she benefited by the munificence of any *Medici*, who had so liberally promoted art and poetry at Florence.*

FOURTH PERIOD.

P. 118, No. CVIII. This encouraging appeal to the poetical youth of Germany was written by Uhland in 1812, and was published in the first number of the periodical called

---

* It is to the above poem that Macaulay alludes in saying in his Essay on Frederick the Great—where he gives such a biased and unjust estimate of the hero—' it was the just boast of Schiller that in his country no Augustus, no Lorenzo had watched over the infancy of poetry,' &c. I have proved elsewhere (Life of Lessing, p. xxxiii. prefixed to my edition of *Minna von Barnhelm*) that Frederick, though he had no high opinion of German literature, such as it existed during his times, instinctively felt its future greatness.

Deutscher Dichterwald, edited by Justinus Kerner, De la Motte Fouqué, L. Uhland, &c., in 1813. Several other poems by Uhland, occurring in the present volume, were first published in that periodical.

Nidjt au wenig ftelje Namen, &c. "Poetry in general," says Goethe in Wahrheit unb Dichtung (Book x.) "is a gift to the world and to nations, and not the private inheritance of a few cultivated men."

Singft tu nidjt, &c. This verse might almost be applied to the poet himself; he having published—in 1815—his principal ballads and lyrics at the age of twenty-eight.

P. 119, No.— Webt unb raufdjt, &c. This line might come first in the English translation, viz., *German Genius acts and mores in the fresh oak-forests, and not amidst cold marble statues.*

P. 120, No. CX. These sonnets, which with several others were composed in the years 1807 and 1808, furnish an undeniable proof, that the southern languages cannot claim the privilege of being the sole domain of the artistic form which originated in Provençal poetry, but that it can most successfully also be cultivated in German. The language does here, of course, nothing for the poet and it must be a masterhand like that of a Goethe, a Platen or a Geibel that can produce a German sonnet which may rival with those of Petrarca.

It may also be of interest to the reader to know that the present three sonnets are among those of which an unparalleled literary and personal abuse has been made by that 'romantic child' Bettina. This *enfant terrible* of the romantic school boldly concocted letters which she pretended to have written to Goethe, and which, according to her astounding assertion, bae actually furnished him with materials for his sonnets. It has, however, been conclusively proved—first by Riemer—that it was Bettina who had paraphrased those sonnets in reducing them to an epistolary shape. Thus she wanted to make the world believe that the great poet was not only deeply attached to her, but that he actually used her 'tender effusions' for the production of some of his finest verses—whilst it is well-known that the sonnets alluded to were inspired by *Minna Herzlieb* of Jena—the prototype of *Ottilie* in the *Wahlverwandschaften.* A 'charade' on the surname *Herzlieb* actually occurs in the last sonnet of the series (see l. i. p. 122), viz., Lieb Kinr! Mein artig Herz!

P. 125, No. CXIV. This is perhaps the most melodious of Platen's poems, which certainly is saying a great deal. It was written in 1820.

P. 126, — (Es trehte sich eben, &c., *there moved above the melo-dious course of the numberless glittering stars.* This refers to the well-known Pythagorean theory of the 'music of the spheres.'

P. 127, No. CXVII. Only a poet imbued with deep religious feeling could produce such an impressive picture of the solemn Sunday-calm, amidst beautiful scenery. Uhland wrote these tender verses in 1805 at the age of eighteen.

P. 128, No. CXVIII. In the winter of 1833—34 Rückert had the misfortune to lose a little daughter, aged about three years, and his son, who was only three years older. This calamity, which he is reported never to have forgotten during his life, prompted him to the composition of a number of Kinbertettenlieder. He wanted, however, to keep his sacred grief to himself and naturally felt an invincible reluctance against the publication of those poems, which appeared only after his death in 1872.

P. 134, No. CXXI. The author of the beautiful romantic epic poem: Die bezauberte Rose, wrote a Poetisches Tagebuch—from 13th June 1813 to 17th February 1817—which contains both the present strophes and those given on page 203 in this volume.

P. 135, No. CXXII. The Lebens-Lieder und Bilder form a series of twenty-two songs, written by Chamisso in 1831. The form of the 'Echo-song' is of very rare occurrence in German poetry.

P. 136, No. CXXIII. A sentiment similar to that expressed in these lines is to be found in the following verses, (the first two of which form a familiar quotation), which Schiller has put in the mouth of the Chorus 'Cajetan' in his Braut von Messina:

Etwas fürchten und hoffen und sorgen
Muß der Mensch für den kommenden Morgen,
Daß er die Schwere des Daseins ertrage,
Und das ermüdende Gleichmaß der Tage,
Und mit erfrischendem Winterweben
Kräuselnd bewege das stockende Leben.

P. 137, No. CXXIV. The last strophe of this song bears the stamp of the stormy times of its origin—it having been composed in the year 1806.

P. 138, No. CXXV. Den lieben Gott, &c. This strophe involuntarily reminds us of the beginning of G. Neumark's beautiful Trostlied, (1657):

2 c

Wer nur ten lieben Gott läßt walten
Und hoffet auf ihn allezeit,
Der wird ihn wunterlich erhalten,
In aller Noth und Traurigkeit.

P. 139, No. CXXVI, This Wanterlied, which was first published in 1834, has become one of the most popular student's songs in Germany.

P. 140, No. CXXVII. Hoffnung auf Hoffnung, &c., *hope after hope becomes shipwreck.* The expression zu Scheiter(n) gehen is equivalent to scheitern, *to wreck ; to strand.*

P. 142, No. CXXIX. This is an admonishing 'reply' to the wish expressed by the poet in the preceding stanzas, 'to be able to lead an ideal life, remote from the doings of men.' The words :

Die Menschen lieben lernen,
Es ist tas einzige, wahre Glück,

give us an insight into the poet's feelings, who has often been accused of coldness, because he understood the rare art of hiding the ardour of his passion under the smooth cover of an elegant form. Platen has justly been compared to a 'snow-covered volcano.'

P. 143, No. CXXX. The date prefixed to this patriotic poem will sufficiently explain its purport.

Mit rechten Treuen halten, &c., *practise with true fidelity.* The plural form of Treue is now and then to be met with in poetry.

Du hohes Lant, *thou magnificent country.* Die Acht, lit., 'proscription,' 'ban,' might here be rendered by *death (to the knave)*, &c. Der füttre, *he shall serve as food to.* The Hermanns-schlacht is an allusion to the celebrated battle which *Hermann* (or 'Armin') *der Cherusker* fought against Varus in the year nine A.D., by which the Germans were freed from the Roman yoke.

P. 144, No. CXXXI. Modern Greece had in her struggles against the Turks (in 1821—26) found not only in England but also in Germany, a spirited bard who pleaded her cause ; and the present sonorous poem, whose strains have a truly Byronic ring about them, is one of the famous *Griechenlieder*, which Wilhelm Müller, imbued with the heroic spirit of ancient Greece, composed in his youthful enthusiasm. The majestic movement of the metre fully corresponds with the noble spirit which pervades these stanzas ; a remarkable feature of which is that the poet has retained throughout the masculine rhyme, which is of less frequent occurrence in German than in English.

P. 145, No.—Ihr feib mit uns, ihr schwebt baher, &c. The historical allusions contained in the following lines refer to places which are memorable in the annals of Ancient Greece, on account of the victories gained by the Greeks over the Persians by dint of heroic deeds and brilliant exploits.

P. 146, No. CXXXII. We do not remember to have read a more solemn warlike invocation in modern poetry than these devout stanzas by the German Tyrtæus. This 'Prayer during the Battle' has, at all times, exercised a thrilling, and we should say, ennobling effect, on the Germans, whenever they were obliged to stand up in battle array for the defence of their country. The classical metre is quite in accordance with the noble import of the Ode, and the repetition of the last line of every strophe at the beginning of the succeeding one greatly adds to the solemnity of the effect.

P. 147, No. CXXXIII. This patriotic song, the metre of which is distinguished by some remarkably musical peculiarities, occurs in the poet's Victoria und ihre Geschwister, mit fliegender Fahne und brennenter Lunte, (written in 1813 and published in 1817), which production he fancifully designated as a "Klingentes Spiel."

P. 148, No. — Ist mein Knapp' &c. The word Knappe stands here for Bergknappe, *miner.* The expression Stücke in the next strophe is used for Feltstücke, *cannons,* and the word Tirili in the succeeding strophe is employed as an onomatopoeia to represent the song of the lark.

P. 149, No. CXXXIV. This sonnet is the eighth in Part ii. of the poet's Geharnischte Sonnette, published under the pseudonym *Freimund Reimar* in 1814—which date will be sufficient to explain the origin and import of the series.

P. 150, No. CXXXV. The Reiters Morgengesang has become in Germany a *Volkslie.'* in the full sense of the word. The melody is as simple and touching as the verses.

P. 151, No. CXXXVI. According to the poet's own statement he composed this sonnet 'when he lay severely wounded and helpless in a wood and thought that he should die.'

P. 152, No. CXXXVIII. The chapel alluded to is the well-known Wurmlinger Capelle, situated not far from Tübingen, on a height which affords a very extensive view into the surrounding country. This chapel, which is in itself not remarkable for architectural beauty, has had the good

2 c 2

fortune to form likewise the subject of poems by Lenau, Schwab, &c.

P. 153, No. CXL. There is a story—and a sad one—connected with the origin of a series of poems, consisting of ten sonnets, which Rückert has composed under the general title of Agnes' Tottenfeier. He had been deeply attached to Agnes Müller, the youthful daughter of a magistrate at Rentweinsdorf, in Bavaria, and after an absence of about two years he returned to her, hopeful of a speedy union. One day, however, when on his way to a rural feast, at which Agnes was expected, he heard that she had suddenly died (on July 9th 1812). Rückert, who was at that time about twenty-four years old, gave expression to his grief in these sonnets of which Goedeke justly remarks that "they are perhaps the most tender of his productions."

P. 155, No. CXLI. An excellent version of this poem will be found under the title of 'The Ferry Boat' in the English translation of the 'Songs and Ballads of Uhland, by the Rev. W. W. Skeat.

P. 160, No. CXLVI. Nearly everything tender and poetical that could be said of spring has been interwoven by Uhland in his Frühlingslieder. A more delicate sentiment than the one contained in No. 6, cannot easily be imagined, and the last poem breathes the spirit of a truly devout mind. The poet concludes the present series of *Spring Songs* with a Frühlingslied des Rezensenten, which is of a satirical character and has been omitted here, in order not to destroy the poetical effect of the whole cycle.

P. 164, No. CXLIX. In the series of various poems called Liebesfrühling there are three parts called Sträuße—*Bouquets*—and out of these the present songs have been culled. Several of them have been made popular—perhaps too popular for the due appreciation of the poems themselves—by means of musical compositions.

P. 166, No. CL. In the year 1788, whilst walking in the park of Weimar, Goethe was accosted by Christiane Vulpius who handed him a petition for support. He soon became attached to her, took her into his house and provided also for her relatives; subsequently she became his wife. Her appearance will best be described by quoting the words of Riemer who says of her: Wer sie als junges Mädchen von naivem, freundlichem Wesen, mit vollem, runtem Gesicht, langen Locken, kleinem Nas̄chen, schwellenden Lippen, zierlichem Körperbau und niedlichen tanzlustigen Füßchen, gekannt hätte, würde Goethe's Geschmack und Wahl nicht mißbilligt haben. The present poem, which was written in 1813 describes the 'origin, foundation, and consequences of his relation to his subsequent wife.

P. 167, No. CLI. Like the preceding poem the present lines refer to Christiane Vulpius. They were written on the 15th May 1816, a short time only before her death. The import of the poem, which is composed in a remarkably short and melodious metre is that spring cannot rival his 'beloved;' for it appears only for a short time, whilst she, having

Ein immer offen,
Ein Blüthenherz,

(i.e., ein immer offenes Blüthenherz) spreads for him a *spring over the whole year.* It is in this sense that the title Frübling über8 Jahr—which seems to have puzzled some critics—must be understood.

P. 169, No. CLIII. Adalbert v. Chamisso was born in 1781, in the castle *Boncourt,* in the former province of Champagne. The storm of the great French Revolution drove his family from France and they settled in Prussia, where Chamisso, who was then a mere boy, became thoroughly *Germanised.* The present poem, written in 1827, contains a touching reminiscence of the poet's childhood.

P. 170, No. CLIV. The metrical form of this poem will probably be new to most English readers. It is of Oriental origin, and the name Ghasele (f.), or Gasel (m. or n.), is derived from the Arabic 'ghăzăl' or 'ghăzěl,' denoting a 'Love Poem.' The rhyme is employed in various manners. In the present *Ghasel* the first two lines end with a double rhyme, in which the last word is merely repeated. The rhyme of the last word but one goes throughout the poem in every other line, whilst the last word of the first two lines is at the same time repeated. This metrical form is very artificial and extremely difficult to handle successfully, and it shows the great adaptability of the German language, that such highly finished *Ghasels* have been composed in it. Rückert was the first to employ them in German; Platen followed him and cultivated the *Ghasel* with the greatest success. Among contemporary poets it was Geibel (see the last poem in the present collection) who succeeded in producing highly finished *Ghasels.*

Also sehnt Hafisens, &c. In accordance with the strict rules of the composition of the Ghasel, the real or fictitious name of the poet should be mentioned in the last strophe. Rückert probably used here the name of Hafis in order to give to his

Ghasel a more oriental stamp. See on that great Persian poet the note to No. CLXXXVIII.

P. 174, No. CLVII. In the year 1811 Uhland used to frequent the sociable and literary circle which met at the house of Prof. Schrader in Tübingen, where Frau Schrader in her love of poetry had assembled ' round her tea-table ' a number of young poets ; and it was there that Uhland wrote his *Tea Song,* which contains an indirect gracious compliment to his hostess.

Tea was originally chiefly imported into Europe by the ' East India Company,' and it may be, that on this account it was considered by some as coming from India ; which circumstance would explain the second strophe. It must also be remembered that tea was in those days a rather unusual beverage in Germany, more especially in the southern portions of the country.

P. 177, No. CLX. Both this and the next *Trinklied* are not 'drinking songs' of the ordinary stamp. They were written in the stormy days of the ' Wars of Liberation,' and bear the impress of the times. The one by Uhland has become a very popular *Volkslied* in Germany.

P. 183, No. CLXIII. There are two versions current of this celebrated and popular song. The first, which was published by the poet's brother, A. L. Follen, in his *Freye Stimmen* (1819), has special reference to the *Turners* and bears the corresponding title of Turnerſtaat. The other version, which I have adopted here, makes it a regular German students' song, and is of a more general character. It also appeared to me more poetical in its detail. It may be that the poet himself has subsequently altered the first version of his Bunteſlieb ; but⁻ I cannot vouch for this fact.

P. 185, No. CLXIV. The sentiment expressed by the youthful poet – he died at the age of thirty-one—is so exquisite, that we cannot help calling special attention to it.

P. 186, No. CLXV. Empfahn, (l. 3), obsolete and poetical for empfangen. Verwunten, (l. 7), *overcome ; lived down.* Ihm, (l. 13), refers to Zweifel. The meaning of the next two lines is: *the valiant hosts will beseech their new brother to guard with them the sacred grave of humanity.*

P. 187, No. CLXVII. The title Nach Sevilla, which is generally given to this very popular song, has not been given to it by the poet himself. The song occurs in his comedy : *Ponce de Leon.* (Act iii. Sc. 4.)

P. 188, No. CLXVIII. In this extremely melodious *Ghasel,* the last four words of the first two lines, are repeated at the end of every line which contains the rhyme. Compare the note to No. CLIV.

P. 192, No. CLXXIII. Rückert's 𝔎𝔩𝔢𝔦𝔫𝔢𝔰 𝔉𝔯𝔞𝔲𝔢𝔫𝔩𝔬𝔟 is a pleasant specimen of the art, in which he was unsurpassed, of handling the German language. He loved to play with the rhyme and with words, and several of his minor poems are therefore, like the present, almost untranslatable.

It may be that Rückert chose here the epithet of 𝔎𝔩𝔢𝔦𝔫𝔢𝔰 in contradistinction to the larger poem or *Leich* composed by the 'roving minstrel' Heinrich (1250—1318) in honour of the Holy Virgin, on which account, and also because he gave the preference to the term 𝔉𝔯𝔞𝔲 to that of 𝔚𝔢𝔦𝔟 in a series of poems, the name of 𝔉𝔯𝔞𝔲𝔢𝔫𝔩𝔬𝔟 was bestowed upon him.

P. 192, No. CLXXIV. Uhland's delightful 𝔚𝔞𝔫𝔡𝔢𝔯𝔩𝔦𝔢𝔡𝔢𝔯 consist of a series of nine songs, of which the second, fifth, sixth, and seventh have here been omitted. They were written at different times between 1807—1811.

P. 200, No. CLXXXI. Hebel's 𝔄𝔩𝔩𝔢𝔪𝔞𝔫𝔫𝔦𝔰𝔠𝔥𝔢 𝔊𝔢𝔡𝔦𝔠𝔥𝔱𝔢 belong to the finest productions of German lyric and idyllic poetry. A vein of kindly humour and deep feeling goes through all of them, and the homely dialect, in which they were originally written admirably suits the spirit which pervades them. There being, however, very few readers who would be able to enjoy them in the original dialect, we have inserted a specimen of his poetry in Modern High German by R. Reinick, who has produced such an excellent version of Hebel's 𝔄𝔩𝔩𝔢𝔪𝔞𝔫𝔫𝔦𝔰𝔠𝔥𝔢 𝔊𝔢𝔡𝔦𝔠𝔥𝔱𝔢, that it almost reads like an original performance.

P. 202, No.— 𝔖𝔦𝔢 𝔰𝔞𝔥𝔢𝔫 𝔫𝔦𝔠𝔥𝔱, &c. This refers to Matt. vi. 26.

P. 203, No. CLXXXIII. See note to No. CXXI.

P. 204, No. CLXXXIV. The present and the following poem are from the cycle which the poet called : 𝔉𝔯ü𝔥𝔩𝔦𝔫𝔤𝔰𝔨𝔯𝔞𝔫𝔷 𝔞𝔲𝔰 𝔱𝔢𝔪 𝔓𝔩𝔞𝔲𝔢𝔫𝔰𝔠𝔥𝔢𝔫 𝔊𝔯𝔲𝔫𝔡𝔢 𝔟𝔢𝔦 𝔇𝔯𝔢𝔰𝔡𝔢𝔫. The poems 𝔐𝔬𝔯𝔤𝔢𝔫𝔩𝔦𝔢𝔡, (p. 191), and 𝔈𝔯𝔩ö𝔰𝔲𝔫𝔤, (p. 202), are contained in the same series. The 𝔓𝔩𝔞𝔲𝔢𝔫𝔰𝔠𝔥𝔢 𝔊𝔯𝔲𝔫𝔱 is a beautiful valley in which the ancient town of Plauen is situated.

P. 207, No. CLXXXV. Und 𝔥𝔦𝔢𝔯 𝔪𝔦𝔯 𝔟𝔩𝔢𝔦𝔟' 𝔢𝔦𝔫 𝔖𝔬𝔥𝔫, &c. It is hoped that it will not be considered out of place, if we remark here that this wish of the poet has certainly been fulfilled, he having left a son who occupied a prominent position —especially as an historian—among the scholars of Germany. Unfortunately he died in 1875.

P. 208, No. CLXXXVI. 𝔓𝔥𝔞𝔩ä𝔫𝔢, *Phalaena* is the Greek name for 'night butterfly.' Compare on the construction of the *Ghasel* the note to No. CLIV.

P. 208, No. CLXXXVII. *Arachne* denotes in Greek a spider. The Greek fable relates that the Lydian maiden *Arachne* was changed into a spider by the goddess Athene, whose envy she had excited. The account of the fate of *Arachne* is given by Ovid, Met. vi. 1.

P. 209, No. CLXXXVIII. Goethe. who possessed a thorough appreciation of the poetry of all ages and nations, began in 1814—at the age of sixty-five—to devote himself to the poetry of the Orient. He had been attracted to that exotic but luxuriant offshoot of poetry by the labours of the Orientalists Hammer, Diez, Sir William Jones, &c. The contemplative spirit of Oriental poetry suited his advanced age—as he declared himself—and probably also his frame of mind which sought a refuge from the agitated state of the political world. Hence originated that. remarkable series of poems known under the title of West=östlicher Divan, *i.e., West-Eastern Divan.* ('Divan' or 'Diwan' means in Arabic a collection of various literary performances in prose or poetry, but principally in the latter.) The poems bear more or less an oriental tinge, but are imbued with truly German feelings, and it is this combination of the *Western* and *Eastern* elements which lends to Goethe's " Divan" such a peculiar charm. The series consists of twelve parts or 'books,' and is followed by illustrative notes and treatises, to which Goethe has prefixed the following characteristic and famous motto:

> Wer das Dichten will verstehen
> Muß ins Land der Dichtung gehen;
> Wer den Dichter will verstehen
> Muß in Dichters Lande gehen.

The poem Elemente occurs in the part called: Buch des Sängers; the Lesebuch and Ergebung are contained in the Buch der Liebe; Fünf Dinge* occurs in the Buch der Betrachtungen, and the two last poems called Suleika are from the book bearing the same name.

Hafis (last strophe p. 209), is the cognomen given to the poet Schems = ed = din = Mohammed, and denotes according to Hammer von Purgstall, 'the keeper,' 'the keeper of the Koran,' i.e., 'one who knows thoroughly the Koran.'

---

* The poem preceding the above-mentioned verses is called Fünf Dinge, and the latter are **designated** by Goethe as Fünf Andere.

P. 210, No. — The idea contained in the Lefebuch was suggested to Goethe by some verses from the poet Nisami (or rather 'Nischandschi') which had been translated by Diez. The translation alluded to is quoted by Düntzer.

P. 211, No. — Compare with Fünf Dinge, No. LXXIX. No. 2.

Suleika is a favourite fictitious name in oriental love-poems.

P. 213, No. CLXXXIX. Flötet might be rendered here by *sings.*

Breitet aus, &c., *spreads out the many-coloured carpet of fables.* The poetical expression Fabelteppich has been coined by Platen. Leicht das Volk hinreißend erhöht, &c., i.e., the dramatist has it in his power to raise and ennoble the 'scene' or rather 'stage,' because he easily carries away the people. Platen's verse reminds us somewhat of a passage in Schiller's famous prologue to 'Wallenstein :'

> Die neue Aera . . . .
>
> . . . . macht auch
> Den Dichter kühn, die alte Bahn verlassend
> Euch aus des Bürgerlebens engem Kreis
> Auf einen höhern Schauplatz zu versetzen.

Aber Pindars Flug, &c. The désignations applied here by Platen are thoroughly appropriate. Thus the lofty genius of the Greek lyric poet Pindar is designated by the term Flug, whilst the expression Kunst is applied to the poetry of Horatius Flaccus, its principal characteristic being a highly-finished form. In the same way the expression schwerwiegend, *weighty,* fully characterises the sonorous and majestic language of Petrarca.

FIFTH PERIOD.

P. 215, No. CXCI. Los und ledig is an alliterative expres-sion for *unencumbered ; unburdened.*

Geräth might here be rendered by *stuff,* or by the more dig-nified term *gear.*

Die kühn, &c. The words Wie mag die Hand denn nur should, in the English translation, begin this strophe.

Schaffnerwort, *steward's orders ;* Wiegenreim, *lullaby.*

Wie mag, das Welten trägt, &c. This line contains a poetical inversion and should be construed : Wie mag das Dichterhaupt, ca8 ᛒ3clten trägt. Sn'8 Scch, &c., *bend its neck under the Philistine yoke.* The notion of a 'cockney' corresponds somewhat to that of the German ᛒBfiliſter.

P. 216, No. — ᛑcr in tc8, &c. The words terſelbe ᛒᛒchnabel should in the translation be placed at the beginning of this strophe.

P. — No. CXCII. The pretty endearing expression ᛒcrs liebchen, *my darling, my sweetheart,* was first used by Bürger, I believe, in his famous Ballad 'Lenore' (1774). It is a diminutive of the word ᛒerzlieb which was already used in M. H. G. Poetry, viz., 'herzelieb.'

P. 219, No. CXCV. The euphonic plural form Thale for Thäler, which is also to be found in the writings of Luther, is now used in poetry only.

P. 221, No. CXCVIII. This exquisite little poem has entirely the tone of the German *Volkslied,* and the middle rhymes in the first line of each strophe are quite in accordance with its character.

P. 225, No. CCIV. ᛒrennente ᛒiebe, lit. 'burning love' is the characteristic name for the 'Lychnis Chalcedonica,' or 'Chalcedonian scarlet lychnis,' the stalk of which is crowned by a large, compact, flat bunch of beautiful flame-coloured flowers, blooming in June or July. It is a favourite garden plant in Germany.

P. 226, No. CCV. The expressive endearing term ᛒcrs allerliebſte, *beloved* (of my heart) was already used in the fifteenth century.

P. 227, No. CCVI. The idea that the lark climbs up, or ascends into the air on her songs, is a most poetical conception.

P. 231, No. CCXI. The *Lorelei* forms the subject of several poems and tales, chiefly written by the poets of the 'Romantic School ;' but the most popular of all of 'them is undoubtedly the present one, which is, at the same time, probably the most universally known of Heine's songs. It will hardly be necessary to remind our readers that the legend of the witch, who dwells on the *Loreley Rock* on the Rhine, and allures the boatmen by her singing to approach the rock, has been invented by the romanticist Cl. Brentano.*

---

* An excellent translation of Heine's *Lorelei* in the Scotch dialect, was published in *Macmillan's Magazine* for May 1872. It is particularly the popular tenor of the song which has been rendered with great felicity.

P. 240, No. CCXXI. In order fully to appreciate these magnificent stanzas it is necessary to know that Herwegh is one of the most enthusiastic 'poets of liberty.' His Gedichte eines Lebendigen, in which the present poem first appeared, were published at a time (1841—43) when political life was quite stagnant on the Continent, and the gloom of despotism prevailed in Germany as well as in other countries. It was during this period that Herwegh's poems fell like a flash of lightning, arousing the youth of Germany to that enthusiasm which, effectively fanned by other poets and writers, gradually brought about her unity.

P. 242, No. CCXXII. I have taken these verses, which could only come from such a generous heart as Lenau possessed, from his epic poem *Savonarola,* where it occurs in the part entitled *Weihnacht.*

P. 245, No. CCXXV. Freiligrath's celebrated poem Die Auswanderer has, besides its intrinsic poetical value, also an historical or rather social interest, depicting as it does in vivid colours an important phase in the life of the German people.

P. 248, No. CCXXVII. Among all the poems of Heine there is none which does more credit to him as a man, than these touching sonnets which he addressed to his mother.

P. 250, No. CCXXIX. The present and the two following poems are closely connected, all three being addressed by the poet to his wife in the 'happy wooing time.' The date of their origin is the year 1840.

An admirable version of the poem Mit Unkraut by Mrs. Kroeker-Freiligrath, the poet's daughter, will be found in the 'Poems by Ferdinand Freiligrath' which was edited by that lady for the 'Tauchnitz Collection of German Authors.'

> Und es kam das Lied mir in's Gemüth:
> Wär' ich ein wilder Falke!

This refers to the well-known *Volkslied* (Des Knaben Wunderhorn I. 63), the first two strophes of which run thus:

> Wär' ich ein wilder Falke,
> Ich wollt mich schwingen auf,
> Und wollt mich niederlassen
> Vor meines Grafen Haus
> Und wollt mit starkem Flügel,
> Da schlagen an Liebchens Thür,
> Daß springen sollt der Riegel,
> Mein Liebchen trät herfür.

We must also call attention to the happy variety of the metre ; the strophes consisting alternately of iambics and trochees, and to the middle rhyme in every other line.

P. 258, No.CCXXXV. Heine had spent in 1823 some time at the seaport Cuxhaven, and two years later he passed the summer in the small island of Norderney, also in the North Sea. His series of poems called Nortfeebilter is the result of that acquaintance with the sea. Some critics assert, and we think with perfect justice, that those poems are the finest productions of Heine's muse. The series alluded to consists of two 'cycles' containing twenty-three poems, from which I have selected five, placing them in accordance with the system I have adopted in the arrangement of the present collection.

Wie einst tich begrüßten, &c. This is an allusion to the celebrated retreat of the ten thousand Greeks, under the leadership of Xenophon (B.C. 401, &c)., from the plains of Babylon to Greece. When they had arrived on the top of the mountain of Theches and again saw the sea, they exclaimed amidst tears of joy : θάλαττα! θάλαττα! (Thalatta! thalatta!) The sea! The sea! Cf. Xenophon's Anabasis iv. 7.

P. 260, No. CCXXXVI. Mutter ter Schönheit, &c. Aphrodite, the goddess of love and beauty, is represented by the poets as having sprung from the foam of sea.

P. 269, No. CCXLI. This poem may truly be called the 'Hymn of Love' in the purest sense of the word. It is the poet's most thoroughly lyrical production.

P. 271, No. CCXLII. The phrase jur Rüste gehen is used in poetry for *to set, to sink.*

P. 272, No. CCXLIII. The first two strophes of this song first occurred in Halm's romantic drama Der Sohn ter Wiltniß (Act. ii.), and it would seem that the poet added later the two last strophes. It speaks for the popularity of the present song that the last two lines of the first strophe are used as a familiar quotation.

P. 275, No.CCXLVIII. I have selected three of Lenau's Schilflicter, which consist of a series of five songs.

P. 278, No. CCL. This 'Student's Song' dates from 1849.

P. 279, No. CCLI. The dactylic movement is admirably adapted to this lyrical retrospect. As a rule dactyls are not often used by modern German poets.

P. 284, No. CCLVII. The lines:

Es ift eine alte Geschichte
Doch bleibt sie immer neu

are very frequently quoted in conversation and in writings.

P. 285, No. CCLX. Firſt, which is both masculine and feminine, denotes here the *ridge* of a roof.

P. 287, No. CCLXI. Reſ't ſelig lächelnd, &c. The poet had originally used the expression jauchzt, 'exults,' which expresses the contrast between the state of mind of the two maidens rather harshly; he, therefore, subsequently altered it into teſt, which may be rendered here by *whispers* (*happily*).

P. 287, No. CCLXII. Lenau went in 1832 to America for his 'intellectual development,' and in the hope of finding fresh nourishment for his poetical genius in the American Urwälter. He soon returned greatly disappointed. As a nature-loving poet he considered it as a stigma, nay, as a curse of the New World, that there were no nightingales! The only good result of his tedious and costly expedition were a number of poems, several of which refer to the sea. The poem Seemorgen occurs in the series called : Atlantica.

P. 292, No. CCLXVIII. From a highly-interesting letter by Lady Duff Gordon, published in Lord Houghton's 'Mono-graphs,' and in a 'Memoir by her Daughter' (*Macmillan's Magazine*, Oct. 1874), we learn that Heine himself told Lady Duff Gordon, that the verses : Wenn ich an reinem Hauſe, &c., were meant for her and her braune Augen. The poet had made her acquaintance at Boulogne when she was a mere child, and it was at that time that he addressed to her these lines.

P. 300, No. CCLXXVII. This is one of the finest spe-cimens of the 'West-Eastern Poetry' which formed the first stage in Freiligrath's poetical career.

P. 302, No. CCLXXVIII. Herwegh has proved by these stanzas, which form perhaps the most generally admired of his poems, that he was not merely a 'stern poet of liberty,' but that his muse was also capable of producing the most gentle strains of a purely lyrical character.

P. 308, No. CCLXXXV. Nun wend ich, &c. The hurry and swiftness of the wind is indicated in this strophe by the metrical form. The lines were written in 1847.

F. 311, No. CCLXXXIX. This song, so full of tender feeling, has furnished a very popular quotation in the line : O rühret, rühret nicht baran!

P. 314, No. CCXCII. Haite, *steppe*. Lenau was by education and culture a German, but a Hungarian by birth, and to this circumstance we are indebted for some of his finest poems, giving pictures of Hungarian life. Here he thought of his native 'pusztas or *steppes*, in using the word $\mathfrak{Haite}$. The present poem refers to a sad episode in his life, which was one of the causes that filled his mind with an incurable despondency.

P. 319, No. CCXCVIII. Though a 'political poet' *par excellence,* Hoffmann v. Fallersleben wrote perhaps the finest songs on and for children. His $\mathfrak{Kinterlieter}$ were published in 1843.

P. 320, No. CCXCIX. These genial verses occur in L. Schefer's didactic poem : $\mathfrak{Der Weltpriester}$.

P. 322, No. CCCI. $\mathfrak{Jeres Herz}$ &c. Compare the adage ' In vino veritas !

P. 323, — $\mathfrak{Klingklang}$ is an onomatopoetic word, coined to express the noise produced by the clinking of glasses.

P. 323, No. CCCII. The song in praise of $\mathfrak{Frau Musica}$ (cf. on this expression the note to No. I.). is from Scheffel's beautiful epic poem, $\mathfrak{Der Trompeter ron Säkkingen}$, which is, on account of its freshness and originality, very popular in Germany.

P. 329, No. CCCVIII. I have selected the present verses from the author's $\mathfrak{Laienbrevier}$. They are of a somewhat didactic character, but I should think there are few people who will not be pleased to be made acquainted with them.

P. 330, No. CCCIX. Freiligrath's poem $\mathfrak{An Wolfgang im Felte}$ has an historical interest besides the great merit which it possesses as a poetical conception with a generous and humane tendency. It was addressed by the poet to his son *Wolfgang,* who, not being received during the late Franco-German war in the ranks of the combatants as a volunteer, had joined the corps of the *Johanniter.*

P. 338, No. CCCXIV. We think the form of the *Ghasel,* which has been explained before in the Notes to this volume, admirably suited to a 'Prayer' in verse.

1. Erstes Register.

Verzeichniß der Dichter und Gedichte.

2 D

404 Erstes Register.

II. Zweites Register.

Anfänge der Gedichte.

———